FABLES FRANÇAISES DU MOYEN ÂGE

La littérature du Moyen Âge dans la même collection

ADAM DE LA HALLE, *Le Jeu de la Feuillée* (édition bilingue). — *Le Jeu de Robin et Marion* (édition bilingue).
Aucassin et Nicolette (édition bilingue).
BODEL, *Le Jeu de saint Nicolas* (édition bilingue).
Chansons de geste espagnoles (Chanson de Mon Cid. — Chanson de Rodrigue).
La Chanson de Roland (édition bilingue).
CHRÉTIEN DE TROYES, *Érec et Énide* (édition bilingue). — *Lancelot ou le Chevalier de la charrette* (édition bilingue). — *Perceval ou le Conte du graal* (édition bilingue). — *Yvain ou le Chevalier au lion* (édition bilingue). — *Cligès. Philomena* (édition bilingue).
PHILIPPE DE COMMYNES, *Mémoires sur Charles VIII et l'Italie* (édition bilingue).
COUDRETTE, *Le Roman de Mélusine.*
Courtois d'Arras, L'Enfant prodigue (édition bilingue).
DANTE, *La divine comédie* (édition bilingue) : *L'Enfer. — le purgatoire. — Le Paradis.*
Fables françaises du Moyen Âge (édition bilingue).
Fabliaux du Moyen Âge (édition bilingue).
Farces du Moyen Âge (édition bilingue).
La Farce de Maître Pathelin (édition bilingue).
HÉLOÏSE ET ABÉLARD, *Lettres et Vies.*
Lais féeriques des XIIe et XIIIe siècles (édition bilingue).
La Littérature française du Moyen Âge (édition bilingue, deux volumes).
GUILLAUME DE LORRIS, *Le Roman de la rose* (édition bilingue).
MARIE DE FRANCE, *Lais* (édition bilingue).
Nouvelles occitanes du Moyen Âge.
ROBERT DE BORON, *Merlin.*
Robert le Diable.
Le Roman de Renart (édition bilingue, deux volumes).
RUTEBEUF, *Le Miracle de Théophile* (édition bilingue).
VILLEHARDOUIN, *La Conquête de Constantinople* (édition bilingue).
VILLON, *Poésies* (édition bilingue).
VORAGINE, *La Légende dorée* (deux volumes).

FABLES FRANÇAISES DU MOYEN ÂGE : LES ISOPETS

(Edition bilingue)

Traduction, présentation et notes de
Jeanne-Marie BOIVIN
et
Laurence HARF-LANCNER

GF-Flammarion

ISBN : 2-08-070831-7

Pour Aurélie et Marie-Laurence

INTRODUCTION

> Si comencerai la premere
> des fables ke Esopus escrist...
>
> (Je commencerai donc la première des fables qu'Ésope composa[1]...)

Comme Marie de France, qui fut la première d'entre eux, tous les fabulistes médiévaux font invariablement remonter, dans leurs prologues et leurs épilogues, leurs fables à l'inventeur grec du genre. Ils ont même donné son nom à leurs œuvres : les recueils de fables françaises sont appelés au Moyen Âge *ésopes*[2] ou, le plus souvent, *isopets*[3], « petits *ésopes* » — peut-être parce que l'apologue, ressenti dès l'Antiquité comme un genre mineur, en raison de ses origines orales[4] et de fonctions souvent utilitaires — dans les écoles en particulier —, s'est encore trouvé minoré par sa traduction

> ... en rommans
> Pour entendre aus enfans

1. Prologue des *Fables* de Marie de France, éd. et trad. Ch. Brucker, Louvain, Peeters, 1991, v. 38-39.
2. Cf. *ibid.*, Épilogue, v. 13 : « *Esope* apelë um cest livre. »
3. Cf. par ex. Prologue de l'*Isopet de Chartres*, v. 34 : « Le livre *ysopet* est nommez... », éd. J. Bastin, *Recueil général des isopets*, Paris, SATF, t. I, 1929.
4. *Fabula* vient de *fari* qui signifie en latin « parler ».

Et a la laie gent.

(... en français pour être compris des enfants et des laïcs[1].)

Cette appellation est l'aboutissement d'une longue tradition qui, depuis le ve siècle av. J.-C., a rapporté toutes les fables à Ésope et a progressivement confondu le père de l'apologue avec celui-ci. La confusion est, à tous les sens du terme, totale au Moyen Âge, puisque cette époque n'a connu de la tradition ésopique, comme de l'héritage antique en général, qu'une tradition latine, et encore fort tardive.

LA FABLE ANTIQUE[2]

Tous les auteurs anciens qui ont parlé d'Ésope n'ont pas fait de lui un Grec, mais un Thrace, ou plus souvent encore un Phrygien. La tradition antique qui situe le berceau de la fable en Asie Mineure a été confirmée par les découvertes des archéologues : les textes babyloniens contemporains de la première fable grecque conservée (VIIIe s. av. J.-C.), et surtout les tablettes sumériennes de proverbes animaux, qui ont précédé d'au moins dix siècles les témoignages grecs et babyloniens et préservent les textes les plus proches de l'apologue que l'on connaisse, assignent au genre une lointaine origine orientale.

La fable grecque avant l'époque impériale

Les plus anciennes fables conservées sont antérieures à Ésope — au VIe siècle av. J.-C., où il est supposé avoir vécu —, comme les Anciens le savaient du

1. *Isopet II de Paris*, Épilogue, v. 16-18, éd. J. Bastin, *op. cit.*

2. Il ne s'agit évidemment pas de proposer ici même l'esquisse d'un historique de la fable dans l'Antiquité, mais simplement d'indiquer quelques jalons de la tradition qui n'est parvenue qu'en partie à l'Occident médiéval. Sur l'histoire complexe de la fable antique, voir M. Nøjgaard, *La Fable antique*, Copenhague, A. Busck, 1964-1967, 2 vol. ; F. Rodríguez Adrados, *Historia de la fábula greco-latina*, Madrid, Universidad Complutense, 1979-1987, 4 vol. ; *La Fable* (30es Entretiens sur l'Antiquité classique), Genève, Fondation Hardt, 1983 (où M. Nøjgaard et F. Rodríguez Adrados confrontent leurs points de vue).

reste. Lorsque Aristophane lui attribue une fable d'Archiloque (VIIe s. av. J.-C.), il indique clairement le statut du père de l'apologue dès la plus haute Antiquité : un des grands « inventeurs » que l'histoire littéraire antique assignait à chaque genre, sur lequel les Grecs eux-mêmes ne se méprenaient pas.

Le premier fabuliste connu est Hésiode, qui versifia, dans *Les Travaux et les Jours* (VIIIe s. av. J.-C.), *Le Rossignol et l'Épervier*. Bien que n'étant pas originaire d'Asie Mineure, il dut utiliser un modèle ionique, car la fable archaïque grecque n'a laissé de traces que dans la poésie ionienne : au VIIe siècle av. J.-C., dans les fragments conservés des œuvres d'Archiloque, qui semble l'avoir utilisée volontiers dans ses *Satires*, et dans deux fragments de Sémonide. Ensuite, on ne trouve plus d'exemples de fables avant Eschyle (au VIe s. av. J.-C.) et Hérodote (première moitié du Ve s. av. J.-C.). L'historien des guerres médiques était originaire d'Ionie; Eschyle était athénien, mais il avait combattu à Marathon et à Salamine, et la fable que l'on a conservée de lui est ionienne : tous deux signalent le rôle probablement joué par l'affrontement des Grecs et des Barbares dans la diffusion à Athènes d'un genre jusque-là exclusivement oriental et ionique.

Mais le rôle déterminant revient évidemment à « Ésope ». Le personnage est devenu si tôt légendaire et les renseignements que l'on possède sur lui sont si tardifs (les premiers remontent à Hérodote) que l'on s'est demandé s'il avait véritablement existé. Si l'on peut admettre que vers la première moitié du VIe siècle av. J.-C. un conteur oriental s'est rendu célèbre en racontant des fables et est mort à Delphes dans des circonstances mystérieuses, tout le reste — et en particulier la *Vie d'Ésope*, dont on a conservé des fragments du IIe siècle apr. J.-C., mais dont certaines composantes sont beaucoup plus anciennes — est à l'évidence littérature. Ce conteur n'écrivit aucun des récits que nous appelons « ésopiques ». Mais le trésor de fables réuni par lui ou sous son nom en Asie Mineure

— à d'autres sources que la fable ionienne, qui n'a pas eu de prolongements — et passé à Athènes est à l'origine de la fable attique, qui connut aux ve et IVe siècles av. J.-C. une vogue immense dont témoignent les écrivains. Ceux-ci permettent de mesurer la faveur du genre plus que sa forme exacte, car les récits ésopiques sont si connus qu'Aristophane par exemple, qui cite de nombreuses fables dans ses pièces, se contente le plus souvent d'allusions courtes. En dehors de ces citations ou allusions littéraires, l'apologue semble avoir vécu une vie essentiellement orale, dans les banquets, mais aussi dans les tribunaux, où Aristote nous dit qu'il appartenait à l'arsenal de persuasion de l'orateur bien formé. En tout cas, aucune collection écrite n'a été conservée, ni n'est même mentionnée pour cette période.

La première rédaction du trésor ésopique dont l'histoire (en l'occurrence Diogène Laërce) fasse mention est celle que Démétrios de Phalère aurait composée vers 300 av. J.-C., et qui est perdue. Le plus ancien fragment de recueil conservé — quelques fables dans le *Papyrus Rylands 493* — est daté du Ier siècle apr. J.-C. Et le premier — et principal — recueil anonyme en prose que nous possédions, les deux cent trente et une fables de la collection dite *Augustana* que l'on désigne communément sous le nom de « *Fables* d'Ésope[1] », ne semble pas avoir été rédigé avant le Ier siècle apr. J.-C. : les travaux les plus récents situent même sa rédaction au IVe ou au Ve siècle. L'écart chronologique qui sépare la première collection conservée de la première collection attestée, ajouté au silence des autres sources pendant toute la période hellénistique, où la fable disparaît de la littérature et de la pratique des orateurs, pose la question — très débattue — de sa transmission, de la période attique à l'époque impériale, où elle renaît à Rome avec les poètes.

1. Éd. D. Loayza, Paris, GF-Flammarion, 1995.

L'âge d'or de la fable

C'est l'œuvre d'Horace qui, dans la deuxième moitié du Ier siècle av. J.-C., marque véritablement le renouveau de la fable — isolée et dans des collections. Le poète latin a parsemé ses *Satires* et ses *Épîtres* d'apologues, dont certains, comme *Le Rat de ville et le Rat des champs*, sont de grande qualité, et a multiplié les allusions à la tradition ésopique. Mais la fable impériale est surtout dominée par l'œuvre de deux poètes, qui, vers la même époque, donnèrent au genre, en versifiant le vieux fonds en prose, ses lettres de noblesse. L'un fit des vers latins, l'autre des vers grecs, mais tous deux se trouvaient au carrefour des deux cultures.

Phèdre était (comme le père de l'apologue) un esclave thrace, qui avait été amené de bonne heure à Rome et affranchi par Auguste. Dans la première moitié du Ier siècle, il « polit en sénaires iambiques la matière d'Ésope[1] ». La version qu'il a versifiée n'est vraisemblablement pas l'*Augustana* (entre autres pour d'évidentes raisons de dates, si l'on accepte la dernière de celles qui ont été proposées pour la collection anonyme), mais le recueil latin et le recueil grec sont suffisamment proches pour remonter à une source commune : ils représentent une famille qui s'oppose au reste de la tradition ésopique. Les cinq livres de fables composées par Phèdre ne nous sont pas parvenus dans leur intégralité : à côté des cent vingt-quatre pièces connues, de nombreuses autres ont été perdues. Les prologues des livres témoignent d'une entreprise poétique ambitieuse : dans un style élégant et concis, Phèdre a renouvelé l'apologue ésopique en inventant de nouveaux sujets et en réinventant les autres, qu'il a « transposés [...] sur un plan éthico-social[2] ». Cette

1. Prologue du premier livre de ses *Fables*, v. 6-7. On préférera à l'édition A. Brenot, parue aux Belles Lettres en 1924, l'édition B.E. Perry, *Babrius and Phædrus*, Cambridge (Mass.), Harvard U.P. (Loeb), 1965.

2. M. Nøjgaard, *op. cit.*, t. II, p. 22.

œuvre lui a cependant valu plus d'ennuis — à cause des allusions politiques contenues dans certaines pièces, il a été persécuté par Séjan — que de gloire. Victime d'une des plus grandes injustices de l'histoire de la littérature latine, il fut complètement méconnu : de son temps, où Sénèque prétendit que la fable n'avait jamais été pratiquée à Rome, et surtout ensuite, alors même que son œuvre connaissait une diffusion considérable sous un autre nom que le sien. Avant la découverte et la publication par Pierre Pithou, en 1596, du principal manuscrit de ses fables, son nom n'est mentionné que deux fois : par Avianus, qui le cite au Ve siècle dans sa préface — mais ne l'utilise pas ou peu —, et dix siècles après par un érudit, Perotti, qui recopia certains de ses apologues pour son neveu.

Babrius, un Romain hellénisé qui vécut dans la partie orientale de l'Empire, semble avoir été légèrement postérieur à Phèdre — deuxième moitié du Ier siècle —, à moins qu'ils n'aient été contemporains; quoi qu'il en soit, le fabuliste latin lui est, comme aux autres, inconnu, puisqu'il prétend être le premier à mettre Ésope en vers élégants. Et la tradition grecque qu'il versifie n'est pas du tout celle utilisée par Phèdre et l'*Augustana* : par-delà leur lointaine origine commune, on a affaire à deux branches nettement distinctes de la tradition ésopique. Les cent quarante-trois fables conservées de Babrius[1] constituent une œuvre poétique aussi originale que celle de Phèdre, mais dont l'originalité — par rapport au poète latin dont l'apport décisif concerne le fond — réside essentiellement dans la forme : la virtuosité de sa versification ainsi que la dramatisation et l'humour de ses récits ont fait voir en lui un précurseur de La Fontaine, qui a « révélé les grandes possibilités pittoresques et psychologiques de la fable[2] ». Babrius,

1. Éd. B.E. Perry, *op. cit.* Une partie de son œuvre est, comme celle de Phèdre, perdue, que l'on peut tenter de reconstituer à partir de ses imitations.

2. M. Nøjgaard, *op. cit.*, t. II, p. 192.

contrairement à Phèdre, eut beaucoup de succès : il fut très souvent imité, et son œuvre est tôt (dès le IIIe s. au moins) passée dans les anthologies scolaires.

Les écoles de rhétorique ont en effet joué un grand rôle dans la diffusion de l'apologue, qui se prêtait à de multiples exercices, et dans la réunion de collections spécifiquement destinées à l'enseignement : certains recueils de rhéteurs, comme ceux du Pseudo-Dosithée (seize fables du début du IIIe s.) ou d'Aphtonius (quarante fables du Ve s.), ont été conservés. La littérature atteste également la vogue de la fable grecque à l'époque romaine : des auteurs comme Plutarque (au Ier s.) et Lucien (au IIe) en ont raconté beaucoup dans leurs œuvres. La fable latine, qui avait été dédaignée, prend sa revanche au Moyen Âge.

LA TRADITION ÉSOPIQUE AU MOYEN ÂGE[1]

L'Occident médiéval a recueilli les deux branches de la tradition ésopique antique, non dans les œuvres poétiques des deux grands fabulistes du Ier siècle, mais dans des versions latines plus prosaïques (bien que l'une d'elles ait été écrite en vers) de la fin du IVe ou du début du Ve siècle, celles de « Romulus » et d'Avianus. Les deux corpus de fables, d'ampleur très différente, ont aussi connu des développements différents, mais ont joui pendant tout le Moyen Âge d'une même

1. Nous ne prétendons pas, là encore, donner un panorama complet de l'abondant corpus des fables médiévales, mais simplement démêler, dans l'écheveau des collections latines, publiées pour l'essentiel dans la monumentale édition de L. Hervieux (*Les Fabulistes latins depuis le siècle d'Auguste jusqu'à la fin du Moyen Âge*, Paris, Firmin Didot, 2e éd. rev., 1893-1899, 5 vol.), les fils qui conduisent aux principaux recueils français. Sur la constitution des recueils latins, on se reportera encore — outre à Hervieux — à M. Nøjgaard et à F. Rodríguez Adrados, et, sur la tradition ésopique médiévale, au chap. II (« Der Weg der äsopischen Fabel ins Mittelalter ») de Kl. Grubmüller, *Meister Esopus : Untersuchungen zu Geschichte und Funktion der Fabel im Mittelalter*, Munich, Artemis, 1977.

faveur, également attribuée à un autre qu'à leur véritable auteur.

*La branche babrienne : Avianus et l'*Avionnet

Le Moyen Âge n'a connu qu'un petit nombre de fables de Babrius, à travers l'œuvre d'un de ses imitateurs, Avianus. Celui-ci avait composé, vers 400 apr. J.-C., quarante-deux fables en distiques élégiaques, tirées, pour les trois quarts d'entre elles, d'une paraphrase latine en prose de Babrius — les autres remontant à des matériaux hellénistiques[1]. Sa contribution à la tradition ésopique est mince : il n'a inventé — ou renouvelé — aucun sujet et son style est médiocre, mais il connut un immense succès, dû en grande partie à son utilisation dans les écoles. Sa versification accessible et l'absence dans son œuvre, contrairement à celle de Phèdre, de sujets scabreux le rendaient particulièrement propre à servir pour l'enseignement. Dans les listes d'auteurs scolaires du Moyen Âge, il figure en bonne place (loin devant Cicéron ou Horace), avec « Ésope », comme un des deux auteurs « classiques » d'apologues[2].

Les fables d'Avianus ont été abondamment recopiées, souvent augmentées de moralités nouvelles, mais ont aussi fait l'objet d'introductions et de commentaires, et surtout de réécritures. De ces adaptations médiévales latines[3], on possède deux collections en prose — trente-huit fables qui font suite, dans six manuscrits des XIVe et XVe siècles, au *Dérivé complet du Romulus anglo-latin*[4], et les vingt-deux fables des *Apologi Aviani*, transmises dans deux manuscrits du XIVe siècle — ainsi que des collections en vers plus nombreuses, les *Novi Aviani*, le plus souvent en dis-

1. Éd. F. Gaide, Paris, Les Belles Lettres, 1980.

2. Cf. E.R. Curtius, *La Littérature européenne et le Moyen Âge latin*, trad. franç., Paris, PUF, 1956; rééd. Presses Pocket (Agora), 1986, p. 102-104.

3. Publiées par Hervieux dans le tome III des *Fabulistes latins*.

4. Voir *infra*.

tiques élégiaques léonins, conservées dans plusieurs manuscrits. Alexandre Neckam, qui écrivit vers la fin du XIIe ou le début du XIIIe siècle un *Novus Æsopus* célèbre[1], a aussi laissé un *Novus Avianus* très représentatif de ces recueils, bien qu'il ne comporte que huit fables, imitées de six fables d'Avianus : en effet, le même apologue est, à l'évidence pour des élèves, versifié trois fois dans le même mètre, *copiose, compendiose* et *subcincte*[2].

Dix-huit fables d'Avianus ont également été adaptées en français, dans le recueil appelé *Avionnet*, qui fait suite, dans cinq manuscrits, à l'*Isopet I*[3].

Les versions médiévales diverses (il y eut aussi des abrégés) qui témoignent de la popularité de l'œuvre[4] n'ont cependant jamais fait oublier ni altéré celle-ci : leur influence apparaît même toute relative comparée aux cent quatre[5] manuscrits qui ont conservé le texte original d'Avianus. On ne saurait en dire autant de « Romulus ».

La branche phédrienne : les Romulus *et leurs traductions françaises*

L'autre branche de la tradition ésopique a produit une extraordinaire floraison de collections de fables latines en prose et en vers, que le Moyen Âge a attribuées — Phèdre tombé, jusqu'à la fin du XVIe siècle, dans les oubliettes de l'histoire littéraire — indifférem-

1. *Idem.*

2. « D'une façon abondante, abrégée et concise. »

3. Voir *infra*. L'*Avionnet* a été édité par J. Bastin dans le tome II du *Recueil général des isopets*, Paris, SATF, 1930, p. 349-384. L'édition d'Avianus à laquelle nous renvoyons dans nos notes est également l'édition J. Bastin (*ibid.*, p. 67-82), qui comporte les additions de la compilation *Isopet-Avionnet* (cf. *infra*).

4. Une popularité durable : elle fera l'objet d'éditions nombreuses aux XVIe et XVIIe siècles et figurera dans la *Mythologia Æsopica* publiée par I. Nevelet en 1610, qu'a utilisée La Fontaine.

5. Chiffre donné par A. Guaglianone (dans son édition de 1958) et repris par F. Gaide, *op. cit.* Kl. Grubmüller évoque celui (donné dans une thèse de 1944) de cent soixante manuscrits (*op. cit.*, p. 60-61).

ment à « Ésope » ou à « Romulus », le non moins fictif auteur de la collection à laquelle toutes les autres remontent : un peu moins de cent fables en prose, composées vers 400 apr. J.-C., qu'un certain « Romulus imperator » prétend, dans une des préfaces, avoir traduites du grec pour son fils Tiberinus. Mais le *Romulus*[1] est constitué pour l'essentiel de paraphrases en prose, plus ou moins fidèles, de Phèdre — ainsi que de fables qui ne dépendent directement d'aucune tradition connue[2]. Ce sont des paraphrases neutres, qui ne dénotent aucune ambition littéraire particulière. « Romulus », quel que soit celui — ou ceux — qui se cache sous ce pompeux pseudonyme, a livré au Moyen Âge un répertoire de traditions antiques, que de nombreux autres après lui se sont chargés de mettre en œuvre.

On a conservé deux autres transcriptions en prose de Phèdre, qui datent du xᵉ siècle, l'*Ésope d'Adémar*, compilé par Adémar de Chabannes, qui comptait soixante-sept fables[3], et l'*Ésope de Wissembourg*, qui en comptait soixante-trois[4] : précieuses pour la reconstitution des fables perdues de Phèdre, elles représentent, dans la tradition ésopique médiévale, des témoignages isolés, dont la diffusion — elles ne sont conservées que dans un manuscrit — et donc l'influence ont été sans commune mesure avec celles du *Romulus*.

Celui-ci a été souvent copié — avant d'être tôt et fréquemment édité jusqu'au xviiᵉ siècle. Dans une tradition manuscrite complexe, la version dite *Romulus*

1. Comme celui d'Ésope, le nom de Romulus a servi à désigner la collection de fables latines qu'il aurait composée et tous les recueils latins qui en sont dérivés.

2. Sur lesquelles les spécialistes émettent des hypothèses très diverses, de même que leurs avis divergent sur la proportion exacte de fables phédriennes et sur l'utilisation que l'on peut faire du *Romulus* pour reconstituer la partie perdue du recueil de Phèdre.

3. Éd. Hervieux, t. II, p. 131-156; éd. F. Bertini et P. Gatti, *Favolisti latini medievali e umanistici*, t. III, Gênes, Université (Faculté des lettres), 1988.

4. Éd. Hervieux, t. II, p. 157-192.

ordinaire, composée de quatre-vingt-trois fables réparties en quatre livres[1], se distingue comme celle qui a été de loin la plus répandue et la plus productive. Car le *Romulus* a fait l'objet d'une foule de remaniements latins en prose et en vers. Nous n'évoquerons que les principaux, qui sont à l'origine des recueils de fables françaises.

Une dérivation en prose a eu un rôle important : le *Romulus de Nilant* (auquel a été donné le nom de son premier éditeur, J.-F. Nilant, en 1709), que l'on date du XIe siècle[2]. C'est une collection de cinquante fables, proches de la plus ancienne tradition du *Romulus* — qui est cependant assez systématiquement amplifiée. Elle est la source des quarante premières fables du plus vieux recueil français, composé à la fin du XIIe siècle, probablement en Angleterre, par Marie de France[3]. L'auteur qui signe sous ce nom son œuvre dans l'épilogue (v. 1-4) est vraisemblablement le même que celui qui écrivit vers cette époque des *Lais* — courts poèmes narratifs présentés comme la transcription de contes oraux bretons — et un *Purgatoire de saint Patrick* — adapté d'un récit latin du moine anglais H. de Saltrey. L'ensemble du recueil compte cent deux fables. Les soixante-deux dernières, d'origine antique ou — dans une moindre mesure — folklorique, ne dérivent d'aucune collection connue. Les quarante premières ne remontent au *Romulus de Nilant* que de façon indirecte : Marie affirme avoir mis en français une compilation anglaise qu'un certain « roi Alfred » aurait traduite du latin. A-t-il existé, à la fin du XIe siècle, un *Romulus anglo-latin* constitué de

1. *Ibid.*, p. 195-233. Dans l'édition Thiele (*Der lateinische Äsop des Romulus und die Prosa-Fassungen des Phädrus*. Kritischer Text mit Kommentar und einleitenden Untersuchungen, Heidelberg, 1910), qui met en évidence deux groupes de rédactions, elle appartient (avec le *Romulus de Florence*) à la « Recensio gallicana » opposée à la « Recensio vetus » — représentée par les *Romulus de Vienne* et *de Berlin*.

2. Éd. Hervieux, t. II, p. 513-548.

3. Éd. et trad. Ch. Brucker, *op. cit.*

fables du *Romulus de Nilant*, d'autres fables phédriennes et d'histoires d'animaux apparentées au *Roman de Renart*, dont sont dérivées non seulement la source en moyen anglais de Marie, mais aussi les vingt-deux fables du *Romulus de Robert* (d'après le nom de son premier éditeur, M. Robert, en 1825) et les cent trente-six fables du *Dérivé complet du Romulus anglo-latin*[1] ? Cela n'est pas certain[2]. Quoi qu'il en soit, l'œuvre de Marie, qui connut un grand succès, fut copiée dans de nombreux manuscrits (dont vingt-cinq ont été conservés) et utilisée par plusieurs autres recueils (parmi lesquels, outre les deux précédemment cités, le *Mishle Shu'alim* du grammairien juif Berechiah Ha-Nakdam), a contribué à diffuser un pan non négligeable de la tradition romuléenne.

Moins cependant qu'un autre auteur médiéval important, Vincent de Beauvais († 1264). Dans le *Speculum historiale*, qui survole toute l'histoire de l'humanité, le célèbre encyclopédiste a inséré dans l'histoire de la Grèce (IV, 2-8) vingt-neuf fables ésopiques, très proches de celles du *Romulus ordinaire*, qu'il a également reproduites dans le *Speculum doctrinale* (IV, 114-123)[3]. Ce petit recueil en prose profita de l'immense diffusion des deux ouvrages et connut plusieurs adaptations françaises. Il fut en particulier traduit[4] dans le premier tiers du XIVe siècle, avec l'ensemble du *Speculum historiale*, par Jean de Vignay, un traducteur important de la cour des Valois, puis à la fin du XVe siècle, quand le *Rudimentum novitiorum*, une imitation du *Speculum historiale* parue à Lubeck

1. Également appelé *Romulus LBG*, d'après les trois principaux manuscrits de Londres, Bruxelles et Göttingen. Ces deux collections ont été éditées par Hervieux, t. II, p. 549-563 et 564-649.

2. On trouvera une synthèse des discussions sur l'origine des fables de Marie dans les introductions de la traduction de M.L. Martin (*The Fables of Marie de France*, Birmingham, Alabama, 1984) et de l'édition et traduction de Ch. Brucker citée *supra*.

3. Éd. Hervieux, t. II, p. 234-245.

4. Au sens médiéval du terme (qui est toujours celui que nous lui donnons dans cette introduction), c'est-à-dire « adapté ».

en 1475, fut adapté sous le titre *La Mer des histoires* et imprimé à Paris en 1488 par Pierre le Rouge[1].

Les principaux recueils de fables françaises anonymes sont tirés de deux rédactions en vers du *Romulus*, qui ont toutes deux été écrites en Angleterre à la fin du XIIe siècle, en distiques élégiaques, mais ont connu un succès inégal.

L'abbé de Cirencester Alexandre Neckam († 1217), qui écrivit aussi plusieurs traités d'instruction religieuse, composa quarante-deux fables, dont trente-sept remontent au vieux fonds du *Romulus* et les cinq autres vraisemblablement à divers textes phédriens[2]. On a supposé qu'il avait utilisé une source latine composite apparentée au *Romulus anglo-latin*. Son *Novus Æsopus* eut une popularité éphémère, qui est cependant attestée par les deux adaptations françaises en vers qui en ont été tirées. L'*Isopet de Chartres*, rédigé à la fin du XIIIe siècle et conservé dans un seul manuscrit — de la bibliothèque de Chartres —, se compose de quarante fables en sizains d'octosyllabes rimant aab, ccb, dont trente-huit sont adaptées d'Alexandre Neckam et deux d'Avianus[3]. Les quarante fables de l'*Isopet II de Paris*, conservées dans deux manuscrits de la Bibliothèque nationale, sont toutes tirées du *Novus Æsopus*; rédigées dans l'Oise vers la fin du XIIIe ou au début du XIVe siècle, elles présentent, pour la plupart, des sizains d'hexasyllabes

1. Les fables de Jean de Vignay ont été éditées par G. E. Snavely, « The *Ysopet* of Jean de Vignay », *Studies in honor of M. Elliott*, Baltimore, 1911, t. I, p. 347-374, celles de *La Mer des Histoires*, par H. Vaganay, *Mélanges E. Picot*, Paris, D. Morgand, 1913, t. I, p. 67-81. Une nouvelle édition, préparée par P. Ruelle, *Les Fables du* Speculum historiale *de Vincent de Beauvais et leurs traductions françaises du XIVe et du XVe siècle* est annoncée à paraître dans la collection de la SATF : elle constituera le t. IV du *Recueil général des isopets*.

2. Éd. Hervieux, t. II; J. Bastin, *Recueil général des isopets*, t. I, p. 3-30; G. Garbugino, *Favolisti latini medievali e umanistici*, t. II, Gênes, Université (Faculté des lettres), 1987.

3. Éd. J. Bastin, *ibid.*, p. 115-181.

(rimant aab, ccb ou aab, aab), un vers court qui leur confère un rythme très spécifique[1].

L'autre rédaction en vers du *Romulus* connut un extraordinaire succès. Longtemps dite « de l'Anonyme de Nevelet » (qui l'a publiée, en 1610, dans sa *Mythologia Æsopica*), elle fut attribuée par L. Hervieux au chapelain d'Henri II Plantagenêt, devenu ensuite archevêque de Palerme, Walter l'Anglais ; on continuera prudemment de lui donner le nom de son célèbre éditeur. Elle se compose d'une soixantaine de fables, qui transposent en vers élégiaques les trois premiers livres du *Romulus ordinaire*. La popularité de cette version, moins correcte et élégante que celle d'Alexandre Neckam, s'explique vraisemblablement, en partie — comme pour Avianus —, par son utilisation scolaire, favorisée par l'emploi d'un mètre relativement simple, et peut-être aussi par sa rhétorique et ses lieux communs poétiques[2]. L. Hervieux recensait déjà plus de cent manuscrits du *Romulus de Nevelet*[3], disséminés dans toute l'Europe. Il y en a évidemment davantage, et, pour mesurer l'incroyable faveur dont jouit cette collection au Moyen Âge, il faut les comparer aux douze manuscrits qui nous ont conservé le vieux *Romulus* (*ordinaire* et *Vienne-Berlin*), aux quatre manuscrits du *Romulus de Nilant* ou du *Novus Æsopus* et aux neuf manuscrits du *Dérivé complet du Romulus anglo-latin*[4]. Le seul recueil à avoir connu une diffusion comparable est celui d'Avianus. Le *Romulus de Nevelet* fut tôt et souvent édité, et surtout traduit dans

1. *Ibid.*, p. 35-111.

2. Il présentait sans doute aussi l'avantage, par rapport au *Novus Æsopus*, d'offrir un plus large échantillonnage de la tradition ésopique.

3. Quatre de ces manuscrits contiennent le texte latin suivi d'une adaptation française : dans trois d'entre eux, le texte latin et la traduction ont été augmentés d'additions — au prologue et aux moralités. Le texte latin de ces manuscrits, qui seul explique l'*Isopet I*, a été édité par J. Bastin, *Recueil général des isopets*, t. II, p. 7-66 ; c'est à cette édition que nous renvoyons dans nos notes, et non à celle d'Hervieux.

4. Cf. Kl. Grubmüller, *op. cit.*, p. 82.

plusieurs langues : en italien, franco-italien, portugais, espagnol, hébreux... et bien sûr en français, où il fit l'objet de deux adaptations en octosyllabes à rimes plates. Les soixante fables de l'*Isopet de Lyon*, conservées dans un seul manuscrit lyonnais, ont été composées au XIIIe siècle en Franche-Comté[1]. Les soixante-quatre fables de l'*Isopet I*, conservées dans six manuscrits, sont suivies dans cinq d'entre eux de l'*Avionnet*. L'ensemble forme la compilation *Isopet-Avionnet*, qui connut au XIVe siècle, dans l'est de la France, deux rédactions successives : un premier fabuliste a traduit en français les fables du *Romulus* et d'Avianus ; un deuxième compilateur, probablement bourguignon, les a remaniées et a augmenté le prologue et les moralités de ces fables d'additions explicitement désignées en marge, pour offrir l'ensemble à la reine Jeanne de Bourgogne (c. 1339-1348)[2]. On possède aussi une adaptation tardive, indirecte et partielle du *Romulus de Nevelet* : l'*Isopet III*, conservé dans un seul manuscrit, qui est une mise en prose maladroite du XVe siècle de quarante-trois fables de l'*Isopet I*[3].

Le *Romulus* est également entré dans la composition de compilations mixtes : nous ne mentionnerons, outre le *Romulus anglo-latin*, point de départ supposé d'une famille de recueils particulièrement riche, que celle d'Eudes de Chériton[4], dont une quinzaine de fables seulement proviennent de l'ancienne collection (l'essentiel étant constitué d'*exempla* empruntés aux bestiaires et de récits apparentés au *Roman de Renart*), parce qu'une traduction française en prose en a été faite au XIIIe siècle[5].

La collection réunie et traduite en allemand par Heinrich Steinhöwel sous le titre *Æsopus*, publiée en 1476-1477 dans une édition célèbre pour ses gravures sur bois, est la dernière et la plus vaste collection de

1. Éd. J. Bastin, *op. cit.*, t. II, p. 85-197.
2. *Ibid.*, p. 203-384.
3. *Ibid.*, p. 387-420.
4. Éd. Hervieux, t. IV, p. 173-248.
5. Cf. P. Meyer, *Romania*, XIV, 1885, p. 381-397.

fables latines médiévales[1]. C'est d'abord une « somme » de la tradition ésopique du Moyen Âge, dont elle consacre les trois monuments : Steinhöwel publie les recueils fondateurs d'Avianus (vingt-sept fables) et du *Romulus ordinaire*, dont il donne les quatre livres, accompagnés du « best-seller » qu'a été le *Romulus de Nevelet* en vers élégiaques. Les autres composantes du recueil — les dix-sept *fabulæ extravagantes*[2], la *Vie d'Ésope* et les dix-sept fables ésopiques récemment traduites du grec par Ranutio d'Arezzo, les douze anecdotes de la *Disciplina clericalis* de Pierre Alphonse et les huit *facetiæ* du Pogge — poursuivent d'une certaine façon la tradition médiévale de compilation, qui a toujours volontiers agrégé au fonds ésopique des récits apparentés au *Roman de Renart*, des *exempla* et des fabliaux. Mais elles annoncent aussi un renouveau de la fable, alimenté à des sources nouvelles, et les premiers recueils humanistes[3]. L'*Æsopus* eut un grand succès au Moyen Âge : souvent édité[4], il fut très tôt traduit en français par Julien Macho, un moine du couvent des Augustins de Lyon, qui traduisit également des traités moraux et mystiques et des livres de la Bible. Macho a adapté toute la collection, à l'exception des trois livres en vers du *Romulus de Nevelet*, dans l'ordre du recueil latin : *Vie d'Ésope, Romulus ordinaire, Fabulæ extravagantes*, Ranutio, Avianus, Pierre Alphonse, Le Pogge. Imprimé pour la première fois en 1480, son *Ésope*[5] connut seize éditions entre 1480 et 1572, et ce

1. *Steinhöwels Äsop*, éd. H. Österley, Tübingen, Bibliothèque de la Société littéraire de Stuttgart, 1873.

2. Un corpus isolé, mais bien représenté pendant tout le Moyen Âge, de fables apparentées au *Roman de Renart*.

3. Parmi lesquels on peut citer les trente-trois apologues latins traduits du grec en 1438 par Laurent Valla, qui seront adaptés en français — entre 1493 et 1498 — par Guillaume Tardif (*Apologues*, éd. P. Ruelle, Paris, Champion, 1986).

4. On recense au moins quinze éditions ou rééditions avant 1500 — sans parler des éditions partielles.

5. Éd. P. Ruelle, *Recueil général des isopets*, t. III, Paris, SATF, 1982.

succès durable d'une œuvre qui fait le lien entre la tradition médiévale et la production humaniste peut symboliser l'évolution lente qui a conduit l'apologue de l'une à l'autre[1].

LES ISOPETS

Problèmes de définition

Les recueils ésopiques sont composés de récits très divers : histoires d'animaux ou d'humains, contes réalistes ou merveilleux. Comment définir la fable et fixer les frontières fluctuantes qui la séparent des autres types de récits brefs aux mêmes visées didactiques, telle la parabole ? Comment la distinguer d'autres formes narratives d'origine folklorique avec lesquelles elle entretient des rapports étroits, tels le conte d'animaux, le mythe ? Aristote la range parmi les formes de persuasion oratoire qui s'appuient sur l'exemple et la définit par son double caractère fictif et allégorique[2]. La fable semble en effet caractérisée par trois traits : c'est un récit fictif, allégorique et didactique[3]. Ce caractère fictif est d'ailleurs indissociable du mot *fable*, qui, pour cette raison, est connoté négativement dans la littérature médiévale. La première occurrence du terme, en 1155, dans le *Roman de Brut* de Wace (une chronique romanesque des rois de Grande-Bretagne), qualifie de *fables* les légendes sans fondement qui circulent sur le roi Arthur et la Table ronde :

> Fist Artur la Roünde Table
> Dunt Bretun dient mainte fable.

1. La production humaniste n'a supplanté la tradition médiévale qu'à partir des années 1547-1548 ; cf. P. Cifarelli, *Catalogue thématique des fables ésopiques françaises au XVIe siècle*, Paris, Champion, 1993, p. 20.
2. Aristote, *Rhétorique*, II, 20.
3. Cf. B.E. Perry, *Æsopica*, Urbana, The University of Illinois Press, 1952, p. IX, et « Fable », *Studium Generale*, n° 12, 1959, p. 17-37.

(Arthur fit la Table ronde, sur laquelle les Bretons racontent tant de fables[1].)

Mais, vers 1180, Marie de France, dans le prologue de son isopet[2], donne à *fable* le sens de récit ésopique — non sans éprouver le besoin de se justifier :

Mes n'i ad fable de folie
u il n'en ait philosophie
es essamples ki sunt aprés,
u des contes est tut li fes.

(Mais il n'y a de fable si légère qui ne présente des leçons de sagesse contenues dans les moralités qui les suivent et qui portent la signification profonde des récits[3].)

Marie affirme ainsi la valeur didactique des fables, dont la leçon est explicitée dans la moralité qui fait suite au récit. Elle souhaite peut-être réhabiliter un genre mineur. Mais, plus généralement, ce prologue fait écho à celui des *Lais*, ces contes bretons que Marie se vante d'avoir sauvés de l'oubli en les faisant passer de la culture orale à la culture écrite : les Anciens « s'exprimaient avec beaucoup d'obscurité », laissant aux modernes le soin d'interpréter leurs ouvrages et d'en extraire le sens caché. Il en va de même pour les fables. Les autres termes employés par les fabulistes médiévaux pour désigner leurs récits sont d'ailleurs révélateurs de cette conception de l'apologue. Marie évoque les *exemples*, les *proverbes*, les *contes* par lesquels les sages illustraient leurs leçons[4]. L'histoire de la matrone d'Éphèse, cette veuve éplorée qui passait ses journées sur la tombe de son mari et se laissa si vite convaincre d'épouser un

1. Wace, *Roman de Brut*, éd. I. Arnold, Paris, SATF, 1940, v. 9751-9752; *La Geste du roi Arthur*, trad. E. Baumgartner et I. Short, Paris, 10/18, 1993, v. 1023-1024.
2. Cité *supra*.
3. Prologue, éd. et trad. Ch. Brucker, v. 23-26.
4. *Ibid.*, v. 4, 8, 25, 26.

autre homme que, pour sauver ce dernier, elle n'hésita pas à suspendre le cadavre de son mari au gibet, est, pour le moins, peu édifiante. Elle est pourtant qualifiée de *signifiance*[1], c'est-à-dire de récit dont il faut chercher le sens, dissimulé derrière la *semblance* de la fable, comme la noix au creux de sa coquille[2]. De même, l'*Isopet I* parle de *beles fables*, l'*Avionnet* de *bonnes fables*[3]. L'*Isopet de Chartres* cherche à inverser le lien habituel entre fable et mensonge :

> ... Ce sont fables,
> Mes j'é bons tesmoings estables
> Toutes viennent a verité.
>
> (... Ce sont des fables, mais je peux citer de bonnes autorités pour affirmer qu'elles débouchent sur la vérité[4].)

S'il y a de bonnes et de belles fables, c'est qu'elles sont porteuses d'une leçon. Les prologues des isopets, comme ceux des recueils latins depuis Phèdre, affirment la valeur édifiante des fables. Leur leçon est explicitée sous la forme d'une moralité, placée à la tête (*promythium*) ou à la fin du récit (*epimythium*), ou encore implicite.

Enfin la fable est un récit allégorique : « Les personnages de la fable sont allégoriques en ce sens qu'ils représentent d'autres êtres qu'eux-mêmes[5]. »

On retrouve ces trois traits (fiction, allégorie, didactisme) dans la définition de M. Ellwood Smith : « La fable est un récit court, à l'évidence fictif, destiné à inculquer, par la représentation symbolique de types humains, des leçons de morale pratique et d'éthique[6]. »

1. Voir *infra, La Veuve*, v. 37.
2. Cf. *Isopet I*, Prologue, v. 34.
3. *Ibid.*, v. 4 ; *Avionnet*, Prologue, v. 4.
4. *Isopet de Chartres*, Épilogue, v. 49-51.
5. M. Nøjgaard, *op. cit.*, t. I, p. 62.
6. M. Ellwood Smith, « The Fable and kindred forms », *Journal of English and Germanic Philology*, XIV, 1909, p. 519-529 (*cit.* p. 529). Cf. Houdar de la Motte, *Discours sur la fable* : « La fable est une instruction déguisée sous l'allégorie d'une action. »

Mais ce type de définition ne tient pas compte de la structure narrative de la fable, qui en constitue pourtant l'originalité première, comme l'a montré M. Nøjgaard. En effet, si l'élément didactique est au cœur de la fable, beaucoup de fables ne présentent pas la moindre moralité. C'est que la morale de la fable tient à la structure de la narration même, qui repose sur deux couples antagonistes : la force et la faiblesse, la ruse et la sottise, c'est-à-dire la force et la faiblesse matérielles d'une part, la force et la faiblesse spirituelles de l'autre[1]. La narration est centrée sur un conflit entre un personnage fort et un personnage faible, le personnage de la fable étant défini comme « l'expression spatiale d'une force[2] ». Si l'opposition demeure au plan matériel, la force l'emporte sur la faiblesse (*Le Loup et l'Agneau*[3]). Si elle se déplace au plan spirituel, le rapport de forces est inversé : le renard l'emporte sur le loup (*Le Loup pêcheur et le Lion*). L'évolution du conflit se résume aux séquences suivantes :

— la donnée, c'est-à-dire la situation initiale, qui pose les termes du conflit ;

— l'action de choix, qui résout le conflit entre le faible et le fort (le corbeau choisit d'ouvrir le bec) ;

— l'évaluation, qui révèle le rapport de forces final : elle se traduit par l'action ultime (le renard mange le fromage) et la dernière repartie du vainqueur ;

— la moralité.

La fable simple se réduit au conflit entre un fort et un faible (*Le Loup et l'Agneau*). La fable simplifiée repose sur un personnage unique et supprime donc le conflit : le cerf, se contemplant dans l'eau, admire ses bois et méprise ses pattes grêles ; il revient sur son jugement quand, fuyant les chiens, il constate que ses

1. M. Nøjgaard, *op. cit.*, t. I, p. 246-283.
2. *Ibid.*, p. 284.
3. Pour la commodité de la lecture de l'introduction, les fables célèbres de la tradition ésopique sont données sous leur titre le plus connu — c'est-à-dire celui de La Fontaine.

bois l'entravent dans sa course et que ses pattes lui sauvent la vie (*Le Cerf se voyant dans l'eau*). Enfin la fable composée « juxtapose deux fables dont la première contient un renvoi à l'action finale commune » : le renard trompe d'abord la cigogne avant d'être pris à son propre piège (*Le Renard et la Cigogne*)[1].

Fables et folklore

Les isopets se donnent clairement comme la transcription d'un recueil latin, lui-même issu des fables de Phèdre à travers les multiples versions du *Romulus*. On ne saurait donc leur attribuer une origine populaire et orale. Mais on ne saurait nier non plus leur parenté avec les contes universels dont A. Aarne et S. Thompson ont établi la typologie[2]. Les fables d'Ésope et de Phèdre ont une origine folklorique. Les fabulistes médiévaux baignent eux-mêmes dans la culture populaire, connaissent les contes d'animaux qui circulent oralement, et bien des fables dont l'origine demeure inconnue, en particulier dans l'isopet de Marie de France, peuvent remonter à une source orale. Les relations entre culture savante et culture populaire sont inextricables dans les isopets comme dans le *Roman de Renart*.

Ainsi, le répertoire Dicke-Grubmüller renvoie, pour toutes les fables, à un conte d'animaux de la typologie Aarne-Thompson[3]. Pour M.-L. Tenèze, le conte d'animaux privilégie les chaînes de brèves aventures enfilées les unes à la suite des autres (comme le *Roman de Renart*, qui exploite les mêmes contes que les fables en regroupant plusieurs aventures dans une branche). Dans la fable, « c'est bien l'aventure isolée qui est en cause, et, qui plus est, celle-ci n'est pas

1. M. Nøjgaard, *op. cit.*, t. I, p. 141-185.
2. A. Aarne et S. Thompson, *The Types of the Folktale*, Helsinki, 1961.
3. G. Dicke et Kl. Grubmüller, *Die Fabeln des Mittelalters und der frühen Neuzeit, ein Katalog der deutschen Versionen und ihrer lateinischen Entsprechungen*, Munich, W. Fink, 1987.

racontée pour elle-même mais en vue de la leçon morale qu'elle doit servir à créditer. L'opposition *Roman de Renart* et chaînes animales *vs* fable peut ainsi se transcrire comme suit : littérature d'inspiration laïque, à fonction pédagogique non évidente, faisant appel au prolongement, à la répétition, *vs* littérature d'inspiration cléricale, à fonction pédagogique évidente, privilégiant le *cas*[1] ».

Mais on trouve aussi des contes merveilleux. *Le Paysan et le Lutin*, dans le recueil de Marie de France, offre une version du conte type AT 750 A, *Les Souhaits*, qui resurgit parallèlement dans un fabliau, *Les Quatre Souhaits saint Martin*. Le lutin de la fable fait don de trois souhaits à un paysan et à sa femme : la femme souhaite voir son mari pourvu d'un bec ; le paysan perd le deuxième vœu en souhaitant retrouver son visage ; l'histoire ne dit pas la nature du troisième vœu. Mais, dans le conte populaire, le mari et la femme se disputent : chacun souhaite voir l'autre affublé d'une difformité et le troisième vœu est consacré au retour à la situation initiale. Un bûcheron perd sa cognée dans une rivière (*Le Bûcheron et Mercure*) ; Mercure lui présente une cognée d'or puis une cognée d'argent, que l'homme refuse de reconnaître comme siennes ; un autre bûcheron s'empresse de revendiquer la cognée d'or, et Mercure de récompenser l'honnête homme et de punir le voleur : il s'agit du conte type 729 (*La Hache tombée à l'eau*). Le conte et la fable reposent sur des schémas narratifs identiques. Tous deux possèdent une dimension morale. Mais la morale « naïve » du conte, liée à un univers abstrait, est différente de celle de la fable. Ainsi, pour A. Jolles, la « disposition mentale » propre au conte est « l'éthique de l'événement ou morale naïve ». « Dans *Le Chat botté*, on voit le fils d'un meunier ; il a deux frères qui ont reçu chacun un héritage précieux : l'âne et le moulin ; lui n'a reçu pour sa part qu'un objet sans

1. P. Delarue et M.-L. Tenèze, *Le Conte populaire français*, t. III, Paris, Maisonneuve et Larose, 1976 (introd. M.-L. Tenèze, p. 92).

valeur : le chat. Ce donné, cet état de fait [...] nous donnent le sentiment d'une injustice, et d'une injustice qui doit être réparée. » Le conte oppose ainsi un univers « dans lequel l'événement contredit aux exigences de la morale naïve » à « un autre univers qui satisfait à toutes les exigences de la morale naïve[1] ». A cet univers abstrait, la fable oppose un monde terriblement concret et cruel, où le fort l'emporte le plus souvent sur le faible, où les méchants sont rarement punis, et une morale toute pratique pour vivre le moins mal possible dans un monde privé de transcendance. *Le Bûcheron et Mercure* relève donc du conte plus que de la fable. Mais qu'en est-il pour *Le Paysan et le Lutin* ?

Les isopets et la littérature narrative du Moyen Âge

Les romans naissent au XIIe siècle de la traduction, en français, de textes latins. On « met en roman » (c'est-à-dire en français) la *Thébaïde* de Stace ou l'*Énéide* de Virgile, et le terme de « roman » en vient à désigner le texte lui-même. Les isopets se présentent également comme des traductions du latin en français et visent le même public laïque et aristocratique, ignorant du latin :

> Pour ce exposer leur covient
> le latin dont la flable vient.
>
> (C'est pourquoi il faut leur expliquer le latin dont la fable est tirée[2].)

Ainsi les fables s'adressent-elles particulièrement aux laïcs — et aux enfants[3] —, qu'il faut éduquer en les distrayant. Les isopets doivent leur popularité à leurs liens avec deux formes de la littérature narrative particulièrement appréciées du public médiéval : les contes d'animaux et les récits didactiques.

1. A. Jolles, *Formes simples*, trad. franç., Paris, Le Seuil, 1972 (1re éd., 1930), p. 189 et 191.
2. *Isopet de Chartres*, Prologue, v. 31-32.
3. Cf. Épilogue de l'*Isopet II de Paris*, cité *supra*.

Dès 1893, Léopold Sudre relevait nombre de récits communs au *Roman de Renart* et aux isopets, parallélismes qui surgissaient déjà dans les avant-textes latins des œuvres françaises, l'*Ysengrimus* de Nivard (vers 1150) et les recueils ésopiques latins[1]. Renart flatte Tiécelin le corbeau pour lui faire lâcher son fromage[2]. Il persuade Chantecler le coq de chanter les yeux fermés pour s'emparer plus facilement de lui[3]. Il veut faire croire à la mésange que la paix règne désormais entre tous les animaux et qu'elle doit descendre de son arbre pour lui donner le baiser de paix[4]. Sa ruse l'emporte sur la force brutale du loup Ysengrin : il transforme le loup en pêcheur en lui attachant un seau à la queue et le fait écorcher sous prétexte de guérir le lion malade avec sa peau[5]. Mais si, dans les fables, la moralité condamne le trompeur, le rire domine dans le *Roman de Renart* : le romancier salue les bons tours de Renart ; le fabuliste fustige la ruse du goupil et la crédulité de ses victimes.

Comme la fable, le fabliau (le terme est un diminutif de fable) est un genre de l'imaginaire, désigné également, par ses auteurs, comme *fable, dit, exemple, aventure*. Un texte présente même le fabliau comme la mise en œuvre littéraire de la fable, matière du récit :

> De fables fet on fabliaus[6].

Le fabliau est « un conte en vers où, sur un ton trivial, sont narrées une ou plusieurs aventures plaisantes ou exemplaires, l'un et l'autre ou l'un ou

1. L. Sudre, *Les Sources du Roman de Renart*, Paris, Bouillon, 1892 (rééd. 1974) ; Nivard, *Ysengrimus*, trad. E. Charbonnier, Paris, Belles Lettres (Roue à Livres), 1991 ; *Le Roman de Renart*, trad. J. Dufournet et A. Méline, Paris, GF-Flammarion, 1985.
2. Voir *infra, Le Renard et le Corbeau.*
3. Voir *infra, Le Coq et le Renard.*
4. Voir *infra, Le Coq, le Renard et les Chiens.*
5. Voir *infra, Le Loup pêcheur et le Lion.*
6. *La Vieille Truande*, dans *Recueil général et complet des fabliaux*, éd. A. de Montaiglon et G. Raynaud, Paris, t. V, 1883, p. 171.

l'autre[1] ». La fable donne une place privilégiée à l'animal, le fabliau à l'homme. La première a une visée édifiante, le second une fonction essentiellement comique (à quelques exceptions près). Le caractère plaisant l'emporte largement sur le caractère exemplaire dans ces contes, le plus souvent amoraux. Mais l'isopet de Marie de France renferme des fables qui correspondent très précisément à cette définition des fabliaux, tels les deux récits consacrés à *La Femme et son amant*[2]. L'héroïne du premier, surprise dans les bras de son amant, persuade son mari qu'il est victime d'une illusion. L'héroïne du second s'en va dans la forêt avec son amant. Elle convainc son mari, qui l'a vue, que les femmes de sa famille sont victimes de la même malédiction : la veille de leur mort, on a cru les voir en compagnie d'un jeune homme. Le paysan nie alors avoir vu quoi que ce soit. Les deux moralités soulignent l'ingéniosité de la femme, rejoignant ainsi la leçon des fabliaux.

La frontière est bien floue encore entre l'apologue et l'*exemplum*, qui relèvent tous deux de la littérature narrative didactique. L'*exemplum* (*narratio authentica*) s'oppose à la *fabula* (*narratio ficta*), comme la réalité à la fiction : c'est « un récit bref, donné comme véridique et destiné à être inséré dans un discours (en général un sermon) pour convaincre un auditoire par une leçon salutaire[3] ». Son but moral relève en outre de l'édification religieuse (à la différence de la fable). Comme la fable, il puise sa matière dans la culture populaire. Nicole Bozon écrit ainsi, entre 1320 et 1350, des *Contes moralisés* destinés à illustrer des sermons[4]. L'*Ésope* de Julien Macho (à la suite de son

1. O. Jodogne, *Le Fabliau*, Turnhout, Brepols, 1975, p. 23. Voir également Ph. Ménard, *Les Fabliaux, contes à rire du Moyen Âge*, Paris, PUF (Littératures modernes), 1983 ; D. Boutet, *Les Fabliaux*, Paris, PUF (Études littéraires), 1985.

2. Voir *infra, La Femme et son amant, Encore la Femme et son amant.*

3. C. Brémond, J. Le Goff et J.-C. Schmitt, *L'Exemplum*, Turnhout, Brepols, 1982, p. 37.

4. Nicole Bozon, *Contes moralisés*, éd. L.T. Smith et P. Meyer, Paris, SATF, 1889.

texte-source, l'*Æsopus* de Steinhöwel) contient treize *exempla*, dont douze sont issus de la *Disciplina clericalis* de Pierre Alphonse, recueil de contes édifiants écrit entre 1106 et 1110 et lui-même traduit au XIIIe siècle sous le titre de *Chastoiement d'un père à son fils*.

La parenté entre fable et *exemplum* confirme l'importance de la leçon morale dans la fable. Pourtant, selon M. Nøjgaard, les fables d'Ésope ne sont ni morales ni immorales : elles ne connaissent comme valeurs positives que la force et la ruse[1]. Mais l'évolution de la fable va dans le sens de la moralisation : les fabulistes inscrivent leurs récits dans l'univers social, y introduisent les notions de justice et de vertu. Au conflit simple entre le fort et le faible, Phèdre substitue un double conflit, physique et moral, opposant (comme dans *Le Loup et l'Agneau*) l'innocent et le méchant, introduisant, après la force et la ruse, une troisième force : la transcendance. Il introduit dans la fable « la dualité tragique de l'existence, dans un monde régi par la force physique mais évalué selon des valeurs éthiques[2] ». Les isopets chrétiens retrouvent cette dualité, tel l'*Isopet de Lyon* à propos du loup et de l'agneau :

> Tout comme le loup, dans sa perfidie, tua l'agneau paisible et sans reproche, les méchants suivent cet exemple dans leur conduite envers les bons. Ils s'efforcent de trouver un prétexte pour leur nuire. Par leur fausseté, leur cruauté, ces loups sont les maîtres du monde. Partout on voit rabaisser la vertu, le droit, l'innocence. Le plus fort écrase le plus faible. Le pauvre homme est mort, s'il possède le moindre bien : il doit s'avouer vaincu; personne ne prend sa défense. Ma conclusion est claire : où le loup règne, la jus-

1. M. Nøjgaard, « La Moralisation de la fable : d'Ésope à *Romulus* », dans *La Fable* (30es Entretiens sur l'Antiquité classique), *op. cit.*, p. 225-242.
2. M. Nøjgaard, *La Fable antique*, t. II, p. 188.

tice est morte. La vertu n'est pas en sûreté chez des gens qui méprisent Dieu[1].

Fables et société : l'isopet de Marie de France

Le recueil de Marie de France se distingue des autres collections de fables françaises par le souci, qui y est constamment affiché, d'inscrire la morale des fables dans la société contemporaine. On y trouve une représentation de toutes les classes de la société du XIIe siècle et de l'idéologie qui régit leurs relations, au point qu'on a pu le rapprocher des « miroirs des princes » qui, tout au long du Moyen Âge, enseignent aux rois l'art de bien gouverner. Le plus célèbre d'entre eux, le *Policraticus* de Jean de Salisbury (1159), a d'ailleurs été composé (comme, vraisemblablement, les œuvres de Marie de France) à la cour de Londres[2].

La morale de Marie reflète la hantise du changement qui domine toute la pensée médiévale : chacun doit rester à la place qui lui a été assignée par Dieu dans la société et ne pas chercher à en prendre une autre, comme l'âne qui veut prendre la place du petit chien auprès de son maître (*L'Âne et le Petit Chien*). Mais la fabuliste n'en critique pas moins, avec une violence peu commune, les puissants seigneurs qui abusent de leur pouvoir et écrasent les faibles. Au lieu de déplorer, comme les autres isopets, l'impuissance des faibles devant les forts, Marie inscrit le conflit du loup et de l'agneau dans la société de son temps :

Issi funt li riche seignur,
li vescunte et li jugeür
de ceus qu'il unt en lur justise;

1. Voir *infra*, *Le Loup et l'Agnelet*, trad. v. 53-70.
2. Voir H.R. Jauss, *Untersuchungen zur mittelalterlichen Tierdichtung*, Tübingen, Niemeyer, 1959, chap. I; K.K. Jambeck, « The *Fables* of Marie de France : a mirror of princes », dans *In Quest of Marie de France*, New York, The Edwin Mellen Press, 1992, p. 59-106.

faus' acheisuns par coveitise
treovent asez pur eus cunfundre :
suvent les funt a pleit somundre,
la char lur tolent e la pel,
si cum li lus fist a l'aignel.

(C'est ce que font les puissants brigands, les vicomtes et les juges, de ceux qui sont au pouvoir de leur justice; la cupidité leur fait bien trouver une fausse accusation pour les mener à leur perte; souvent ils les font convoquer devant le tribunal : ils leur prennent la chair et la peau; c'est ainsi que le loup a agi à l'égard de l'agneau[1].)

Marie souligne les devoirs du seigneur envers ses sujets, mais aussi les devoirs du vassal envers son suzerain. *Les Grenouilles qui demandent un roi* ont rejeté le premier seigneur qui leur avait été attribué (un tronc d'arbre); elles se font dévorer par le second (une couleuvre) : elles expient ainsi leur ingratitude à l'égard de leur premier seigneur.

L'opposition entre la morale sociale, très généralement abstraite et atemporelle, des recueils ésopiques médiévaux, latins ou français, et la morale politique de l'isopet de Marie est particulièrement marquée dans la fable *Les Membres et l'Estomac*[2]. La version antique la plus célèbre en est le discours tenu par Menenius Agrippa (dans l'*Histoire romaine* de Tite-Live, II, 32, 8) aux plébéiens révoltés contre le sénat. L'apologue des membres qui se révoltent contre l'estomac, pour comprendre ensuite leur erreur, est mise au service d'une image de l'État comme un corps dont toutes les parties doivent harmonieusement remplir leurs fonctions respectives afin d'assurer la survie de l'ensemble.

1. *Le Loup et l'Agneau*, v. 31-38, éd. et trad. Ch. Brucker.

2. Voir *infra*, *Le Débat du Ventre et des Membres*, et L. Harf-Lancner, « L'Individu dans l'État : la fable des *Membres et de l'Estomac* dans la littérature du Moyen Âge », dans *L'Individualisme : permanence et métamorphoses*, Paris, PUF, 1988, p. 51-71.

Au Moyen Âge, l'interprétation politique disparaît : la fable prône la solidarité entre individus, sans la moindre référence politique. Voici par exemple la morale de l'*Isopet I* :

> Nus, tant soit fors ne viguereus,
> Ne puet a soi souffire seus.
> Li uns de l'autre mestier a;
> Soi gart qui autre grevera.
>
> (Nul ne peut se suffire à lui-même, si fort et vigoureux soit-il. Chacun a besoin d'autrui, et qu'il prenne garde à lui, celui qui nuira à autrui[1] !)

Mais Marie de France donne de la fable une interprétation originale. Elle change les protagonistes habituels, c'est-à-dire les mains, les pieds et l'estomac, et leur en joint un nouveau : la tête. La tête ne joue pourtant aucun rôle dans le récit, qui rappelle fidèlement l'affrontement des membres et de l'estomac. Les mains et les pieds refusent de nourrir le ventre et finissent par mourir avec lui. Mais la moralité justifie la présence de cette tête encombrante :

> Par ceste essample peot hum veer
> — e chescun franc humme le deit saver —
> nul [hum] ne peot aver honur
> ki hunte fet a sun seignur,
> ne li sire tut ensement,
> pur qu'il voille hunir sa gent;
> si l'un a l'autrë est failliz,
> ambur en erent maubailliz.
>
> (Par cet exemple, on peut voir — tout homme honnête doit en être conscient — que personne ne peut, de quelque manière que ce soit, connaître l'honneur, s'il se conduit de façon infamante à l'égard de son seigneur, non plus

1. *Isopet I*, v. 29-32.

> que son seigneur, pour peu qu'il inflige du déshonneur à ses gens ; si l'un a manqué à son devoir de fidélité à l'égard de l'autre, tous deux souffriront de la situation[1].)

Marie de France retrouve ainsi la signification politique de l'apologue, les rapports entre gouvernants et gouvernés, c'est-à-dire entre seigneurs et vassaux. Implicitement, la tête se substitue au ventre comme emblème du pouvoir (tout comme dans le *Policraticus* de Jean de Salisbury, qui exploite également l'apologue).

Les fabulistes du Moyen Âge méritent de sortir de l'oubli. Les isopets annoncent souvent les fables de La Fontaine par la vivacité de leurs dialogues, leur alliance du rire et des larmes, de la cruauté et de la tendresse. Cette anthologie, qui rassemble à la fois des fables ésopiques célèbres, dans la version qui a paru la plus significative (*La Cigale et la Fourmi, Le Corbeau et le Renard, Le Chêne et le Roseau*), et d'autres récits, parfois difficiles à classer (*La Méchante Femme et son mari, La Matrone d'Éphèse, Le Chevalier chauve, Le Curé qui enterra son chien*), cherche à rendre compte de la richesse et de la variété de ces recueils.

Jeanne-Marie BOIVIN
Laurence HARF-LANCNER.

1. Marie de France, fable 27, v. 19-26, éd. et trad. Ch. Brucker.

NOTE SUR CETTE ÉDITION

L'ordre dans lequel les isopets sont présentés est un ordre chronologique — sauf pour la *Vie d'Ésope* de Julien Macho, placée, comme dans les anciens recueils, avant les fables. La *Vie d'Ésope*, en raison de sa longueur, n'a été donnée qu'en traduction.

Éditions des fables

Les textes reproduits vis-à-vis des traductions sont tirés des éditions suivantes :

Fables de Marie de France : éd. K. Warnke, *Die Fabeln der Marie de France*, Halle, Niemeyer (Bibl. Normannica), 1898.

Isopet de Lyon, Isopet de Chartres, Isopet II de Paris, Isopet I-Avionnet : Recueil général des isopets, t. I et II, éd. J. Bastin.

Ésope de Julien Macho : *Recueil général des isopets*, t. III, éd. P. Ruelle.

Titres des fables

On a conservé pour chaque fable le titre de la version retenue, quand il y en avait un. Les *Fables* de Marie de France, dans le manuscrit Harley retenu par K. Warnke et Ch. Brucker comme par les autres éditeurs, ne sont accompagnées d'aucun titre. Les titres sont donc, pour les quarante premières fables, ceux du *Romulus de Nilant* et, pour les autres, les titres du *Dérivé complet du Romulus anglo-latin.*

Notes

On renvoie aux sources latines dans les éditions suivantes :
Romulus de Nilant : éd. L. Hervieux, *Les Fabulistes latins*, t. II.
Novus Æsopus d'Alexandre Neckam : éd. J. Bastin, *Recueil général des isopets*, t. I.
Romulus de Nevelet et *Avianus* : éd. J. Bastin, *Recueil général des isopets*, t. II.
Æsopus de Steinhöwel : éd. H. Österley.

Abréviations :
— Isopets (donnés, pour la commodité de la consultation, entre Marie de France et les traductions des fables de Vincent de Beauvais, dans l'ordre de l'édition du *Recueil général des isopets*) : MF, Marie de France ; IP2, *Isopet II de Paris* ; IC, *Isopet de Chartres* ; IL, *Isopet de Lyon* ; I1, *Isopet I* ; IP3, *Isopet III de Paris* ; Ma, Julien Macho ; JV, Jean de Vignay ; MH, *La Mer des histoires.*
— *Dér. compl. Rom. anglo-lat.* : *Dérivé complet du Romulus anglo-latin.*
— *Rom. ord.* : *Romulus ordinaire.*
— LF : La Fontaine
— Autres références (complètes dans la bibliographie) :
AT : A. Aarne et S. Thompson, *The Types of the Folktale.*
Le Roux de Lincy : *Le Livre des proverbes français.*
Morawski : *Proverbes français antérieurs au* XVe *siècle.*
Nicole Bozon : *Contes moralisés.*
P. Ruelle, « Notes... » : « Notes sur le lexique des isopets. »
Tubach : *Index exemplorum.*
Les références au *Roman de Renart*, sont celles de l'édition J. Dufournet et A. Méline (GF-Flammarion).

VIE D'ÉSOPE[1]

Ésope pendant toute sa vie n'eut jamais de chance, bien qu'il fût intelligent et avisé. Né en Grèce, près de Troie la Grande, dans un bourg appelé Amorium, c'était le plus contrefait des hommes : il avait une énorme tête, un visage disproportionné, des joues pendantes, les yeux perçants, le cou enfoncé dans les épaules, une bosse et une grosse bedaine, de grosses jambes et de larges pieds. Qui pis est, il était si bègue qu'il était absolument incapable de parler. Mais il était très astucieux et déployait des trésors d'ingéniosité et de subtilité pour faire des plaisanteries et des facéties. En effet, chaque fois qu'on lui commandait quelque chose et qu'il ne faisait pas ce qu'on voulait, faute de pouvoir parler, il savait bien communiquer par signes, comme cela apparaît dans l'histoire qui suit.

Première histoire : comment Ésope se disculpe de l'accusation d'avoir mangé les figues de son maître.

Comme son maître le croyait inutile, il l'envoya à la campagne travailler la terre. Un jour où le maître était venu dans sa maison de campagne, son fermier lui ramassa des figues et les lui offrit en disant : « Reçois, mon maître, les premiers fruits de tes terres. » Le maître les reçut avec joie et dit à son esclave, appelé Agatopus, de les prendre et de bien les garder jusqu'à son retour du bain. Ce jour-là, il arriva qu'Ésope, rentrant du travail, demanda à manger comme il en avait l'habitude. Agatopus, qui gardait les figues, en mangea deux et dit à l'un de ses compagnons : « Si je ne craignais pas mon maître, je mangerais toutes les figues. » Son compagnon lui répondit : « Si tu veux bien que je mange avec toi, je trouverai une ruse pour que cela ne nous crée pas d'ennuis. — Comment cela sera-t-il possible ? dit Agatopus. — Quand mon maître sera revenu, expliqua son compagnon, nous lui dirons qu'Ésope les a mangées et, comme il ne peut pas parler, il ne pourra pas se défendre. Ainsi il sera battu comme plâtre et nous satisferons notre envie. » Étant tombés d'accord, ils mangèrent les figues, en se disant : « Ce rustre va être rossé. » Le maître revint du bain et demanda qu'on lui apportât ses figues. « Mon maître, lui dit Agatopus, quand Ésope est rentré des champs, il a trouvé le cellier ouvert, y est entré sans aucun motif et a mangé toutes les figues. » En entendant cela, le maître entra dans une grande colère et dit : « Appelez Ésope. » Dès qu'il fut arrivé, il lui dit : « Esclave difforme, tu n'as pas peur de manger mes figues ! » En entendant ces mots, Ésope eut peur parce qu'il ne pouvait pas parler, en regardant ceux qui l'avaient accusé. Le maître donna l'ordre de le déshabiller. Ésope se jeta à ses pieds et le pria comme il put de lui laisser le temps de se disculper, ce qui lui fut accordé. Aussitôt il s'empara d'une marmite pleine d'eau chaude, qui se trouvait sur le feu, versa de l'eau dans un récipient et la but. Peu après il se mit les doigts dans la bouche et ne rejeta que de l'eau, car ce jour-là il n'avait goûté que cette eau. Il demanda que ses accusateurs boivent de cette eau de la même façon que lui. Après avoir bu, ceux-ci tenaient leur main devant leur bouche pour ne pas vomir mais, leur estomac étant relâché par l'eau chaude, ils rejetèrent en même temps l'eau et les figues. Le maître en voyant cela leur dit : « Pourquoi m'avez-vous menti et avez-vous accusé cet homme qui ne peut parler ? » Alors il donna l'ordre de les déshabiller et de les fouetter publiquement, disant que tel serait le châtiment de quiconque ferait pareille chose à autrui.

Ayant pu voir et constater cela, Ésope retourna à son travail. Et tandis qu'il travaillait aux champs, survint un prêtre appelé Isidis, qui allait à la ville et avait perdu son chemin, et qui, apercevant Ésope, le pria de lui indiquer la bonne direction. Ésope le prit joyeusement par la main, le fit asseoir sous un figuier et posa devant lui du pain, des légumes et des dattes en le priant de manger ; il tira aussi de l'eau du puits et lui donna à boire. Puis, quand il eut bu et mangé, Ésope le prit par la main et le remit dans le bon chemin pour aller à la ville. Après cela, le prêtre leva les mains au ciel et pria pour Ésope qui lui avait procuré tant de biens.

Deuxième histoire : comment la déesse Hospitalité donna le don de la parole à Ésope et comment il fut vendu.

Ésope retourna à son travail. Après avoir travaillé, il alla, pour éviter — comme on le fait généralement — la chaleur accablante du soleil, dormir et se reposer à l'ombre. Alors la déesse Hospitalité lui apparut et lui donna, en même temps que la sagesse et l'ingéniosité, le don de la parole et celui d'inventer toutes sortes de fables, parce qu'il était son zélé serviteur. Quand il fut réveillé, il se dit en lui-même : « Non seulement je me suis agréablement reposé, mais j'ai fait un très beau rêve : car je parle sans aucune difficulté et j'appelle par leur nom les choses que je vois, par exemple un râteau, une fourche, un âne, un bœuf, un chariot. Par les dieux, je peux donner à chaque chose son nom, car j'ai subitement reçu la grâce de cette faculté à cause du dévouement que je montre aux étrangers. Celui-ci a été agréable à Dieu, car quand on fait le bien on peut espérer en être récompensé par Lui, et c'est pourquoi je travaille, ni plus mal ni mieux qu'avant. »

Et tandis qu'il recommençait à travailler, arriva celui qui était chargé d'exploiter la propriété. Il commença à battre violemment un des ouvriers, ce qui déplut à Ésope, qui lui dit : « Pourquoi bats-tu cet homme sans raison ? Toutes les heures tu nous bats sans cause, tu nous tues, alors que toi tu ne fais rien.

Mais assurément cette méchanceté sera rapportée à mon maître, tu verras. » Quand l'intendant, nommé Zénas, l'entendit, il s'étonna de ce qu'Ésope parlait et s'opposait à lui, et se dit en lui-même : « Je vais prendre les devants afin que ce scélérat difforme ne m'accuse pas auprès de mon maître et que je ne sois pas destitué de ma charge. »

Aussitôt il monta sur son mulet, se rendit à la ville et dit à son maître : « Mon maître, je vous salue humblement. » Le maître lui dit : « Pourquoi viens-tu dans cet état d'agitation ? — Il vient d'arriver, répondit Zénas, dans votre maison de campagne une chose prodigieuse. — Et quoi, demanda le maître, les arbres ont-ils donné des fruits avant la saison ou les bêtes ont-elles mis bas des petits contre nature ? — Non, mon maître, mais Ésope, l'esclave difforme, a commencé à parler distinctement. — Eh bien, cela semble un prodige ! — Assurément. — On observe que bien des gens, lorsqu'ils se mettent en colère, n'arrivent pas à parler, mais lorsqu'ils sont calmes articulent tout clairement. — Mon maître, dit Zénas, il parle mieux que quiconque et m'a dit des choses injurieuses et blasphématoires, m'a tenu d'ignobles propos sur vous et sur tous les dieux. » Troublé, le maître dit : « Zénas, va à la campagne et fais de lui ce que tu voudras : bats-le, vends-le, donne-le ou perds-le, car je te le donne. » Zénas reçut l'acte de donation et s'en retourna dans la maison de campagne, où il dit à Ésope : « Maintenant tu es en mon pouvoir, car mon maître t'a donné à moi, et, parce que tu es une très méchante langue et que tu n'es que malignité, j'ai l'intention de te vendre. »

Le hasard fit qu'un marchand, qui avait acheté des esclaves, vint à la propriété acheter des bêtes pour porter ses marchandises à Éphèse ; il trouva Zénas et le salua en lui demandant s'il avait des bêtes à vendre. Celui-ci répondit qu'à aucun prix on ne pourrait en trouver : « Mais j'ai un esclave qui, s'il n'est pas beau, a un bon âge. » Et il lui demanda s'il voulait l'acheter. Le marchand répondit : « Je voudrais bien le voir avant. » Alors Zénas appela Ésope et le montra au marchand. En le voyant si contrefait et si laid, celui-ci s'écria : « D'où sort ce pot à tabac ? C'est le trompette des bateleurs[2] ! La belle marchandise ! S'il n'avait pas de voix, je croirais que c'est une outre pleine de vent ! Et tu m'as amené ici pour me montrer ce beau personnage ! Je croyais que tu voulais me vendre un esclave beau et plaisant. » Alors le marchand rebroussa chemin. Ésope le suivit et lui dit : « Attends un petit peu. — Laisse-moi, rustre, tu ne peux rien obtenir de moi, car, si je t'achetais, on m'appellerait marchand de folies et de sottises. — Pourquoi donc es-tu venu ici ? — Pour acheter quelque chose de beau, mais tu es trop laid, misérable et difforme : je n'ai que faire d'une pareille marchandise. — Si tu m'achètes, dit Ésope, tu n'y perdras rien. — En quoi pourras-tu m'être utile ? — N'y a-t-il pas dans ta maison ou dans ta propriété des petits enfants qui ne font que crier et courir ? Achète-moi et tu feras de moi leur maître d'école, car assurément ils me craindront comme un masque[3]. » Alors le marchand, dont la curiosité avait été piquée par les paroles d'Ésope, retourna voir Zénas en lui disant : « Combien veux-tu vendre cette belle marchandise ? » Zénas répondit : « Ce que tu voudras, car je sais bien que personne ne l'achètera. » Le marchand lui en donna un prix dont il fut fort satisfait.

Ésope partit donc avec son nouveau maître dans sa propriété. Au moment où il entra dans la maison, il y avait deux enfants qui restaient dans les jupes de leur mère. Aussitôt qu'ils l'aperçurent, ils se mirent à crier et se cachèrent dans le giron maternel. Alors Ésope dit au marchand : « Tu as déjà la preuve de ce que je t'ai promis, car dès que ces petits enfants m'ont aperçu, ils ont été épouvantés. » Le marchand lui dit en riant : « Va à l'intérieur saluer tes compagnons. » Ésope alla voir les esclaves beaux et plaisants et les salua en disant : « Je vous salue, mes beaux compagnons. » En le voyant, ils dirent entre eux : « Nous allons avoir avec nous un beau personnage ! Quelles sont donc les intentions de notre maître, pour avoir acheté un homme aussi contrefait? » Le maître leur répondit : « Comme je n'ai trouvé aucune bête pour le faire, j'ai acheté ce gaillard pour vous aider à porter mon chargement, les paquets qui sont ici et tout le nécessaire, car demain nous devons aller à Éphèse. »

Puis les esclaves se répartirent entre eux les charges à porter. Ésope s'adressa à eux ainsi : « Ah! mes bons compagnons, vous voyez que je suis plus petit et faible, aussi je vous prie de me donner la plus légère. — Si tu n'as pas de forces, répondirent-ils, ne porte rien. » Ésope protesta : « Puisque vous travaillez tous, il n'est pas juste que je me repose, mais puisque je suis le plus petit de vous tous, donnez-moi quelque chose qui corresponde à mes forces, afin que je travaille comme vous, car il ne faut pas que je sois le seul à être inutile à mon maître. »

Troisième histoire : comment Ésope demanda à ses compagnons de lui donner la charge la plus légère à porter et ceux-ci crurent lui donner la plus lourde, mais comment il les trompa, car elle fut plus légère que toutes les autres charges.

Ses compagnons dirent donc : « Porte ce que tu voudras. » Ésope examina les charges qu'il fallait porter — des sacs, des paquets et des paniers —, prit un plein panier de pain, qui devait être porté par deux hommes, et leur dit : « Donnez-moi ceci. » Les autres de s'étonner : « En vérité, personne n'est plus fou que cet homme, car il demandait le fardeau le plus léger et il a choisi le plus lourd. » Ésope prit donc le panier plein de pain. Comme il avançait plus vite que les autres, ses compagnons, surpris, s'exclamèrent : « Notre maître n'a pas perdu son argent, car il pourrait porter une charge bien plus lourde. » Ainsi ils se moquaient de lui[4]. Ensuite, quand il fallut gravir une montée, Ésope la franchit le moins péniblement qu'il put et précéda encore largement ses autres compagnons. Quand tous furent arrivés, le seigneur leur donna l'ordre de se reposer un peu et de manger. Il dit à Ésope : « Donne à ces hommes du pain à manger. » Ésope en donna tant à tous ses compagnons que le panier fut à moitié vide, et, lorsqu'ils se relevèrent, déchargé d'une partie de son fardeau, il parvint avant tout le monde à l'auberge. Au repas du soir, il donna tant de pain à ses compagnons que le panier fut entièrement vide. Et le lendemain, pendant qu'ils marchaient, comme son panier était vide, il marchait quatre fois plus vite que les autres et avançait si loin devant eux qu'ils ne parvenaient plus à le distinguer et qu'ils ne croyaient pas que c'était lui. Ils se disaient entre eux : « Qui est celui qui est si loin devant nous ? » Et l'un d'eux dit : « Ne voyez-vous pas que ce gnome par son astuce et son esprit nous a trompés ? Car nous portons les charges qui ne sont pas consommées en chemin tandis que celle qu'il portait est vide. Il est plus rusé et avisé que nous. »

Ils arrivèrent à Éphèse. Le marchand apporta sa marchandise au marché et mit en vente ses trois esclaves appelés Grammaticus, Saltes et Ésope[5]. C'est alors qu'un marchand lui dit : « Si tu conduis tes esclaves à Samos, tu seras sûr de les vendre, car il y a là-bas un philosophe appelé Xantus, auprès de qui beaucoup de gens vont s'instruire. » Il prit donc le bateau pour Samos. Puis il fit revêtir à Saltes et à Grammaticus des habits neufs et les conduisit pour les vendre au marché. Quant à Ésope, comme il était très laid, il l'habilla de bure et le plaça entre les deux autres qui étaient beaux, plaisants et bien faits. Tous ceux qui regardaient Ésope et le voyaient si contrefait étaient stupéfaits et disaient : « Esclaves, d'où sort ce monstre ? Vous l'avez amené ici pour vous moquer de nous. » Ésope, qui se rendait bien compte que tous se moquaient de lui, leur lançait avec hardiesse des regards menaçants.

Quatrième histoire : deuxième vente d'Ésope.

Le philosophe Xantus, sortant de sa maison, se rendit au marché et, en se promenant, remarqua ces deux esclaves avec, au milieu d'eux, Ésope. Stupéfait de la maladresse du marchand, il s'approcha de l'un d'eux et lui dit : « De quel pays es-tu ? » Il répondit : « Je suis de Cappadoce. » Xantus demanda encore : « Que sais-tu faire ? — Tout ce que tu voudras. » En entendant cette réponse, Ésope éclata de rire. Les disciples qui accompagnaient Xantus, regardant Ésope rire ainsi et en riant montrer ses grandes dents, croyaient voir un monstre et non un homme. Ils s'exclamèrent : « Que ce gros goinfre a de grandes dents ! » L'un d'ajouter : « Qu'a-t-il vu pour rire si fort ? » Et un autre : « Il ne rit pas, il a faim et tremble[6]. Posons-lui la question. » Un des disciples lui demanda : « Ésope, mon beau gaillard, dis-moi pourquoi tu as ri si fort ? » Ésope de lui dire : « Allez, singe[7] ! Quel mal y a-t-il à cela ? Allez-vous faire pendre ! » Le disciple tout honteux disparut au plus vite. Puis Xantus commença à demander au marchand : « Combien me coûtera Saltes ? » Le marchand répondit : « Mille deniers. » Quand Xantus vit que le prix du marché était excessif, il se tourna vers l'autre et lui demanda : « D'où es-tu ? » Il répondit : « Je suis de Lydie. » Xantus demanda encore : « Que sais-tu faire ? — Tout ce que tu peux imaginer. » En entendant cela, Ésope recommença à rire. Les disciples, en le regardant rire, se mirent à dire entre eux : « Celui-ci rit de tout. » Et l'un de dire à l'autre : « Si tu veux te faire injurier, demande-lui pourquoi il rit. » Puis Xantus demanda au marchand : « Combien coûtera Grammaticus ? » Le marchand lui répondit : « Trois mille écus. » En entendant cela, Xantus se tut et partit sur-le-champ. Alors les disciples commencèrent à lui dire : « Maître, ces esclaves ne te plaisent pas ou ne te conviennent pas ? — Si, répondit Xantus, mais il est interdit dans notre ville d'acheter un esclave, aussi beau soit-il, un tel prix, sous peine d'être sévèrement puni. » Alors l'un des disciples de dire : « Puisque tu ne peux pas acheter ceux qui sont beaux, achète au moins, je t'en prie, celui qui est le plus laid du monde et le plus contrefait qui existe sur la terre, car il pourra sûrement te rendre service et nous te l'offrirons. — Ce serait bien déraisonnable, dit Xantus, car ma femme est si difficile qu'elle ne pourrait supporter d'être servie par un tel esclave. » Les disciples rétorquèrent : « Maître, tu as beaucoup d'affaires dont ta femme ne se mêlera pas. » Alors Xantus : « Demandons-lui d'abord ce qu'il sait faire afin que par manque de précautions nous ne perdions pas notre argent. » Il revint voir Ésope et lui dit : « Dieu te garde, esclave ! — Je te prie de ne pas me tourmenter », dit Ésope. Xantus continua : « Je te salue. — Moi de même. — Sois sans inquiétude et réponds à mes questions. De quel pays es-tu[8] ? — Je suis de chair et d'os. — Je ne te demande pas cela, dit Xantus, mais où tu as été engendré. — Dans le ventre de ma mère. — Je ne te demande pas cela non plus, mais dans quel lieu tu es né. — Ma mère ne m'a pas garanti dans quel lieu elle m'a mis au monde, dans la chambre ou dans la grande salle[9]. » Xantus poursuivit : « Je te prie de me dire ce que tu sauras faire. — Rien, répondit Ésope. — Comment, rien ? — Eh bien, mes compagnons qui sont ici ont dit qu'ils feront tout : ils ne m'ont rien laissé à faire. » Les disciples furent stupéfaits : « Par la sagesse divine, dirent-ils, il a bien répondu, car on n'a trouvé personne qui sache tout faire, et c'est pourquoi il rit si fort. » Puis Xantus lui dit : « Je t'en prie, veux-tu que je t'achète ? — Cela dépend de toi, répondit Ésope, car personne ne peut rien contre la force[10]. Cependant, si tu en as envie, ouvre ta bourse et compte l'argent ; sinon, renonces-y. » Les disciples s'exclamèrent : « Par les dieux, celui-ci surpasse notre maître. » Xantus lui dit encore : « Si je t'achète, tu pourrais t'enfuir ? — Si je voulais m'enfuir, répondit Ésope, je ne te conseillerais pas de m'acheter. — Tu parles très bien, dit Xantus, mais tu es trop laid et contrefait. — On ne doit pas, répliqua Ésope, considérer l'apparence physique de l'homme, mais ses capacités intellectuelles. » Alors Xantus demanda au marchand : « Combien coûtera celui-ci ? — Tu es vraiment, répondit le marchand, un client insensé. — Pourquoi dis-tu cela ? — Parce que tu laisses de bons et beaux esclaves pour en prendre un qui ne vaut rien. Prends un des deux autres et renonce à celui-ci. » Mais Xantus insista : « Je te prie de me dire combien il m'en coûtera. — Soixante deniers », répondit le marchand. Les disciples lui payèrent la somme et par ce marché Ésope devint esclave de Xantus. Les percepteurs d'impôts, qui recouvraient l'argent de cette vente, demandèrent[11] avec zèle qui était le vendeur et qui était l'acheteur. Mais Xantus et le marchand complotaient de déclarer un prix inférieur. Alors Ésope leur dit : « Assurément celui-ci m'a acheté et c'est celui-là qui m'a vendu : s'il[12] voulait le nier, je me déclare libre. » Les percepteurs se mirent à rire de cette plaisanterie et allèrent recouvrer auprès de Xantus l'impôt sur l'achat d'Ésope[13].

Cinquième histoire : comment Xantus conduisit Ésope dans sa maison pour le montrer à sa femme.

Après cela, chacun rentra chez soi et Ésope suivit Xantus qui allait dans sa maison. Xantus, en marchant, pissait sur le chemin. Remarquant cela, Ésope le prit par son vêtement et lui dit : « Mon maître, si tu ne me vends pas tout de suite, je m'enfuirai. — Et pourquoi ? » demanda Xantus. Ésope répondit : « Parce que je ne peux pas servir un tel maître. — Pourquoi ? — Parce que tu es un maître[14], tu n'as pas honte de ne pas accorder de repos à l'humaine nature et pisses en marchant : si je devais te servir, et que j'aie besoin de purger mon corps et mon ventre, il me faudrait faire la même chose. » Alors Xantus : « Ne t'inquiète pas, écoute plutôt ce que je vais te dire ; c'est pour éviter trois inconvénients que j'ai uriné en marchant : premièrement afin que la chaleur du soleil ne me brûle pas en m'arrêtant ; deuxièmement pour que mon urine ne brûle pas mes pieds ; troisièmement pour éviter la puanteur de l'urine. Je me suis épargné ces trois inconvénients en urinant en marchant. — Je suis satisfait de ta réponse », déclara Ésope.

Lorsqu'ils furent devant la maison, Xantus lui dit : « Reste un peu devant la porte pour que j'aille devant faire ton éloge auprès de ta maîtresse. — Entendu », dit Ésope. Et quand Xantus fut entré dans la maison, il dit à sa femme : « Madame, vous allez être contente : j'ai toujours désiré vous donner un beau serviteur; aussi vous en ai-je acheté un qui est si intelligent et si plaisant que jamais vous n'en avez vu de plus beau. » Quand les servantes[15] entendirent cela, croyant que c'était vrai, elles commencèrent à se disputer. L'une disait : « Mon maître m'a acheté un beau mari. » Et une autre : « J'ai rêvé cette nuit que j'étais mariée. » Tandis que les servantes parlaient, la femme dit : « Mon seigneur, où est le beau compagnon dont vous avez fait un si grand éloge ? Je voudrais le voir. — Il est devant la porte. — Je vous prie de l'amener. » Tandis que les servantes se querellaient, l'une d'elles se dit : « Je serai la première à le voir, et, si je peux, il sera mon mari. » Quand elle fut sortie de la maison, elle dit : « Où est le beau jeune homme que j'espère tant ? — Qui demandes-tu ? dit Ésope, c'est moi. » En le voyant, la servante fut effrayée et dit : « Es-tu le beau paon ? Où est ta belle queue[16] ? » Alors Ésope : « Si tu as besoin d'une queue, elle ne te fera pas défaut. » Et comme il voulait entrer, la servante lui dit : « Ne pénètre pas à l'intérieur, car tous ceux de la maison s'enfuiront en te voyant. » Puis elle alla rejoindre ses compagnes et leur dit : « Mesdames, je vous amène un beau serviteur. » Une autre, en entendant ces paroles, sortit; en voyant Ésope si contrefait, elle s'écria : « Ah! vaurien! Crève donc! Garde-toi de me toucher! »

Ésope entra dans la maison et se présenta aussitôt à sa maîtresse. Quand elle le vit, elle détourna le visage et dit à Xantus : « En guise de serviteur, tu m'as amené un monstre. Jette-le dehors. — Ma femme, dit-il, tu dois être à présent joyeuse, car je t'ai amené un joyeux serviteur[17]. » Elle lui dit : « Xantus, je vois bien que tu ne m'aimes pas et que tu désires avoir une autre femme : comme tu n'oses pas me le dire, tu m'as amené ce gros vaurien pour que je m'en aille de ta maison, car tu sais bien que je ne pourrais pas le supporter. Du reste, donne-moi mon douaire et je partirai au plus vite. » Alors Xantus s'adressa à Ésope : « Sur la route tu parlais d'abondance, et maintenant tu ne dis rien. — Mon maître, répliqua Ésope, c'est que ta femme est d'une humeur si difficile. Je t'en prie, mets-la en prison. » Xantus lui dit : « Tais-toi, si tu ne veux pas être battu. Ne vois-tu pas que je l'aime plus que moi ? » Alors Ésope : « Dans ce cas[18], je te prie de l'aimer. » Et Xantus : « Pourquoi pas ? » Ésope se mit à frapper du pied le sol pavé en criant d'une voix forte : « Venez voir un grand miracle ! Le philosophe Xantus que voici est épris d'une femme ! » Il revint vers sa maîtresse et lui dit[19] : « Maîtresse, je te prie de ne pas vouloir prendre mal mes paroles : tu voulais acheter un serviteur jeune, bien fait, élégant, puissant et riche[20] pour te servir au bain, te porter dans ton lit et te masser les pieds ; tu ne voulais pas d'un serviteur misérable et contrefait comme moi.

Sixième histoire : la femme qui voulait déshonorer et tromper son mari.

En effet, avec les autres jolis esclaves tu voudras déshonorer ton mari. C'est pourquoi Euripide, le philosophe, parla d'or, lui qui jamais ne mentit, quand il dit qu'il y a beaucoup de dangers et de tempêtes sur la mer et sur les autres flots, et qu'il est pénible et difficile de supporter la pauvreté ainsi que beaucoup d'autres dangers et périls infinis, mais qu'il n'est pire péril et pire danger que la femme perfide[21]. Je te prie donc, maîtresse, de ne plus prendre à ton service d'esclave beau et plaisant pour ne pas rapidement couvrir de honte ton mari. » Elle lui répondit : « Va-t'en, coquin, car tu es un monstre, non seulement de corps, mais aussi de paroles, quand tu te gausses ainsi de moi. Mais je me vengerai de toi, car je m'en irai. » Alors Xantus dit à Ésope : « Ne vois-tu pas comme tu as apaisé ta maîtresse ! — Ce n'est pas une mince affaire, répliqua Ésope, d'apaiser la colère d'une femme, c'est une entreprise difficile. — Tais-toi, dit Xantus, car je t'ai acheté pour faire la paix et non la guerre. »

Septième histoire : comment Xantus conduisit Ésope dans un jardin.

Xantus dit à Ésope : « Prends un panier et suis-moi. » Et il le conduisit dans un jardin. Il dit au jardinier : « Donne-nous des légumes. » Le jardinier leur en coupa et les tendit à Ésope qui les prit. Xantus paya et, au moment où il s'en allait, le jardinier lui dit : « Mon maître, je t'en prie, reste un peu ici. — Entendu, dit Xantus, demande ce que tu voudras. — Maître, demanda le jardinier, pourquoi est-ce que les plantes qui ne sont pas cultivées poussent plus vite que celles qui sont cultivées avec soin ? » A cette question Xantus répondit : « Cela arrive par une Providence qui est cause de toutes choses. » En entendant cette réponse, Ésope commença à rire. Xantus lui dit : « Coquin ! Tu ris sans raison ou tu te moques de moi ? — Je ne me moque pas de toi, répondit Ésope, mais de celui qui t'a enseigné ta philosophie. Qu'as-tu résolu en disant que cela vient de la divine Providence ? Un garçon de cuisine aurait pu faire la même réponse. — Résous donc, dit Xantus, la question. — Si tu me l'ordonnes, répondit Ésope, je le ferai volontiers et comme il faut. » Xantus dit au jardinier : « Il n'appartient pas à celui qui doit juger de matières complexes de juger de matières rustiques, mais j'ai un esclave qui pourra te renseigner et résoudre ta question pour peu que tu veuilles l'en prier. » Le jardinier objecta : « Est-ce qu'un tel rustre et un vaurien si extraordinairement contrefait peut se prononcer sur une question de ce genre ? » Puis il demanda à Ésope : « Mon gaillard, as-tu des lumières sur le sujet ? » Ésope répondit : « Oui, pardi ! plus que quiconque, car tu demandes pourquoi les plantes qui ne sont ni semées ni cultivées poussent plus vite que celles qui le sont. Eh bien, écoute ma réponse. Il en va de la terre comme de la veuve qui a eu des enfants de son premier mari mort, s'est remariée avec un homme qui a eu des enfants d'une autre femme, et pour les enfants de son premier mari est une mère, tandis que pour les autres elle est une marâtre : elle fait la différence entre ses enfants et les enfants de l'autre mère, car les premiers ont été élevés par elle tandis que les autres lui inspirent souvent de la haine. De même la terre est une mère pour les plantes qui poussent par elles-mêmes et une marâtre pour celles que le cultivateur fait pousser. » Alors le jardinier lui dit : « Tu m'as délivré d'un grand souci : je te prie de prendre des légumes de mon jardin aussi souvent et aussi longtemps que tu voudras. »

Un autre jour où Xantus se baignait avec ses disciples, il dit à Ésope : « Rentre à la maison nous faire cuire de la lentille[22]. » Ésope rentra à la maison et alla au grenier prendre une lentille qu'il mit dans un pot pour la faire cuire. Quand Xantus fut lavé, il dit à ses compagnons : « Venez déjeuner avec moi, je vous offrirai de la lentille, car entre amis il n'est pas nécessaire d'avoir une grande abondance de nourriture, la bonne volonté suffit. » Lorsqu'ils furent arrivés à la maison, Xantus dit à Ésope : « Apporte quelque chose pour se laver. » Ésope eut tôt fait de prendre la cruche, de la plonger dans la cuve où l'on s'était lavé, de la remplir d'eau du bain et de la donner à son maître. Xantus, sentant l'odeur fétide de l'eau, dit à Ésope : « Ah ! coquin ! Ne sens-tu pas cette puanteur ? Est-ce que tu pues toi-même[23] ? Enlève ceci et apporte le bassin. » Ésope revint aussitôt en lui apportant simplement le bassin. Xantus lui dit : « Maintenant je me rends bien compte que tu es un enfant et un ignorant. » Ésope lui répondit : « Mon maître, tu m'as un jour ordonné de ne faire que ce que tu m'ordonnerais. Or tu ne m'as pas dit : "Mets de l'eau dans le bassin, lave-nous les pieds et prépare-nous le lit[24]." Tu m'as seulement dit : "Apporte le bassin." Et je te l'ai apporté. » Alors Xantus dit à ses disciples : « Je n'ai pas acheté l'esclave que vous voyez, mais un maître et un supérieur. » Puis, lorsqu'ils furent assis à table, Xantus dit à Ésope : « Si la lentille est cuite, apporte-la-nous. » Comme Ésope n'avait mis qu'une graine à bouillir dans le pot, il la retira et la porta à son maître en lui disant : « Examine si elle est cuite. » Xantus vérifia avec ses doigts qu'elle était cuite et lui dit : « Oui, très bien. Apporte-nous donc les lentilles. » Comme il n'y en avait pas, Ésope leur apporta le jus de cuisson. « Où sont les lentilles ? demanda Xantus. — Je te les ai apportées il y a un instant, répondit Ésope. — Vraiment, dit Xantus, une graine de lentille ! — Parfaitement, dit Ésope, car tu m'as dit de mettre à cuire de la lentille au singulier et non au pluriel. » Alors Xantus, désarçonné : « Ce coquin me rendra fou. » Puis il se tourna vers Ésope et lui dit : « Afin que je n'aie pas l'air de me moquer de mes amis, va. immédiatement acheter quatre pieds de porc et mets-les à cuire pour nous régaler. » Ésope alla immédiatement les acheter et les mit à cuire.

Huitième histoire : comment Xantus voulut se jouer d'Ésope.

Xantus cherchait un prétexte pour faire battre Ésope et, comme celui-ci avait mis les quatre pieds à bouillir dans le pot, il en retira un pour se jouer de lui. Ésope, qui surveillait le pot, s'aperçut qu'il n'y avait que trois pieds, pensa que c'était un tour de son maître, descendit à l'étable, coupa un pied à un porc qui s'y trouvait et revint le mettre dans le pot. Xantus, craignant qu'Ésope ne se livre à une mauvaise plaisanterie, remit le pied dans le pot. Lorsque les pieds furent cuits, Ésope les vida dans un plat et en trouva cinq. Quand Xantus s'en aperçut, il dit : « Que se passe-t-il, Ésope ? Est-ce qu'un porc a cinq pieds ? — Et deux porcs, rétorqua Ésope, combien de pieds ont-ils ? — Huit pieds. — Mais ici, continua-t-il, en vérité, il y en a cinq, et notre porc qui est en bas, dans l'étable, en a trois. » Alors Xantus dit à ses amis : « Ne vous ai-je pas dit qu'il me rendra fou ? — Mon maître, lui dit Ésope, ne sais-tu donc pas qu'il est absurde de faire et dire des choses qui défient la raison ? » Xantus, voyant qu'il ne pouvait trouver de motif de le faire battre, se tut. Et ainsi l'esclave fut plus malin que le maître.

Neuvième histoire : comment Ésope porta le présent.

Un jour où les disciples étaient avec Xantus dans la salle où il donnait ses leçons, l'un d'eux prépara pour le dîner des mets raffinés. Pendant qu'ils dînaient, Xantus mit de ces mets dans un plat et dit : « Ésope, porte ceci à celle qui m'aime le plus. » Ésope se dit en lui-même : « Voici venu le moment de me venger de ma maîtresse. » Il entra dans la grande salle, présenta le plat à sa maîtresse et lui dit : « Maîtresse, gardez-vous de manger de cette nourriture. — Je vois bien, dit la maîtresse, que tu seras toujours complètement fou. » Ésope continua : « Xantus ne m'a pas ordonné de vous en donner, mais d'en donner à celle qui l'aime le plus. » Alors il présenta le plat et la nourriture à une petite chienne, qui était toujours dans la maison, en lui disant : « Mon maître t'envoie cette nourriture raffinée. » La femme de Xantus entra dans sa chambre et se mit à pleurer. Puis Ésope retourna auprès de Xantus, qui lui demanda : « Comment se porte ma chère amie ? » Il lui dit : « Très bien, mon maître, et toute la nourriture que j'ai mise devant elle a été mangée. — Que disait-elle ? demanda Xantus. — Mon maître, répondit Ésope, rien, mais elle désire beaucoup te voir. » Après qu'ils eurent bu et mangé, ils débattirent plusieurs questions, parmi lesquelles celle de savoir quand les mortels seront dans la situation la plus difficile. Ésope dit : « Le jour du Jugement quand ils ressusciteront[25]. » Les disciples, en entendant cette réponse, se mirent à rire : « Ce rustre, dirent-ils, a réponse à tout. » L'un d'eux lui demanda : « Maître, pourquoi est-ce que, lorsqu'on emmène la brebis pour la tuer, elle suit son gardien sans rien dire, tandis que, lorsqu'on emmène le porc, il ne cesse de crier ? — C'est que, leur répondit Ésope, la brebis a l'habitude d'être traite et tondue ; aussi, s'imaginant qu'on veut la traire et la tondre, est-elle sans crainte et se laisse-t-elle tuer. Le porc en revanche n'est pas habitué à ce qu'on tire son lait et à ce qu'on le tonde, mais à ce qu'on prenne son sang et à ce qu'on lui ôte la vie ; aussi est-il rempli de crainte et d'effroi quand on pose la main sur lui. » Tous les disciples dirent : « En vérité, voici un homme intelligent. Il a bien parlé. » Puis ils se levèrent de table et chacun rentra chez soi. Quand Xantus fut rentré dans sa maison et entra dans sa chambre, il trouva sa femme en larmes et lui dit : « Ma douce amie, qu'avez-vous ? » et il commença à l'embrasser. Elle se mit à lui tourner le dos en lui disant : « Laisse-moi, je n'ai que faire de toi. — Hélas ! mon amie, et pourquoi ? J'ai fait tout ce que tu voulais. — Non, non, je m'en vais de ta maison : tu aimes plus ta chienne que moi, puisque tu lui as fait porter la nourriture la plus raffinée. » Comme Xantus n'était au courant de rien, il lui demanda : « Quelle nourriture t'a apportée Ésope ? — Aucune, répondit-elle. — Suis-je ivre ? dit Xantus. Je t'ai fait porter par Ésope un plat de nourriture raffinée. — Non pas à moi, répliqua-t-elle, mais à ta chienne. » Xantus sonna Ésope et lui demanda : « A qui as-tu donné la nourriture que je t'ai confiée ? — A celle qui t'aime le plus, répondit-il, comme tu me l'as ordonné. » Xantus dit à sa femme : « N'entends-tu pas ce que dit Ésope ? — J'entends bien, dit-elle, mais il ne m'a rien donné, il a tout donné à ta chienne. » Xantus se retourna vers Ésope et lui dit : « Grosse bourrique, à qui as-tu porté la viande que je t'ai confiée ? — A celle qui t'aime le mieux, répondit Ésope. — Et qui est-ce ? » demanda Xantus. Ésope, appelant la chienne, répond : « C'est elle, car l'amour d'une femme ne vaut rien ; dès qu'elle est un peu en colère, elle accable de reproches et d'injures celui qu'elle prétend aimer et l'abandonne en disant : "Je m'en vais de la maison." En revanche, si tu bats ta chienne, jamais elle ne bouge de la maison. Et si elle s'en va et que tu l'appelles, elle revient. C'est pourquoi tu aurais dû dire : "Porte ceci à ma femme" et non "à celle qui m'aime le plus". — Ma chère amie, dit Xantus à sa femme, tu vois bien que ce n'est qu'un railleur et un discoureur ; aussi prends patience, je trouverai une raison de te venger et de le faire battre copieusement. » Mais elle dit : « Fais ce que tu voudras, car je ne lui adresserai plus la parole, et prends ta chienne, car je m'en vais. » Et sans dire adieu elle s'en alla dans la maison de ses parents. Comme Xantus en éprouvait du chagrin, Ésope lui dit : « Tu vois bien que ta femme, qui est partie, ne t'aime pas, contrairement à ta chienne, qui est restée. »

Comme Xantus était profondément affecté par le départ de sa femme, il la faisait prier de revenir ; mais plus on l'en priait, plus elle se montrait obstinée, car plus on prie la femme de faire quelque chose, plus elle fait le contraire.

Dixième histoire : comment Ésope fit revenir sa maîtresse à la maison.

Comme Xantus était chagriné par le départ de sa femme, Ésope dit à son maître : « Maître, ne soyez pas chagriné, car, sans la prier, je la ferai bientôt revenir. » Il alla au marché acheter des chapons et des volailles et, en les ramenant, passa devant la maison où se trouvait sa maîtresse au moment où un esclave sortait du logis. Ésope lui demanda : « N'avez-vous rien apporté des préparatifs des noces[26] à ma maîtresse ? — De quelles noces ? demanda l'esclave. — Des noces de Xantus, répondit Ésope, car demain Xantus va prendre femme. » Aussitôt l'esclave entra dans la maison et dit : « Maîtresse, voilà bien du nouveau. — Quoi ? dit-elle. — Xantus se marie. » Elle partit sur-le-champ et se rendit chez Xantus en criant : « Maintenant je découvre la vérité et pourquoi tu me faisais ridiculiser par ce gros vaurien : parce que tu voulais prendre une autre femme. Mais je t'en empêcherai bien, car, moi vivante, aucune autre femme n'entrera dans cette maison, Xantus, sois-en certain. » Alors Xantus fut tout heureux de retrouver sa femme et en fut très reconnaissant à Ésope.

Onzième histoire : comment Ésope accommoda les langues.

Peu de temps après, Xantus invita ses disciples à déjeuner et dit à Ésope : « Va au marché acheter la meilleure nourriture que tu pourras trouver. » En chemin, Ésope se dit : « C'est le moment de montrer que je ne suis pas fou, mais sage. » Quand il fut sur le marché, il acheta des langues de porc, qu'il accommoda avec du vinaigre et servit à table. Les disciples disaient à Xantus : « Ton déjeuner est plein de philosophie. » Puis Xantus dit à Ésope : « Apporte l'autre plat. » Ésope apporta d'autres langues accommodées d'une autre façon, avec des gousses d'ail et des poires[27]. « Maître, dirent les disciples, ces langues composent un savant menu, car les unes aiguiseront les autres[28]. » Aussitôt après, Xantus dit à Ésope : « Apporte l'autre plat. » Ésope apporta encore d'autres langues. Alors les disciples, furieux : « Nous donneras-tu toujours des langues ? » Et Xantus, en colère : « Quelle autre nourriture as-tu préparée ? — Assurément aucune, répondit Ésope. — Ah ! dit Xantus, grosse bourrique ! Ne t'avais-je pas dit d'acheter la meilleure nourriture que tu pourrais trouver ? — C'est ce que j'ai fait, dit Ésope, et je rends grâce aux dieux de ce qu'il y a ici un philosophe, car j'aimerais bien que tu me dises quelle nourriture est meilleure que la langue, par laquelle assurément sont transmises toute technique, toute science et toute philosophie. De même donner, recevoir, saluer, faire du commerce, assigner en justice, tout cela se fait par la langue : c'est par la langue que les hommes sont loués ; l'essentiel de la vie des mortels consiste dans la langue : c'est pourquoi il n'est rien de meilleur que la bonne langue, rien de plus doux, de plus agréable et de plus profitable aux mortels. » Alors les disciples dirent à Xantus : « Tu as tort de te mettre en colère, car Ésope parle très bien. » Sur ces paroles, ils commencèrent à se lever de table. Le lendemain, Xantus, voulant se faire pardonner cette modeste collation, dit à ses disciples : « Si vous n'avez pas été bien traités hier, cela n'a pas été ma faute, mais celle de la grosse bourrique ; venez donc aujourd'hui et nous aurons d'autres mets. » Et il dit à Ésope en leur présence : « Va-t'en au marché acheter la pire nourriture que tu pourras trouver, car tous ces messieurs doivent dîner avec moi. » Sans se démonter, Ésope alla à la boucherie, où il acheta à nouveau des langues qu'il prépara comme précédemment. Quand ils furent assis au dîner, Xantus dit à Ésope : « Apporte à manger. » Et Ésope, comme le jour précédent, apporta des langues. « Nous voilà, dirent les disciples, revenus aux langues comme avant. » Comme ils étaient indignés, Xantus dit à Ésope : « Grosse bourrique, je ne t'avais pas dit d'acheter de la nourriture raffinée, mais la pire que tu pourrais trouver. — C'est ce que j'ai fait, dit Ésope, car qu'y a-t-il de pire et de plus infect que la mauvaise langue ? A cause de la langue les hommes périssent, par la langue ils tombent en pourriture[29], par la langue les cités sont détruites et de la mauvaise langue viennent tous les maux. » Alors l'un des convives dit à Xantus : « Si tu fais attention à ce fou, il te fera perdre la raison, car sa physionomie atteste sa malignité : il est aussi contrefait mentalement que physiquement. — C'est toi, dit Ésope, qui es plein de malignité, puisque tu excites le maître contre son esclave, en te croyant plus soucieux de ses intérêts que les autres. » Alors Xantus, pour avoir une raison de faire battre Ésope : « Ah ! grosse bourrique ! Puisque tu as traité le philosophe d'homme soucieux de mes intérêts, trouve-moi un homme qui ne se soucie de rien, c'est-à-dire qui soit insouciant. »

Douzième histoire.

Quittant la maison, Ésope se rendit sur la place et regarda partout s'il pourrait trouver un homme qui ne se soucierait de rien. Il avisa un gros paysan, qui était assis sur un tronc d'arbre et balançait les jambes, et lui dit : « Mon maître te prie de venir déjeuner avec lui. » Le paysan se leva et le suivit sans un mot jusque dans la maison. Sans dire bonjour, il alla s'asseoir à la table. Xantus demanda : « Qui est cet homme ? » Ésope répondit : « Un homme qui ne se soucie de rien. » Alors Xantus dit à voix basse à sa femme : « Afin que nous puissions nous venger d'Ésope et le faire battre copieusement, mon amie, fais ce que je te dirai. » Il lui dit à haute voix : « Madame, mettez de l'eau dans le bassin et lavez les pieds de cet étranger », car il pensait que le paysan, tout honteux, s'enfuirait et qu'Ésope serait battu par la maîtresse. Celle-ci, comme Xantus l'avait ordonné, mit de l'eau dans le bassin et commença à laver les pieds du paysan. Mais lui, bien qu'il sache que c'était la maîtresse, se disait en lui-même : « Cet excellent homme veut m'honorer. » Et ainsi il se laissa laver les pieds sans dire un mot. Xantus dit à sa femme : « Madame, donnez-lui à boire. » Le paysan se disait intérieurement : « Il est bien normal que je boive le premier. » Et il prit la coupe et but tant qu'il put. Xantus prit un plat de poisson et le posa devant lui. Le paysan commença à manger. Xantus dit au cuisinier : « Ce poisson n'est pas bien accommodé. » Alors il donna l'ordre de déshabiller le cuisinier et de le battre copieusement. Le paysan se disait en lui-même : « Ce poisson est très bien accommodé et c'est à tort que le cuisinier est battu, mais peu m'importe : dans tous les cas je remplirai mon ventre et continuerai de manger sans souffler mot. » Puis Xantus dit au boulanger : « Apporte la tarte. » Dès que la tarte fut sur la table, le paysan la brisa en plusieurs morceaux et, sans dire un mot, commença à la manger. Considérant cela, Xantus dit au boulanger : « Cette tarte est mal cuite et mal préparée et n'a aucun goût. — Si c'est moi qui l'ai faite, répliqua le boulanger, elle est bien préparée, et si ce n'est pas une des miennes, ce n'est pas ma faute, mais celle de ta femme. — Si c'est ma femme qui l'a faite, dit Xantus, sur-le-champ je la ferai brûler vive. » Il dit à sa femme : « Ne réponds rien, pour que je puisse faire battre copieusement Ésope », puis à un de ses domestiques : « Apporte du bois et des sarments », puis : « Allons, Ésope, saisis-toi de ma femme et va la brûler. » Xantus faisait tout cela pour voir si le paysan se lèverait pour l'empêcher d'être brûlée. Le paysan se disait en lui-même : « Cet homme ne veut pas brûler sa femme sans raison. » Alors il dit au maître : « Si tu veux brûler ta femme, attends un peu que j'aille chercher la mienne, qui est à la campagne, et nous les brûlerons ensemble. » En entendant ces paroles, Xantus fut stupéfait et dit : « En vérité, cet homme ne se soucie de rien. » « Tu as gagné, dit-il à Ésope, mais cela doit te suffire, car, si à partir de maintenant tu veux bien me servir fidèlement, bientôt je te rendrai ta liberté. — Je te servirai, répondit Ésope, mieux que tu ne l'as jamais été. »

Trois jours après, Xantus lui dit : « Va voir aux bains s'il y a beaucoup d'hommes, car s'il n'y a personne, je veux aller me baigner. » Sur la route, voici qu'Ésope rencontre le juge de la ville, qui, reconnaissant l'esclave de Xantus, lui demanda : « Où vas-tu, grosse bourrique ? — Je ne sais pas », répondit Ésope. Pensant qu'il se moquait de lui, le juge donna l'ordre de l'emmener en prison. Pendant qu'on l'emmenait, il dit au juge : « J'avais bien raison de te dire que je ne savais pas où j'allais, car je n'imaginais pas que tu voulais me faire mettre en prison. » Le juge commença à sourire et dit : « Laissez-le partir. » Quand Ésope fut arrivé aux bains, il vit qu'il s'y trouvait une foule d'hommes, qui entraient et sortaient, et qui, en sortant, se blessaient sur une pierre qui se trouvait à l'entrée. Un homme, en entrant dans les bains, donna un coup de pied dans cette pierre et la déplaça pour qu'on ne se blesse plus contre elle. Ésope retourna à la maison et dit à Xantus : « Il n'y a qu'un homme aux bains. — Prends ce dont nous aurons besoin, dit Xantus, et allons nous baigner. » Quand, en arrivant aux bains, il aperçut la foule qui s'y pressait, il lui dit : « Maintenant tu mérites bien d'être battu, car tu m'as dit qu'il n'y avait qu'un homme et il y en a plus de mille. — Il n'y a qu'un homme, répliqua Ésope, et, si tu veux m'écouter, tu verras que je dis la vérité, car la pierre que tu vois là se trouvait à l'entrée des bains, et tous ceux qui posaient le pied dessus se blessaient, mais n'osaient pas la déplacer, sauf cet homme. C'est pourquoi je dis qu'il n'y a que lui, c'est de lui que je parle et non d'un autre, car les autres ne sont que des enfants sans jugement. — Tu as mis du temps à te justifier, dit Xantus, et je ne trouve de raison et de motif ni de te disculper, ni de te faire battre. »

Treizième histoire : la réponse qu'Ésope fit à son maître.

Xantus, après s'être lavé, retourna chez lui. Tandis qu'il purgeait son ventre, Ésope demeurait à ses côtés avec un seau plein d'eau. Xantus lui dit : « Comment se fait-il que, quand les hommes ont purgé leur ventre, ils examinent leur matière fécale ? — Jadis, lui dit Ésope, il y avait un philosophe qui purgeait souvent son ventre, et, de crainte de perdre sa science avec sa fiente, il examinait celle-ci. Et depuis ce temps, les hommes ont cette crainte. Voilà pourquoi, quand ils ont purgé leur ventre, ils examinent leur fiente. Mais tu n'as rien à craindre, car, comme tu n'as pas la moindre sagesse, tu n'as pas à craindre de la perdre : à sotte question, sotte réponse[30] ! »

Le lendemain, Xantus était assis avec ses amis, tenant à la main une coupe pleine de vin, et se troublait devant les questions qu'on lui posait. Ésope lui dit : « Mon maître, Dionysos dit que le bon vin a trois vertus : la première, c'est de procurer du plaisir ; la deuxième, c'est de rendre joyeux ; la troisième, c'est de rendre les hommes fous et insensés. Buvons donc joyeusement, je t'en prie, et réjouissons-nous ! » Xantus était déjà bien imbibé à force de boire et d'avaler : « Tais-toi ! dit-il à Ésope, tu es le conseiller de l'enfer ! — Méfie-toi ! lui répondit Ésope : si tu me retrouves en enfer, je me vengerai de toi ! » Alors un des disciples, voyant Xantus sous l'effet du vin, lui dit : « Mon maître, je te demande si un homme pourrait boire toute la mer. — Et pourquoi pas ? dit Xantus. Moi-même, je suis capable de toute la boire ! — Et si tu n'y arrives pas, dit le disciple, qu'est-ce que tu mets en gage ? — Ma maison ! dit Xantus. — Tope là, dit le disciple : je parie cent écus ! » Le pari conclu, ils échangent leurs anneaux d'or et chacun retourne chez soi. Le lendemain, en se levant, Xantus vit qu'il n'avait plus son anneau d'or et dit à Ésope : « Ne sais-tu pas où est ma bague d'or ? — Non, dit Ésope, mais je sais qu'aujourd'hui nous serons chassés de cette maison. — Pourquoi donc ? » dit Xantus. Ésope se mit à lui dire : « As-tu oublié ton pari d'hier soir ? — Lequel ? — Tu t'es engagé, sur ton anneau d'or, à boire toute l'eau de la mer. » Xantus, à ces mots, dit, tout ébahi : « Comment puis-je boire toute l'eau de la mer ? C'est impossible ! Ésope, je t'en prie, aide-moi à triompher ou à annuler le pari ! » Ésope lui dit alors : « Tu ne peux pas gagner, mais tu peux annuler le pari. — Dis-moi donc comment y parvenir ! — Quand ton adversaire, dit Ésope, te sommera de faire ce que tu as promis, tu ordonneras à tes gens de t'apporter des coupes et tout ce qu'il faut pour mettre la table au bord de la mer. Quand tes esclaves et tes échansons auront mis la table, fais-les rester auprès de toi. Puis, devant toute la compagnie, fais laver dans la mer une coupe et fais-la rapporter pleine d'eau de mer. Prends-la à la main, et demande qu'on rappelle le pari devant toute la compagnie. Et ce que tu as promis après avoir bu, confirme-le avant de boire et dis devant la compagnie : "Nobles Samiens, vous savez qu'hier soir j'ai promis de boire toute l'eau de la mer. Mais vous savez aussi que bien des fleuves et des rivières se jettent dans la mer. Je demande donc à mon adversaire d'empêcher fleuves et rivières de rejoindre la mer, et je lui promets, s'il y parvient, de boire toute la mer. Sinon j'exige que le pari que nous avons conclu soit annulé." Et ainsi le pari sera annulé. »

Quatorzième histoire : le pari conclu.

Xantus, considérant qu'Ésope lui avait donné un bon conseil, fut bien soulagé. Son adversaire proclama le pari devant les bourgeois de la cité et le juge fit convoquer Xantus et exigea qu'il accomplît sa promesse. Aussitôt Xantus ordonna à ses esclaves de porter son lit, sa table et tout le nécessaire au bord de la mer. Puis, devant la compagnie assemblée, il fit laver une coupe dans la mer et la fit rapporter pleine d'eau. La coupe à la main, il dit à son adversaire : « Exposons les termes du pari ! » Et il les exposa publiquement.

Puis il retourna devant la compagnie et dit : « Messieurs de Samos, vous savez que bien des fleuves et des rivières se jettent dans la mer. Mon adversaire n'a qu'à les empêcher de s'y jeter : je promets de boire toute l'eau de la mer. » Tous de dire : « Xantus a bien parlé ! » Alors l'adversaire de Xantus, son disciple, lui dit : « Mon maître, tu m'as vaincu ! Je te prie donc d'annuler notre pari. — Je le veux bien », répondit Xantus. Et quand Xantus revint chez lui, Ésope lui fit cette prière : « Maître, en récompense de mes bons services, rends-moi ma liberté ! »

Quinzième histoire : les deux corneilles.

Xantus le maudit : « Ah ! grosse bourrique, ne t'en vas pas encore ! Cours devant la porte et, si tu vois deux corneilles, reviens me le dire, car c'est un signe de chance que de voir deux corneilles et de malchance que de n'en voir qu'une ! » Ésope sortit en courant de la maison et vit deux corneilles dans un arbre. Il revint aussitôt le dire à son maître. Mais, alors que Xantus s'apprêtait à sortir de la maison, l'une des corneilles s'envola et, quand il arriva, il n'en trouva qu'une. Il dit donc à Ésope : « Alors, gros goinfre, où sont les deux corneilles que tu as vues ? — Pendant que j'allais te chercher, il y en a une qui s'est envolée ! — Bossu difforme, dit Xantus, tu te moques toujours de moi, mais tu ne t'en tireras pas comme cela ! » Et il ordonna de le déshabiller et de le battre copieusement. Pendant qu'on le battait, on vint appeler Xantus pour le dîner. Ésope dit alors : « Hélas, pauvre de moi, moi qui ai vu deux corneilles, je suis battu, et Xantus, qui n'en a vu qu'une, est invité à un délicieux dîner ! Il n'est personne à qui les oiseaux en veuillent plus qu'à moi ! » A ces mots, Xantus, émerveillé de la subtilité de son intelligence, fit arrêter la bastonnade.

Quelques jours plus tard, Xantus dit à Ésope : « Prépare un bon repas pour le déjeuner, car tous ces messieurs doivent venir déjeuner avec moi. » Ésope alla au marché, acheta ce qu'il fallait et apporta dans la grande salle les plats destinés au déjeuner. Il trouva sa maîtresse sur un lit et lui dit : « Maîtresse, s'il vous plaît, veillez à ce que les chiens ne mangent pas les plats que je mets ici : je dois retourner à la cuisine. — Va donc, dit-elle, mes fesses ont des yeux ! » Quand Ésope eut préparé les autres plats, il les apporta dans la salle et trouva sa maîtresse endormie sur son lit, les fesses contre la table. Et comme elle avait dit que ses fesses avaient des yeux, il retroussa ses vêtements et la laissa dormir.

Seizième histoire : comment Xantus trouva sa femme dénudée.

Xantus, avec ses disciples, découvrit sa femme endormie sur sa couche, les fesses dénudées. Tout honteux, il détourna le visage et dit à Ésope : « Coquin, qu'est-ce qui se passe ? — Maître, répondit Ésope, quand j'ai mis les plats sur la table, j'ai dit à ma maîtresse de les surveiller pour empêcher le chien de les manger ; et elle m'a répondu que ses fesses avaient des yeux. Comme je l'ai trouvée endormie, je l'ai dénudée pour permettre à ses fesses de mieux voir. — Ah ! mauvais esclave, dit Xantus, ne peux-tu faire autre chose que te moquer de ma femme et de moi ? Pour l'amour de ces messieurs, tu ne seras pas battu, mais un jour viendra où je te ferai mourir de male mort ! »

Peu après, Xantus dit à Ésope : « Veille à ne laisser entrer dans la maison ni les fous, ni les sots, mais seulement les orateurs et les philosophes ! » Ésope s'assit à la porte. Et quand l'un des philosophes voulut entrer, il se mit à grogner en disant : « Entre, chien ! » Le philosophe, croyant qu'il se moquait de lui, s'en alla tout courroucé, ainsi que plusieurs autres. À la fin arriva un plus malin qu'Ésope traita de la même manière. Comme il était sage, il répondit avec douceur ; Ésope le laissa entrer puis s'en alla trouver son maître et lui dit : « Nul philosophe n'est venu que celui-ci. » Xantus crut donc que les autres s'étaient moqués de lui et en fut très courroucé. Mais le lendemain ils rencontrèrent Xantus et lui dirent : « Xantus, tu t'es bien moqué de nous, car celui qui gardait la porte nous a traités de chiens en grondant. » Xantus, encore plus troublé qu'avant, appela aussitôt Ésope et lui dit : « Va donc, bossu difforme ! Tu devais recevoir mes invités avec tous les honneurs, et tu les insultes, tu les maudis, et tu te gausses d'eux ! » Ésope lui dit : « Tu m'as ordonné de ne laisser entrer que les sages et les philosophes. — Ah ! face de carême difforme, ceux-là ne sont-ils pas sages ? — Non, dit Ésope, car, quand je leur ai dit : "Entrez !", au lieu d'attendre, ils se sont enfuis comme des fous sans dire un mot. Mais celui-ci a répondu avec sagesse : je le tiens donc pour sage et pas les autres, car il faut être fou pour se courroucer si facilement. » Alors tous les sages et les philosophes qui étaient là jugèrent la réponse d'Ésope pleine de vérité et s'émerveillèrent de sa science.

Dix-septième histoire : comment Ésope trouva un trésor et comment Xantus le fit mettre en prison.

Quelques jours plus tard, Xantus était avec Ésope, et ils examinaient les grands tombeaux des anciens et leurs épitaphes. Ésope, devant un sarcophage qui était près d'une colonne et auquel on accédait par quatre marches, examina des lettres gravées, sans signification, accompagnées de points, qui, traduites en latin, se présentaient ainsi : *a.b.d.o.e.th.ch.*[31]. Il alla dire à Xantus : « Maître, que signifient ces lettres ? » Xantus les examina soigneusement et chercha longuement leur signification. Comme il était incapable de la trouver, il dit à Ésope : « Dis-moi, Ésope, que signifient ces lettres ? — Maître, lui demanda Ésope, si je trouve ici un beau trésor, quelle sera ma récompense ? » Xantus répondit aussitôt : « Réjouis-toi, car je te donnerai la liberté et la moitié du trésor ! » Alors Ésope monta les quatre marches, alla creuser au pied de la colonne et découvrit le trésor, qu'il remit aussitôt à son maître en disant : « Maître, je te prie, s'il te plaît, d'accomplir ta promesse. — Si tu ne me dis pas d'abord, dit Xantus, d'où vient ta science, tu n'auras pas ta liberté, car la science est pour moi une plus grande merveille que le trésor. » Ésope lui dit : « Le sage qui a caché ici ce trésor a indiqué la cachette par ces lettres en latin : *Ascende gradus quatuor, fodias, invenies thesaurum auri*[32]. — Tu es trop ingénieux, dit Xantus, pour que je te donne ta liberté. — Prends garde à ce que tu fais, rétorqua Ésope, car ce trésor est au roi. — Comment le sais-tu ? — Parce que les lettres disent que tu remettes au roi Dionisius le trésor que tu as trouvé[33]. » Quand Xantus apprit que le trésor qu'ils avaient trouvé était au roi Dionisius, il dit à Ésope : « Prends la moitié du trésor et n'en parle à personne ! — Ce n'est pas toi, dit Ésope, qui me le donnes, mais celui qui l'a caché ici. — Comment le sais-tu ? — Les lettres suivantes le disent bien : *e.d.q.i.t.a.*, ce qui veut dire : *euntes dividite quem invenistis thesaurum auri*[34]. » Xantus dit alors : « Rentrons à la maison partager le trésor ! »

Dix-huitième histoire : comment Ésope sortit de prison et comment Xantus lui promit de lui rendre sa liberté après la découverte du trésor.

Xantus quitta l'endroit où Ésope avait trouvé le trésor grâce à son intelligence et au message gravé sur la porte. Il rentra chez lui, stupéfait de la sagesse d'Ésope. Mais la demande de liberté de celui-ci le mit en colère, car il craignait sa langue. Il le fit donc mettre dans une étroite prison. Ésope lui dit : « Voilà une belle promesse de philosophe : tu sais que tu m'as promis la liberté et, au lieu d'être libre, je suis en prison ! » L'entendant parler ainsi, Xantus changea d'avis et le fit libérer. Puis il lui dit : « Si tu veux recouvrer la liberté, réprime ta langue et cesse de m'accuser ! — Fais ce qu'il te plaira, lui dit Ésope, car, que tu le veuilles ou non, tu me rendras ma liberté ! »

Peu de temps après, un prodige survint dans la cité de Samos : alors qu'on célébrait les jeux publics, comme on le fait de nos jours dans beaucoup de riches cités, voici qu'un aigle se mit à voler au-dessus du peuple assemblé ; il prit l'anneau et le sceau de l'homme qui possédait le pouvoir suprême dans la cité et les laissa tomber dans le sein d'un esclave[35]. Le peuple de Samos fut frappé de stupeur et une grande rumeur s'éleva dans la cité, car tous redoutaient fort un malheur et, ignorant la signification de cette aventure, étaient plongés dans l'angoisse et la peur. Ils allèrent aussitôt voir Xantus, qu'ils considéraient comme le plus sage de la cité, et lui demandèrent la signification de ce prodige et ce qu'il allait en résulter. Xantus, qui l'ignorait, demanda du temps pour formuler sa réponse, comme font de nos jours les sages. Il était angoissé à l'idée qu'il ne savait que dire au peuple. Ésope alla vers lui et lui demanda : « Pourquoi es-tu si triste? Laisse là ta tristesse et réjouis-toi! Confie-moi la charge de répondre aux Samiens. Demain tu leur tiendras ce discours : "Nobles Samiens, je ne suis pas devin et je ne sais pas interpréter pareils prodiges ni dire ce qu'ils présagent pour l'avenir. Mais j'ai dans ma maison un esclave qui dit posséder cette science. Si vous le voulez bien, je le ferai venir et il vous dira la signification du prodige." Après ce discours, si mes conseils satisfont le peuple, tu en tireras gloire, faveur, profit et honneur. Et si je ne suis pas capable de les satisfaire, tu seras délivré de tout le blâme, qui retombera sur moi. »

Le lendemain, Xantus, confiant dans les paroles d'Ésope, s'en va sur la place publique de Samos, rassemble tout le peuple, monte à la tribune où se tenaient les juges et répète aux Samiens ses paroles. Ils le prient aussitôt de faire venir Ésope, qui est amené. Quand il fut devant la compagnie, tout le peuple le regarda avec stupeur, tant il était laid et contrefait. Tous de dire : « Voilà un beau personnage pour interpréter les présages! » et de se moquer de lui. Mais Ésope, qui les dominait du haut de la tribune, leur fit signe de se taire et leur tint ce discours : « Messieurs, pourquoi vous moquer de ma figure? Ce n'est pas le visage d'un homme qu'il faut considérer, mais sa bonne volonté et sa sagesse, ne le savez-vous pas? Ce n'est pas le vase qu'il faut considérer, mais son contenu, et parfois un vilain vase contient un très bon vin ! » À ces mots, les Samiens répondirent : « Si tu peux nous donner un conseil avantageux pour le bien public, nous te prions de le faire. » Alors Ésope, avec assurance, déclara : « Nature, de laquelle viennent tous les biens, oppose aujourd'hui le maître et l'esclave, car celui des deux qui gagnera ne sera pas payé comme l'autre : si le maître a la victoire, il recevra de vous faveur et gloire ; mais si c'est moi, qui suis esclave, je n'aurai pas ma liberté, comme le droit l'exige ; je serai maudit, battu et emprisonné. Si donc vous voulez que je réponde à votre question, je vous demande de me faire donner ma liberté afin que je puisse vous parler en toute confiance, et je vous promets que je vous révélerai la signification de cet augure. » Tous d'une voix déclarèrent : « Il ne demande que justice. Que Xantus fasse de lui un homme libre : nous en sommes d'accord. » Mais Xantus refusa. Alors le représentant de l'autorité publique lui dit : « Si tu refuses d'obéir au peuple, je le délivrerai de l'esclavage de ma propre autorité et tu seras humilié au temple de Junon. »

Dix-neuvième histoire : comment Ésope recouvra la liberté.

Les amis de Xantus le supplièrent de rendre à Ésope sa liberté, pour le bien public. Xantus dit alors : « Bien que je ne le fasse pas de bon gré, Ésope, je te donne la liberté. » Et le crieur proclama : « Xantus le philosophe a donné sa liberté à Ésope. » C'est ainsi que s'accomplirent les paroles de celui-ci : « Que tu le veuilles ou non, je serai libre. » Alors Ésope s'en vint au milieu du peuple, à qui d'un signe de la main il imposa le silence. Il leur dit : « Nobles Samiens, l'aigle, qui est roi parmi les oiseaux comme il y a des rois parmi les hommes, a pris l'anneau de prêteur. Cela signifie qu'un roi va s'en prendre à votre liberté et cherchera à détruire vos lois. » Les Samiens, à ces paroles, furent frappés d'épouvante. Or peu après arriva un héraut porteur d'un message royal, qui demanda le sénat de Samos. On le conduisit au conseil de la ville, à qui il présenta son message, ainsi rédigé : « Crésus, roi de Lydie, au sénat et au peuple de Samos, salut. J'exige que vous vous soumettiez à moi et que vous me payiez tributs et taxes. Si vous refusez, je vous mettrai à feu et à sang. » A la lecture de ce message, les Samiens furent tout effrayés, et la peur les poussait à obéir à Crésus. Cependant, ils voulurent avoir le conseil d'Ésope et le prièrent de leur donner son avis. Il s'assit sur le siège des magistrats et leur dit : « Nobles Samiens, je vous vois prêts à obéir au roi de Lydie. Toutefois, si vous voulez que je vous conseille pour le bien de la communauté, il vous faut savoir que Fortune offre aux mortels deux voies : celle de la liberté est au commencement dure et difficile, mais la fin en est bonne, douce et facile ; l'autre est la voie de la servitude, dont le commencement est aisé et facile, mais la fin terrible, dure et amère. » A ces mots, les Samiens comprirent quel était l'intérêt de la communauté, réfléchirent et, s'appuyant sur l'avis d'Ésope, dirent d'une seule voix : « Nous sommes libres, et nous ne voulons servir personne ! » Et ils renvoyèrent au roi Crésus son messager avec cette réponse. Le roi, furieux, rassembla ses troupes et tous les nobles de son royaume et réunit une grande armée pour détruire Samos. Mais il fut détourné de ce projet par son messager qui lui dit : « Très cher sire, vous ne pourrez vous venger des Samiens que quand ils auront perdu Ésope, leur conseiller. Il faut leur adresser une ambassade en leur demandant de vous l'envoyer : vous leur pardonnerez alors leur offense. Si vous pouvez avoir Ésope, les Samiens sont en votre pouvoir. » Le roi envoya aussitôt une ambassade à Samos, et les ambassadeurs s'appliquèrent à convaincre les Samiens d'envoyer Ésope à Crésus. Quand Ésope apprit cette nouvelle, il dit aux Samiens : « Messieurs, j'accepte volontiers d'aller auprès du roi, mais avant je veux vous dire une fable.

Vingtième histoire : l'ambassade des loups auprès des brebis.

Du temps où les bêtes vivaient en bonne intelligence, les loups firent la guerre aux brebis[36]. Comme les brebis ne pouvaient leur résister, elles demandèrent l'aide des chiens, qui se battaient pour elles et faisaient fuir les loups. Les loups, qui ne pouvaient ni s'emparer ni triompher des brebis protégées par les chiens, leur envoyèrent une ambassade pour leur proposer une paix perpétuelle. Les termes de cette paix étaient que, pour éviter tout soupçon, les chiens leur fussent remis ou fussent mis à mort. Les brebis, pauvres folles, voulant avoir la paix, se plièrent à cette exigence. Mais quand les chiens furent tués, les loups se vengèrent des brebis comme on le devine. »

Quand Ésope eut dit cette fable, les Samiens refusèrent de le laisser se rendre auprès du roi.

Vingt et unième histoire : comment Ésope refusa d'obéir aux Samiens et s'en vint auprès du roi.

Mais Ésope n'obéit pas aux Samiens : il s'en alla avec l'ambassade auprès du roi. Quand il fut devant Crésus, celui-ci, en le voyant si contrefait, fut indigné et déclara : « Comment cet homme peut-il empêcher les Samiens de m'obéir ? » Ésope lui dit alors : « Ah ! très cher sire, magnifique roi, je ne suis pas venu devant votre noble Majesté par la force mais de ma propre volonté, dans l'espoir que, dans votre bienveillance, vous écouteriez mes paroles. » Le roi lui donna licence de parler et Ésope déclara : « L'autre jour, un homme chassait les sauterelles et attrapa une cigale, qui, voyant qu'on voulait la tuer, adressa au fauconnier[37] cette prière : "Ne me tue pas sans raison, car je ne fais de mal à personne. Je ne mange pas les blés, je ne blesse personne de mes cornes, je ne fais que chanter et réjouir les passants par mon chant. Je ne suis rien d'autre qu'une voix." Le fauconnier, à ces mots, laissa partir la cigale. Voilà pourquoi, très cher sire, je vous prie de ne pas me tuer sans raison, moi qui ne suis rien : je ne fais de mal à personne, et même si je le voulais, la faiblesse de mon corps m'en empêcherait. Mais je sais donner des conseils profitables aux mortels. » Le roi, émerveillé et ému par son discours, dit à Ésope : « Je ne t'accorde pas seulement la vie mais la fortune, si tu la demandes : tout ce que tu demanderas te sera accordé. — Très cher sire, répondit Ésope, je ne demande qu'une chose : que vous exemptiez les Samiens de leur tribut. — Eh bien, dit le roi, je l'accorde. » Ésope se mit à genoux et lui dit : « Sire, grand merci ! » C'est alors qu'il composa les fables que nous possédons aujourd'hui et offrit son livre au roi. Après, il demanda à celui-ci la confirmation écrite de la suppression du tribut samien ; le roi la lui donna volontiers, avec bien d'autres riches présents. Ésope prit congé de lui et s'en retourna à Samos. À son arrivée, les Samiens le reçurent avec tous les honneurs et célébrèrent une grande fête dans la ville. Ésope rassembla à une certaine heure tout le peuple et, assis sur le siège des magistrats, fit lecture de la lettre royale et expliqua que le roi renonçait à les priver de leurs libertés.

Puis il quitta Samos et voulut visiter pays, peuples et cités en dispensant son enseignement aux mortels par des histoires et des fables. Il vint à Babylone et, montrant sa sagesse au royaume de Babylone, il fut reçu avec honneur par le roi Licure. En ce temps les rois échangeaient des jeux, des plaisanteries et des énigmes, et le roi qui ne savait pas les interpréter versait tribut à celui qui avait envoyé l'énigme. Comme Ésope savait les interpréter, il devint le conseiller du roi de Babylone et lui composa de nombreuses fables qu'il envoya aux autres rois. Et les autres, qui ne savaient pas les interpréter, devaient verser de nombreux tributs au roi de Babylone, ce qui accrut la richesse du royaume. Par la suite, comme Ésope n'avait pas d'enfants, il adopta un jeune noble nommé Énus, qu'il présenta au roi et traita comme son propre fils. Mais un peu plus tard, cet Énus connut charnellement l'esclave d'Ésope, que celui-ci considérait comme sa femme. Craignant qu'Ésope ne se venge, il accusa le brave homme devant le roi de crime de lèse-majesté et rédigea une fausse lettre pour prouver au roi qu'Ésope, par les fables qu'il envoyait ici et là, l'avait trahi et complotait sa mort.

Vingt-deuxième histoire : comment le roi ordonna qu'Ésope retrouvât tous ses honneurs, et comment Ésope pardonna à son fils adoptif.

Le roi Licure, ajoutant foi à l'accusation et furieux contre Ésope, ordonna à son sénéchal Hérope de le faire mourir sur-le-champ. Mais Hérope, voyant l'injustice de cette sentence, garda Ésope secrètement dans un tombeau; ses biens furent confisqués à son fils Énus, qui l'avait accusé. Longtemps après, Nectanébo, roi d'Égypte[38], croyant qu'Ésope était mort, comme le bruit en courait, envoya à Licure, roi de Babylone, l'énigme suivante : « Nectanébo, roi d'Égypte, à Licure, roi de Babylone, salut. Je veux édifier une tour qui ne touchera ni le ciel ni la terre : je te prie de m'envoyer des maçons pour construire cette tour. Si tu trouves la réponse, je te livrerai dix tributs sur tout mon royaume et sur toute ma terre. » Quand le roi de Babylone entendit cette demande, il se demanda, contrarié et troublé, comment répondre à la question. Il fit donc appeler tous ses sages pour avoir la solution de l'énigme. Mais nul ne la connaissait. Plus triste et malheureux que jamais, il se jeta à terre en disant : « Hélas, misérable que je suis, j'ai perdu la couronne de mon royaume! Maudit soit celui qui m'a fait tuer Ésope! » Devant la tristesse du roi, Hérope, le sénéchal, lui dit : « Très cher sire, cessez de vous affliger et pardonnez-moi : je n'ai pas fait mourir Ésope, car je savais bien que vous auriez encore besoin de lui et, redoutant d'offenser Votre Majesté, je l'ai gardé jusqu'à ce jour dans un tombeau. » Le roi, à ces mots, tout joyeux, se redressa et courut embrasser son sénéchal en disant : « Si Ésope est vraiment vivant, je serai toute ma vie ton obligé. S'il est vivant, je t'en prie, fais-le venir! » On amena aussitôt Ésope, qui se jeta aux pieds du roi. Et quand le roi le vit pâle et affligé, il fut lui-même rempli de tristesse. Il ordonna aussitôt de le faire laver et vêtir noblement. Quand il fut lavé, Ésope revint devant le roi, le salua humblement et lui demanda pourquoi on l'avait mis en prison. Le roi lui dit que son fils adoptif Énus l'avait accusé et ordonna aussitôt d'infliger à Énus la peine que doivent recevoir ceux qui font mourir leur père. Mais Ésope pria le roi de pardonner. Alors le roi lui demanda la réponse à la question du roi d'Égypte. Ésope, au vu de la lettre, lui dit : « Répondez au roi d'Égypte que, dès la fin de l'hiver, vous lui enverrez des ouvriers pour construire sa tour et le satisfaire en tous points. »

Le roi envoya donc son ambassade au roi d'Égypte, puis il fit restituer ses biens à Ésope et le rétablit dans toutes ses dignités en lui donnant le pouvoir de punir son fils adoptif à son gré. Mais Ésope reçut son fils avec bonté et le réprimanda avec douceur en lui disant : « Mon fils, veuille observer mes commandements et les garder en ton cœur. Nous savons bien donner des conseils aux autres, mais à nous-mêmes, nous en sommes incapables, car, quand on est homme, on est soumis à la Fortune. En premier lieu, aime Dieu et garde-toi d'offenser ton roi. Et puisque tu es homme, soucie-toi du sort des hommes, car Dieu punit les mauvais et c'est un crime que de faire du mal aux hommes. Montre-toi cruel envers tes ennemis pour éviter leur mépris, joyeux et agréable avec tes amis pour mieux gagner leur bienveillance, car il faut souhaiter la prospérité à ses amis et l'adversité à ses ennemis. Parle sobrement à ta femme pour éviter qu'elle ne prenne un amant, car la femme est changeante et versatile : plus on la flatte, plus elle a envie de faire le mal. Évite la compagnie d'un homme cruel, car, même prospère, c'est un malheureux. Affûte tes oreilles et freine ta langue. Garde-toi de trop parler et n'envie pas le bien d'autrui, car l'envie nuit à l'envieux. Prends soin de ta maisonnée et fais-toi aimer comme maître. Sois rempli de honte à l'idée de ne pas suivre la raison, tâche d'apprendre tous les jours quelque chose et garde-toi bien de dire un secret à ta femme, qui ne cherche qu'à provoquer le désordre. Ne dépense pas ton bien inutilement, car il vaut mieux laisser ses biens à sa mort que devoir mendier de son vivant. Salue joyeusement ceux que tu rencontres, comme le chien qui salue ceux qu'il rencontre en agitant la queue. Ne te moque de personne et tâche toujours d'agir sagement. Rembourse vite les emprunts, afin qu'on te fasse un prêt plus volontiers une autre fois. Ne refuse pas de faire du bien quand tu le peux, et évite la compagnie des méchants. Confie tes affaires à tes amis. Veille à ne rien faire dont tu te repentes. En cas d'adversité, supporte-la patiemment. Veille à ne pas imiter les méchants. Abrite les sans-abri pour être abrité à ton tour quand tu seras sans abri. Une bonne parole est un remède aux vices. Bien heureux, certes, qui possède un bon ami. Il n'est nul secret qui ne vienne au jour. »

Vingt-troisième histoire : comment Énus, fils adoptif d'Ésope, se donna la mort.

Après toutes ces recommandations, Énus quitta Ésope. Voyant qu'il l'avait injustement accusé, triste et chagrin, il s'en alla tout en haut d'une montagne et se jeta dans le vide. C'est ainsi que le méchant tomba dans le désespoir, en homme qui avait mené une méchante vie : à mauvaise vie, mauvaise fin.

Plus tard, Ésope ordonna aux fauconniers de capturer quatre aiglons. Une fois pris, il les habitua à recevoir leur nourriture dans les airs comme au sol. On avait lié à leurs pattes deux enfants. Et, dès que les enfants levaient ou descendaient la viande qui leur était destinée, les aigles s'envolaient dans les airs ou redescendaient pour la recevoir[39]. Ces préparatifs terminés, l'hiver passé, Ésope prit congé du roi Licure et se rendit en Égypte. Le roi, le voyant devant lui si contrefait, se dit que ce n'était qu'une bête et que le roi de Babylone se moquait de lui : il oubliait qu'un vilain vase peut contenir du bon vin et qu'il ne faut pas regarder le vase mais la lie qu'il contient. Ésope s'agenouilla donc devant le roi en le saluant très humblement. Et le roi, trônant en majesté, l'accueillit avec bienveillance en lui disant : « Que penses-tu de moi et des miens ? — Sire, répondit Ésope, vous m'apparaissez comme le soleil, et les vôtres comme les rayons du soleil ! »

Vingt-quatrième histoire : comment Ésope donna au roi d'Égypte la réponse à la question qu'il avait posée au roi de Babylone.

À cette réponse, le roi, émerveillé de la subtilité d'Ésope, lui dit : « M'as-tu amené les ouvriers qui doivent construire ma tour ? — Oui, dit Ésope. Il faut d'abord me montrer l'endroit où vous voulez la construire. » Le roi sortit de son palais et le mena dans un beau champ en lui disant : « Voici l'endroit où je veux construire ma tour ! » Alors Ésope plaça aux quatre coins du champ un aigle avec deux enfants. Les enfants élevèrent le repas des aigles en l'air, et les aigles s'envolèrent aussitôt. Les enfants se mirent à crier : « Apportez-nous du mortier et des briques, du bois et des truelles pour construire la tour ! » À ce spectacle, le roi, émerveillé, dit à Ésope : « Comment, y a-t-il dans votre terre des hommes qui portent des ailes ? — Oui, sire, il y en a beaucoup ! — Tu m'as vaincu, dit le roi, par tes discours et tes raisonnements, mais je te prie de répondre à une autre question : j'ai fait amener des juments de Grèce, qui conçoivent par le seul hennissement des chevaux de Babylone ; comment ? — Sire, répondit Ésope, je vous donnerai demain la réponse. » Dès son retour à son logis, il dit à ses esclaves : « Trouvez-moi un grand chat ! » Ils lui obéirent. Ésope fit alors donner en public des coups de fouet au chat. Les Égyptiens, à cette vue, coururent aussitôt après le chat pour le prendre, mais ils n'y parvinrent pas. Ils allèrent immédiatement dénoncer la chose au roi. Le roi fit amener Ésope et, quand il l'eut devant lui, lui demanda : « Ésope, qu'as-tu fait ? Ne sais-tu pas que le dieu que nous honorons est en forme de chat ? Les Égyptiens honorent en effet une idole en forme de chat, et tu nous as gravement offensés! » Mais Ésope répondit : « Sire, cette bête perfide, la nuit dernière, a gravement offensé le roi de Babylone : elle lui a tué un coq qu'il aimait beaucoup, parce qu'il était très combatif et chantait pendant la nuit. — Ésope, dit le roi, je n'aurais jamais cru que tu me mentirais de la sorte : il est impossible que cette bête ait en une nuit fait l'aller et retour d'ici à Babylone. — Sire, dit en souriant Ésope, elle a fait ce voyage de la même manière que vos juments de Grèce conçoivent par le seul hennissement des chevaux de Babylone! » Alors le roi Nectanébo fit l'éloge de la sagesse d'Ésope, et le fêta et l'honora encore plus qu'avant.

Le lendemain, le roi d'Égypte fit appeler tous les philosophes les plus sages qu'il put trouver dans son pays, leur parla de la subtilité et de l'intelligence d'Ésope et les invita à dîner à la cour avec lui. Quand ils furent tous assis à table, l'un d'eux dit à Ésope : « Pardonne-moi, je suis envoyé ici par mon dieu pour te parler[40]. — Parle à ta guise, lui dit Ésope : Dieu ne veut pas que les hommes mentent, et tes paroles montrent bien que tu redoutes peu ton dieu, car tu ne dis que fables et mensonges. » Un autre philosophe lui dit : « Dans un grand temple, il y a une colonne qui soutient douze cités. Chaque cité est couverte de trente poutres sur lesquelles deux femmes courent sans cesse. » Ésope lui répondit : « Les petits enfants de Babylone connaissent la solution de cette énigme : le temple est le ciel, la colonne la terre, les douze cités sont les douze mois, les trente poutres sont les jours du mois et les deux femmes qui courent sans cesse, ce sont le jour et la nuit. » Alors le roi d'Égypte dit aux nobles de sa cour : « Il n'est que justice que j'adresse maintenant dons et tributs au roi de Babylone. » Mais l'un des nobles dit au roi : « Sire, encore une question : quelle est la chose que nous n'avons jamais vue ni entendue? — Résous cette énigme! » dit le roi à Ésope. Celui-ci retourna chez lui et forgea une reconnaissance de dette rédigée de la manière suivante : « Moi, Nectanébo, roi de toute l'Égypte, reconnais et affirme avoir emprunté au roi Licure mille marcs d'or, que je promets de rendre et de payer audit roi Licure avant tel terme » (le terme étant déjà passé). Le lendemain, Ésope présenta ledit écrit au roi d'Égypte, qui fut stupéfait et dit aux nobles qui se trouvaient là : « Avez-vous jamais vu ou entendu dire que le roi Licure m'ait fait un prêt ? » Et les chevaliers de répondre que non. Alors Ésope : « Si vous dites vrai, l'énigme est résolue, car vous avez vu et entendu ce que vous n'aviez jamais vu ni entendu. » Le roi d'Égypte dit que le roi Licure était bien heureux de posséder pareil serviteur, et il renvoya Ésope à Babylone avec force dons et tributs pour le roi de Babylone.

Vingt-cinquième histoire : comment Ésope s'en retourna à Babylone et comment, pour l'honorer, le roi fit faire sa statue en or.

À son retour à Babylone, Ésope raconta au roi tout ce qu'il avait fait en Égypte et le roi donna l'ordre, pour l'honorer, de faire élever, à la vue de tous, sa statue en or. Peu après, Ésope eut envie d'aller visiter la Grèce et demanda son congé au roi, qui en fut triste et chagriné : Ésope lui promit donc de revenir finir ses jours à Babylone, et le roi lui donna congé à cette condition. Ésope parcourut ainsi les cités de Grèce, manifestant si bien sa sagesse par ses fables qu'il acquit honneur et gloire, et fut renommé dans tout le pays. Finalement il arriva à Delphes, le lieu le plus vénéré, le plus sacré de toute la Grèce, et le peuple le suivait pour écouter ses paroles. Mais les habitants de la cité, par envie, le couvrirent d'opprobre. Ésope leur dit : « Messieurs, vous êtes semblables au bâton qui flotte sur la mer : de loin il semble grand, mais de près il est tout petit. Quant à vous, je croyais, quand j'étais loin de vous, que vous étiez les meilleurs du pays, et maintenant je m'aperçois que vous êtes les pires. » À ce discours, les Delphiens tinrent conseil et l'un des plus sages déclara : « Cet homme, vous le savez, est adulé et suivi par les foules, partout où il va : si nous n'y mettons bon ordre, il nous privera de notre autorité et causera notre perte ! » Alors tous complotèrent au conseil pour trouver le moyen de le faire mourir. Mais il avait une telle escorte qu'ils n'osaient pas. Voyant que l'un de ses esclaves faisait sa malle au moment de partir, ils s'en allèrent prendre au temple d'Apollon une coupe d'or qui appartenait à Delphes et la cachèrent dans la malle. Ésope, qui ignorait la trahison qui se tramait contre lui, quitta Delphes. Les traîtres se mirent à courir après lui et le capturèrent à grands cris. Ésope leur dit : « Messieurs, pourquoi m'arrêtez-vous ? — Ah ! voleur ! criminel ! s'écrient-ils, bossu sacrilège, pourquoi as-tu pillé le temple d'Apollon ? »

Vingt-sixième histoire : comment Ésope fut trahi et comment il raconta aux Delphiens la fable du Rat et de la Grenouille.

Ésope nia le vol. Mais les Delphiens défirent la malle, trouvèrent la coupe d'or, la montrèrent à tout le peuple et l'emprisonnèrent comme sacrilège. Ésope, comprenant leur perfidie et voyant qu'il ne pouvait leur échapper, pleurait et se lamentait sur son sort. Un de ses amis, nommé Demas, le voyant pleurer ainsi, le réconforta et lui dit : « Garde courage et confiance ! » Les Delphiens décidèrent d'un commun accord que le sacrilège méritait la mort et qu'on l'emmènerait en haut d'une montagne pour le précipiter en bas. Quand Ésope apprit leur sentence, pour les ramener à de meilleurs sentiments, il leur dit cette fable[41] : « Au temps où les bêtes vivaient ensemble en paix, le rat et la grenouille se lièrent d'amitié et le rat invita la grenouille à dîner avec lui. Il l'amena dans la cave d'un puissant, qui était pleine de mets délicats, et lui dit : "Mange tout ce que tu voudras !" Quand ils eurent bien mangé, la grenouille dit au rat : "Je veux festoyer avec toi, suis-moi, et pour te faire passer plus facilement la rivière, je t'attacherai à mon pied." Et le rat se laissa attacher. La grenouille sauta dans la rivière en tirant le rat après elle. Le rat, qui se noyait, dit à la grenouille : "Tu me fais mourir à tort, mais ceux qui survivent me vengeront." Tandis qu'ils tiraient chacun d'un côté, un milan, les voyant se débattre, les attrapa et les mangea tous les deux. Et vous, vous me faites mourir sans cause et à grand tort; mais Babylone et la Grèce me vengeront. » Malgré la fable, les Delphiens ne libérèrent pas Ésope : au contraire, ils le poussèrent avec rudesse et brutalité vers le lieu du supplice, malgré sa résistance.

Vingt-septième histoire : la mort d'Ésope.

Ésope, luttant contre les Delphiens, leur échappa et se réfugia dans le temple d'Apollon. Mais cela ne lui servit à rien, car les autres l'en tirèrent de force et le menèrent au supplice. Alors, en se voyant si ignominieusement traité, il leur déclara : « Messieurs, ne craignez-vous pas la vengeance de votre bon dieu Apollon ? » Les autres, malgré ses paroles, poursuivaient leur route. Voyant qu'il ne pouvait pas leur résister, il leur dit cette fable : « Une femme avait une fille vierge et folle et priait les dieux de lui rendre la raison. Elle priait souvent et la fille, qui le voyait bien, s'en alla aux champs avec sa mère. La jeune fille vit un homme qui s'accouplait avec une ânesse et lui dit : "Qu'est-ce que tu fais, mon ami ? — Ma fille, répondit-il, je donne de la raison à cette ânesse ! — Hélas ! mon ami, dit-elle, donne-moi de la raison aussi, je t'en prie, et ma mère te paiera bien !" Il la prit, lui mit de la raison dans le ventre et la dépucela. Elle s'en retourna joyeuse vers sa mère et lui dit : "Ma mère, j'ai trouvé un beau jeune homme, qui m'a mis la raison dans le corps !" Mais la mère, à ces mots, lui répondit, toute triste : "Ma fille, tu n'as pas retrouvé la raison, mais celle que tu avais, tu l'as perdue !" » Puis Ésope leur dit une autre fable : « Un paysan avait vécu toute sa vie aux champs, de sa jeunesse à sa vieillesse, sans jamais être allé à la ville. Il pria ses maîtres de le laisser une fois voir la ville, et ils installèrent le vieillard sur un chariot tiré par des ânes en lui disant : "Pique les ânes, ils te mèneront droit à la ville!" Il leur obéit, mais survint une tempête : les ânes quittèrent la route, emmenèrent le vieillard sur une montagne et, aveuglés par la tempête, tombèrent du haut de la montagne. Le vieillard, pendant cette chute, dit à Jupiter : "Ah! Jupiter, même si je t'ai offensé, fallait-il me faire mourir si misérablement? J'aurais été moins chagriné si, au lieu de ces vauriens d'ânes, tu avais mis de beaux chevaux!" Il en va de même pour moi, car je ne dois pas ma mort à des hommes de bien mais à vous autres, qui êtes perfides et iniques! » Sur le lieu du supplice, Ésope leur dit encore une autre fable : « Un homme tomba amoureux de sa fille : il la prit et la viola. La fille lui dit : "Ah! père, tu as perdu la raison pour me faire cette honte : j'aimerais mieux subir cet outrage de la part de cent étrangers que de toi, qui le rends encore plus abominable!" Il en va de même pour moi, misérables : j'aimerais mieux subir tous les maux du monde de la part d'hommes de bien plutôt qu'être mis à mort vilement par les vils criminels que vous êtes! » Ils le précipitèrent du haut de la roche, et Ésope mourut ainsi misérablement.

Vingt-huitième histoire : comment les Delphiens[42] *firent un sacrifice à leur dieu et édifièrent un temple pour se faire pardonner la mort d'Ésope.*

Après la triste mort d'Ésope, on vit s'abattre sur la cité l'épidémie, la famine et la folie : tous perdaient la raison. Ils firent donc un sacrifice à leur dieu Apollon pour se faire pardonner la mort d'Ésope. Ils regrettèrent amèrement de l'avoir injustement mis à mort et édifièrent un temple. Et quand les princes et les nobles de Grèce apprirent comment les Delphiens avaient tué Ésope, ils vinrent aussitôt à Delphes pour punir ceux qui lui avaient infligé cette mort injuste et misérable.

FABLES
DE MARIE DE FRANCE

D'un hume cunte li escriz,
ki esteit morz e enfuïz;
sa femme meine grant dolur
desur sa tumbe nuit e jur.
Pres d'iluec aveit un larrun,
ki ert penduz pur mesprisun.
Uns chevaliers le despendi
(sis parenz ert), si l'enfuï.
Par la cuntree fu crië :
ki le larrun aveit osté,
sun jugement meïsme avreit;
s'il ert ateinz, penduz sereit.
Dunc ne sot il cunseil trover
cum il se peüst delivrer;
kar seü ert de mainte gent
qu'il le teneit pur sun parent.
Al cimitiere vet tut dreit
la u la prude femme esteit,
ki sun seignur ot tant pluré.
Cuintement a a li parlé;
dit li qu'ele se cunfortast,
mult sereit liez, s'ele l'amast.
La prude femme l'esguarda;
grant joie fist, si otria
qu'ele fera sa volenté.
Li chevaliers li a cunté
que mult li ert mesavenu

LA FEMME QUI FIT PENDRE SON MARI MORT[1]

L'écrit raconte qu'un homme
était mort et enterré ;
sa femme menait grand deuil
sur sa tombe, nuit et jour.
Près de là un voleur
avait été pendu pour ses crimes.
Un chevalier de sa parenté
le détacha du gibet et l'enterra.
Dans tout le pays on proclama
que, si l'on retrouvait celui qui avait enlevé le voleur,
il subirait la même sentence
et serait pendu.
Le chevalier ne savait que faire
pour se sortir de ce mauvais pas :
car bien des gens savaient
qu'il considérait le voleur comme son parent.
Il vient tout droit au cimetière
où se trouvait la noble femme
qui pleurait tant son mari.
Il lui parle avec douceur,
l'engage à se consoler :
il serait très heureux, si elle acceptait de l'aimer.
La noble femme le regarda ;
avec joie, elle accepta
d'exaucer ses vœux.
Le chevalier lui raconta
le malheur qui lui était arrivé

del larrun qu'il ot despendu;
s'el ne l'en set cunseil doner,
hors del païs l'estuet aler.
La prude femme respundi :
« Desfuum mun barun de ci,
puis sil pendum la u cil fu :
si n'iert ja mes aparceü.
Delivrer deit hum par le mort
le vif dunt l'em atent cunfort. »

Par iceste signefiance
poum entendre quel creance
deivent aveir li mort es vis.
Tant est li munz fols e jolis.

pour avoir détaché le voleur du gibet :
si elle ne pouvait l'aider,
il lui faudrait quitter le pays.
La noble femme répondit :
« Sortons mon mari de terre
et pendons-le à la place de l'autre :
personne ne s'en apercevra.
Il faut s'aider du mort pour délivrer
le vivant dont on attend du réconfort. »

Ce récit plein de sens nous montre
quel crédit peuvent faire
les morts aux vivants,
tant le monde est faux et trompeur[2].

D'un vilein cunte ki guaita
dedenz sun us, si espia.
Un altre hume vit sur sun lit,
od sa femme fist sun delit.
« A, las », fet il, « qu'ai jeo veü ! »
Dunc l'a la femme respundu :
« Que veez vus, beals sire, amis ? »
« Un altre hume ; ceo m'est a vis,
sur mun lit te tint embraciee. »
Ceo dist la femme curuciee :
« Bien sai », fet ele, « n'en dut mie,
que c'est vostre vieille folie :
tu vuels tenir mençunge a veire. »
« Jel vi », fet il, « sil dei bien creire ».
« Fols iés », fet ele, « se tu creiz
pur verité quan que tu veiz. »
As mains le prent, od li l'en meine
a une cuve d'ewe pleine ;
dedenz l'ewe le fist guarder.
Puis li cumence a demander
qu'il veit dedenz, e il li dit
que s'image meïsme vit.
« Pur ceo » dist ele, « n'iés tu pas
dedenz la cuve od tuz tes dras,
se tu i veiz une semblance.
Tu ne deiz pas aveir creance

LA FEMME ET SON AMANT[1]

Un paysan faisait le guet
et épiait derrière sa porte.
Il aperçut sur son lit un autre homme
en train de prendre son plaisir avec sa femme.
« Pauvre de moi, dit-il, qu'ai-je vu ? »
Alors la femme lui répond :
« Que voyez-vous, mon très cher seigneur ?
— Un autre homme ; il me semble
qu'il te tenait dans ses bras sur mon lit. »
Elle réplique, furieuse :
« Ça y est, j'en était sûre,
ce sont encore tes idées folles :
tu veux prendre un mensonge pour une vérité.
— Je l'ai vu, rétorque-t-il, et suis obligé de le croire.
— Fou que tu es, dit-elle, si tu crois
et tiens pour vrai tout ce que tu vois. »
Le prenant par la main, elle l'emmène
près d'une cuve remplie d'eau
et le fait regarder à l'intérieur.
Puis elle commence à lui demander
ce qu'il voit, et il répond
qu'il aperçoit sa propre image.
« Eh bien ! dit-elle, et tu n'es pas
dans la cuve avec tous tes vêtements,
bien que tu en aies l'impression.
Tu ne dois pas faire confiance

en tes uiz, ki mentent sovent. »
Dist li vileins : « Jeo me repent !
Chescuns deit mielz creire e saveir
ceo que sa femme dit pur veir
que ceo que si malvais ueil veient,
ki par veüe le foleient. »

Par cest essample nus devise
que mult valt mielz sens e quointise
e plus aïde a meinte gent
que sis aveirs ne si parent.

à tes yeux, qui mentent souvent. »
Alors le paysan : « Je me repens !
Chacun doit plutôt croire et admettre
ce que sa femme lui donne pour vrai
que ce que voient ses yeux perfides,
qui lui font voir des choses folles. »

Ce récit exemplaire[2] nous montre
que l'intelligence et l'habileté valent mieux
et sont plus utiles à bien des gens
que leurs richesses ou leurs parents.

D'un vilein vueil ici cunter,
ki od sa femme vit aler
vers la forest sun dru od li.
Aprés curut; cil s'en fuï,
si s'est dedenz le bois musciez,
e il returne tuz iriez.
Sa femme laidi e blasma;
e la dame li demanda
pur quei parlot issi vers li,
e sis baruns li respundi
qu'il ot veü sun lecheür,
ki li fist hunte e deshonur,
aler od li vers la forest.
« Sire », fet ele, « se vus plest,
pur amur Deu, dites mei veir!
Quidastes vus hume veeir
aler od mei? Nel me celer! »
« Jel vi », fet il, « el bois entrer. »
« Lasse », fet ele, « morte sui!
Demain murrai u uncore hui!
A m'aiuele avint altresi
e a ma mere, kar jel vi :
un poi devant lur finement,
ceo fu seü apertement,
qu'uns bachelers les cunduieit,
la u od eles rien n'aveit.
Or sai jeo bien, pres est ma fins.

ENCORE LA FEMME ET SON AMANT[1]

Je veux raconter ici l'histoire d'un paysan
qui vit sa femme s'en aller
vers la forêt avec son amant.
Il courut après eux; l'homme s'enfuit,
partant se cacher à l'intérieur du bois.
Le paysan revint furieux.
Il se mit à insulter et à injurier sa femme.
La dame lui demanda
pourquoi il lui parlait ainsi,
et son mari lui répondit
qu'il avait vu son galant,
qui le couvrait de honte et d'infamie,
aller avec elle vers la forêt.
« Seigneur, dit-elle, de grâce,
pour l'amour de Dieu, dites-moi la vérité!
Avez-vous cru voir un homme
aller avec moi? Ne me le cachez pas!
— Je l'ai vu, dit-il, entrer dans le bois.
— Malheureuse, je suis morte!
Je mourrai demain, sinon aujourd'hui!
Il est arrivé la même chose à ma grand-mère
et à ma mère, j'en ai été témoin.
Peu de temps avant leur mort,
il fut de notoriété publique
qu'un jeune homme les accompagnait,
alors qu'il n'y avait personne avec elles[2].
Maintenant je sais bien que ma fin est proche.

Mandez, sire, tuz mes cusins,
si departiruns nostre aveir!
N'os el siecle plus remaneir :
od tute la meie partie
me metrai en une abeïe. »
Li vileins l'ot, merci li crie.
« Lessiez ester », fet il, « amie!
Ne departez de mei einsi!
Mençunge fu quan que jeo vi. »
« N'i os », fet ele, « mes ester,
kar de m'alme m'estuet penser,
ensurquetut pur la grant hunte,
dunt vus avez fet si grant cunte.
Tuz jurs me sereit repruvé
que malement avreie erré,
se vus ne jurez sairement,
si quel veient nostre parent,
que ne veïstes hume od mei.
Puis afiëz la vostre fei
que ja mes mot n'en sunerez
ne ja nel me repruverez. »
« Voluntiers, dame », il li respunt.
A un mustier ensemble vunt :
la li jura ceo qu'ele quist
e plus asez qu'el ne li dist.

Pur ceo dit hum en repruvier
que femmes sevent engignier :
les veziëes nunverables
unt un art plus que li diables.

Faites venir, seigneur, tous mes cousins,
pour que nous partagions nos biens.
Je n'ose rester plus longtemps dans le monde :
avec tout ce qui m'appartient,
je me retirerai dans une abbaye. »
En entendant cela, le paysan crie grâce.
« Arrêtez, dit-il, mon amie !
Ne m'abandonnez pas ainsi !
Tout ce que j'ai vu était mensonge.
— Je n'ose, dit-elle, demeurer davantage,
car je dois songer à mon âme,
surtout à cause de l'action honteuse
que vous m'avez publiquement imputée.
Toujours il me serait reproché
de m'être mal conduite,
si vous ne jurez pas sous serment,
en présence de nos parents,
que vous n'avez pas vu d'homme avec moi.
Ensuite, faites-moi la promesse
que plus jamais vous n'en soufflerez mot
et que jamais vous ne m'en ferez reproche.
— Volontiers, madame », répond-il.
Ils vont ensemble dans une église,
où il lui jura ce qu'elle avait demandé,
et bien davantage.

C'est pourquoi il est proverbial
que les femmes sont expertes en tromperies :
rusées et menteuses,
elles possèdent un art supérieur à celui du diable[3].

D'un reclus cunte ki aveit
un vilein, ki od lui esteit.
Quant li reclus de deu parlot,
e li vileins li demandot,
pur quei Adam manja le fruit,
par qu'umain pueple aveit destruit,
e, quant il la pume manja,
pur quei deus ne li parduna.
Al reclus suvent en pesa,
tant qu'une feiz se purpensa
que le vilein apaisereit
de la demande qu'il faiseit.
Une grant gate demanda;
sur une table l'adenta;
une suriz ot desuz mise.
Puis defendi qu'en nule guise
al vilein qu'il n'i adesast
ne que desuz ne reguardast;
kar il ireit a un mustier
a ureisun pur deu preier.
Quant li reclus s'en fu alez,
si s'est li vileins purpensez,
que grant merveille li sembla
de la gate que il guarda :
ne se pot mie detenir
qu'il ne la vueille descovrir
pur veeir ceo que desuz fu.

L'ERMITE[1]

Voici l'histoire d'un ermite,
près de qui vivait un paysan.
Quand l'ermite parlait de Dieu,
le paysan lui demandait
pourquoi Adam avait mangé le fruit
et causé ainsi la perte de l'humanité,
et pourquoi, quand il avait mangé la pomme,
Dieu ne lui avait pas pardonné.
L'ermite, agacé par son insistance,
décida un jour
de le faire renoncer
à ses questions.
Il demanda une grande jatte
qu'il renversa sur la table,
en cachant dessous une souris.
Puis il défendit au paysan
d'y toucher si peu que ce fût,
ni de regarder en dessous.
Il devait aller dans une église
pour y prier Dieu.
Après le départ de l'ermite,
le paysan s'interrogea :
la jatte qu'il devait garder
lui semblait bien mystérieuse.
Il ne put s'empêcher
de la retourner
pour voir ce qu'il y avait en dessous.

Quant il l'osta, si a veü
la suriz, ki li eschapa.
E quant sis sire repaira,
mult s'en curuça durement,
si demanda par mal talent,
pur quei il ot la gate ostee,
n'ot sa defense pru guardee.
Li vileins li respunt aprés :
« Sire », fet il, « jeo n'en poi mes !
U li quers me deüst partir,
u jeo l'alasse descovrir. »
« U est la suriz devenue ?
Pur quei ne l'as tu detenue ?
Ta folie fust pardonee. »
« Tost », fet il, « me fu eschapee. »
« Amis », fet il, « or lai ester !
Ne vueilles mes Adam blasmer,
se le fruit de l'arbre manja,
que nostre sire li vea :
li diables li cunseilla,
ki par sa femme l'engigna,
e li pramist si grant honur,
que pers sereit al creatur. »

Pur ceo ne deit nuls enculper
altrui faisance ne blasmer
ne metre fame sur sun prisme ;
chescuns reprenge sei meïsme !
Tels poet blasmer le fet d'altrui,
ki mielz devreit reprendre lui.

Il la souleva et vit
la souris, qui lui échappa.
Quand le seigneur revint,
il se mit dans une grande colère
et lui demanda, courroucé,
pourquoi il avait soulevé la jatte,
sans observer sa défense.
Le paysan répondit aussitôt :
« Seigneur, je n'y pouvais rien !
Il me fallait mourir sur-le-champ
ou la retourner !
— Qu'est devenue la souris ?
Pourquoi ne l'as-tu pas retenue ?
Je t'aurais pardonné ta sottise !
— Elle a eu vite fait de m'échapper !
— Ami, dit l'ermite, restons-en là !
Ne condamne plus Adam,
pour avoir mangé du fruit de l'arbre,
malgré la défense de Notre Seigneur :
c'est le Diable qui l'y poussa ;
il utilisa la femme pour le tromper,
lui promit tous les honneurs
et de faire de lui l'égal du Créateur. »

Voilà pourquoi il ne faut pas accuser
ni blâmer autrui pour sa conduite,
ni dire du mal de son prochain :
à chacun de se corriger lui-même !
Tel blâme la conduite d'autrui,
qui ferait mieux de corriger la sienne.

D'un vilein cunte ki prist ja
un folet, que lung tens guaita.
Cil li dona treis uremenz,
pur ceo qu'il nel mustrast as genz.
Li vileins fu joius e liez.
Quant a sa femme est repairiez,
les dous uremenz li dona;
un en retint, pru nel guarda.
Eissi furent bien lungement,
qu'il ne firent nul urement,
desqu'a un jur que il aveient
a un mangier, u il esteient,
d'une berbiz l'eschine e l'os,
dunt la meole pareit fors.
La femme en ot grant desirier,
volentiers la volsist mangier;
mes ne la pot aveir as meins,
si a uré que li vileins
eüst tel bec, mult li plaireit,
cume li witecos aveit.
Eissi avint cum ele ura.
E li vileins s'esmerveilla,
si a uré qu'en veie fust
e que sun vis meïme eüst.
Dous uremenz unt ja perduz,
que nuls n'en est a pru venuz.

LE PAYSAN ET LE LUTIN[1]

Un paysan captura un jour
un lutin qu'il guettait depuis longtemps.
Celui-ci lui fit don de trois vœux,
à condition de lui garder le secret.
Le paysan, tout heureux,
revint auprès de sa femme
et lui fit don de deux vœux,
en en gardant un pour lui, sans y prendre plus garde.
Ils restèrent ainsi longtemps
sans faire le moindre vœu.
Mais un beau jour ils étaient à table
et avaient à leur repas
l'échine et l'os d'une brebis,
pleins de moelle.
La femme avait grande envie de la moelle
et l'aurait volontiers mangée ;
mais elle ne pouvait l'atteindre avec ses mains.
Elle émit alors le vœu que le paysan
eût un bec semblable à celui de la huppe :
voilà ce qu'elle souhaitait.
Son vœu fut réalisé.
Le paysan, ébahi,
émit le vœu de voir disparaître le bec
et de retrouver son visage.
Les voilà avec deux vœux de moins,
sans le moindre bénéfice.

A plusurs est si avenu :
suventez feiz i unt perdu,
ki trop creient altrui parole,
ki tuz les deceit e afole.
Li fols quide del vezié
qu'il le vueille aveir conseillié
si cume sei; mes il i falt,
kar tant ne set ne tant ne valt.

Bien des gens connaissent le même sort :
ils sont souvent les perdants,
pour avoir trop fait confiance à quelqu'un
qui les trompe et leur fait du mal.
Le sot croit que le rusé
lui donne d'aussi bons conseils
[que si c'était pour lui-même;
mais il échoue quand il veut les mettre en pratique,
car il n'a pas la sagesse et l'habileté de l'autre.

D'un gupil dit ki une nuit
esteit alez en sun deduit.
Sur une mare trespassa.
Quant dedenz l'ewe reguarda,
l'umbre de la lune a veü;
mes ne sot mie que ceo fu.
Puis a pensé en sun curage
qu'il ot veü un grant furmage.
L'ewe comença a laper;
tresbien quida en sun penser,
se l'ewe en la mare fust mendre,
que le furmage peüst prendre.
Tant a beü que il creva :
iluec chaï, puis n'en leva.

Meinz huem espeire, ultre le dreit
e ultre ceo qu'il ne devreit,
aveir tutes ses volentez,
dunt puis est morz e afolez.

LE RENARD ET LE REFLET DE LA LUNE[1]

On raconte qu'un renard, une nuit,
était allé se promener.
Il passa près d'un étang,
regarda l'eau
et vit le reflet de la lune,
sans savoir ce que c'était.
Il pensa en lui-même
qu'il avait vu un grand fromage.
Il se mit à laper l'eau,
persuadé, dans son esprit,
que, s'il y avait moins d'eau dans l'étang,
il pourrait s'emparer du fromage.
Il but si bien qu'il éclata ;
il tomba par terre et ne se releva plus.

Bien des gens espèrent, contre la raison
et contre leur intérêt,
réaliser tous leurs désirs :
ils causent leur perte et leur mort.

D'un coc recunte ki estot
sur un femier e si chantot.
Par de lez lui vint uns gupiz,
si l'apela par mult beals diz.
« Sire », fet il, « mult te vei bel,
unkes ne vi si gent oisel.
Clere voiz as sur tute rien :
fors tun pere, que jeo vi bien,
unkes oisels mielz ne chanta;
mes il fist mielz, kar il cluigna. »
« Si puis jeo faire », dist li cos.
Les elcs bat, les uiz a clos;
chanter quida plus clerement.
Li gupiz salt avant, sil prent;
vers la forest od tut s'en va.
Par mi un champ, u il passa,
current aprés tuit li pastur;
li chien li huënt tut en tur.
« Veiz le gupil, ki le coc tient!
Mar l'engana, se par ci vient! »
« Va », fet li cos, « si lur escrie
que jeo sui tuens, ne m'i lai mie! »
Li gupiz volt parler en halt,
e li cos de sa buche salt;
sur un halt fust s'en est muntez.
Quand li gupiz s'est reguardez,
mult par se tint a farcillié,

LE COQ ET LE RENARD[1]

Voici l'histoire d'un coq
qui était perché sur un fumier et chantait.
Un renard s'approcha de lui
et lui dit de fort belles paroles :
« Seigneur, que vous êtes beau !
Je n'ai jamais vu un si bel oiseau !
Vous avez la voix la plus claire !
Hormis votre père, que je connaissais bien,
nul oiseau n'a jamais mieux chanté.
Mais lui faisait mieux, car il chantait les yeux fermés !
— Moi aussi je sais le faire ! » dit le coq.
Il bat des ailes, ferme les yeux,
s'imaginant chanter d'une voix plus claire.
Le renard s'en saisit d'un bond
et gagne la forêt avec sa proie.
Il traversait un champ
quand tous les bergers se lancent à sa poursuite ;
les chiens aboient après lui.
« Regardez ce renard, qui tient le coq !
S'il passe par ici, il paiera cher sa capture !
— Vas-y ! dit le coq, crie-leur
que je suis à toi et que tu ne me laisseras pas ! »
Le renard veut crier fort,
et le coq saute de sa gueule :
il monte en haut d'un arbre.
Quand le renard s'en aperçoit,
il se voit bien attrapé

que li cos l'a si engignié.
De maltalent e de dreite ire
la buche cumence a maldire,
ki parole quant devreit taire.
Li cos respunt : « Si dei jeo faire :
maldire l'ueil, ki vuelt cluignier,
quant il deit guarder e guaitier,
que mals ne vienge a sun seignur. »

Ceo funt li fol : tuit li plusur
parolent quant deivent cesser,
taisent, quant devreient parler.

et bien trompé par le coq.
De colère et de fureur
il se met à maudire la bouche
qui parle quand elle devrait se taire.
Le coq répond : « Je dois faire comme toi :
maudire l'œil qui veut se fermer,
quand il devrait veiller et guetter
pour éviter un malheur à son seigneur ! »

Ainsi font les fous : la plupart
parlent quand il faut se taire,
et se taisent quand il faut parler[2].

Jadis fu si enorguilliz
li mulez, ki semble suriz,
qu'il ne voleit en sun parage
n'en sun semblant n'en sun lignage
femme truver, que il presist;
ja mes n'avra femme, ceo dist,
s'il ne la trueve a sun talent.
La fille al plus halt element
voldra li mulez demander.
Al soleil en ala parler;
pur ceo qu'il esteit li plus halz
e en esté puissanz e chalz,
li requiert sa fille a muillier;
kar ne se set el plus halcier.
Li soleiz dist qu'il voïst avant,
si trovera un plus puissant :
la nue, ki l'aümbre e cuevre;
ne puet pareir, quant sur lui uevre.
Li mulez a la nue vint
e dist qu'a si puissant la tint
que sa fille volt demander.
El li rova avant aler;
par raisun li voldra mustrer
que plus puissant purra trover :
ceo est li venz, bien i esguart,
que, quant il vente, la depart.

LE MULOT[1]

Le mulot, qui ressemble à une souris,
était jadis si orgueilleux
qu'il refusait de prendre femme
dans sa parenté et son lignage,
ou parmi ses semblables :
il ne prendra jamais femme, dit-il,
s'il n'en trouve une à son gré.
Il veut d'abord demander
la fille du plus haut des éléments.
Il va trouver le soleil :
comme il est le plus haut,
et en été le plus puissant et le plus chaud,
il lui demande sa fille pour femme,
car il ne peut trouver plus haut personnage.
Le soleil lui dit d'aller plus loin ;
il trouvera plus puissant que lui :
le nuage, qui le couvre de son ombre ;
le soleil ne peut plus se montrer quand le nuage le [cache.
Le mulot va trouver le nuage
et lui dit qu'il le trouve si puissant
qu'il veut sa fille en mariage.
Le nuage lui dit d'aller plus loin ;
il lui démontre, preuves à l'appui,
qu'il pourra trouver plus puissant :
le vent, qu'il y prenne garde,
qui, en soufflant, chasse le nuage.

Fet li mulez : « A lui irai;
ja mes ta fille ne prendrai. »
Idunc en est alez al vent,
si li a dit, cumfaitement
la nue l'i ot enveié;
si li ot dit e enseignié
qu'il ert la plus forz creature;
qu'en sa force n'aveit mesure :
tutes altres riens departeit,
quant il ventot, e destrueit :
pur ceo voleit sa fille prendre;
ne voleit mes aillurs entendre,
pur ceo qu'il ot oï cunter
que riens ne li puet cuntrester.
Li venz respunt : « Tu as failli;
femme n'avras tu pas ici.
Plus fort i a que jeo ne sui,
ki mult sovent me fet ennui;
encuntre mei si forz estait,
ne li chalt riens de mun forfait.
Ceo est une granz turs de piere,
ki tuz jurs est ferme e entiere.
Unkes ne la poi depescier
ne par venter afebleier,
ainz me rebute si ariere
que n'ai talent que la requiere. »
Li mulez li respundi tant :
« De ta fille n'ai dunc talant;
ne dei plus bas femme choisir,
qu'a mei ne deit apartenir;
femme prendrai a grant honur.
Or m'en irai desqu'a la tur! »
Alez i est, sa fille quist.
La turs l'esguarde, si li dist :
« Tu as », fet ele, « meserré,
si n'as mie bien esguardé.
Ki pur force ça t'enveia,
ceo m'est a vis, qu'il te gaba.
Plus fort troveras uncor hui,
a qui unkes ne cuntrestui. »

« J'irai le trouver, dit le mulot;
je ne veux plus de ta fille! »
Il va donc trouver le vent
et lui dit comment
le nuage l'a adressé à lui,
en lui expliquant
qu'il est la plus forte des créatures,
parce que sa force est sans limite :
il chasse toutes les autres
en soufflant et les détruit.
Il veut donc épouser sa fille
et refuse de chercher ailleurs,
parce qu'on lui a conté
que rien ne résiste au vent.
« Tu t'es trompé d'adresse, répond le vent;
tu ne trouveras pas ta femme ici.
Il y a plus fort que moi,
quelqu'un qui me contrarie souvent :
il se dresse si solidement face à moi
qu'il se moque de mes assauts.
C'est une grande tour de pierre,
toujours solide et intacte.
Jamais je n'ai pu la mettre en pièces
ni l'affaiblir par mon souffle.
Elle me repousse avec tant de force
que je n'ose plus l'attaquer. »
Le mulot lui répond alors :
« Je n'ai plus envie de ta fille;
je ne dois pas m'abaisser
en prenant une femme d'un rang inférieur,
mais prendre une femme qui me fasse honneur.
J'irai donc trouver la tour. »
Il y va, lui demande sa fille.
La tour le regarde et lui dit :
« Tu fais fausse route,
et tu n'as pas fait suffisamment attention.
Celui qui t'a envoyé ici en quête de la force,
à mon avis, s'est moqué de toi.
Tu peux trouver encore plus fort,
quelqu'un avec qui je n'ai jamais pu rivaliser.

« Ki est ceo dunc ? » li muls respunt,
« a dunc plus fort en tut le mund ? »
« Oïl », fet ele, « la suriz.
Dedenz mei gist e fet ses niz ;
il n'a en mei si fort mortier
qu'ele ne puisse trespercier ;
desuz mei fuet, par mi mei vient,
nule chose ne la detient. »
Li mulez dist : « Coment ? Chaeles !
Ore ai oï dures noveles !
Ja est la suriz ma parente :
ore ai perdu tute m'entente.
Jeo quidoue si halt munter :
or me covient a returner
e rencliner a ma nature. »
« Tels est », dist la turs, « t'aventure.
Va a maisun, e si retien
que ne vueilles pur nule rien
ta nature mes desprisier.
Tels se quide mult eshalcier
ultre sun dreit e alever,
qui plus bas estuet returner ;
mespreisier ne deit nuls sun dreit,
se ceo n'est mals, quei que il seit.
Ja ne savras si luinz aler
que tu puisses femme trover,
ki mielz seit a tun ués eslite
que la suricete petite. »

Issi avient as orguillus,
as surquidiez, as enviüs,
ki ceo quierent qu'il ne devreient :
la revertent, u ne voldreient.

— Qui donc ? rétorque le mulot.
Il y a donc plus fort dans le monde ?
— Oui, dit-elle, la souris.
Elle vit et niche dans mes murs ;
il n'est en moi mortier si dur
qu'elle ne puisse le percer.
Elle me creuse, elle me traverse,
rien ne peut l'arrêter.
— Comment ? dit le mulot. Est-il possible ?
Voilà de tristes nouvelles !
La souris est de ma famille :
je me suis donné tout ce mal pour rien.
Moi qui croyais monter si haut !
Il me faut maintenant revenir
et redescendre jusqu'à ma nature.
— Tel est ton destin, dit la tour.
Rentre chez toi, et retiens bien
qu'il ne faut plus, pour rien au monde,
mépriser ta nature.
Tel croit monter bien haut
et s'élever au-dessus de son rang,
qui doit retomber plus bas[2] ;
nul ne doit mépriser son rang,
quel qu'il soit, s'il n'est pas infamant.
Tu pourras aller bien loin,
jamais tu ne trouveras une femme
qui soit mieux faite pour toi
que la petite souris. »

Voilà ce qui arrive aux orgueilleux,
aux arrogants, aux envieux,
qui recherchent ce qui n'est pas pour eux :
ils reviennent malgré eux sur leurs pas.

Uns prestre volt jadis aprendre
un lou a letres faire entendre.
« A », dist li prestre, « a » dist li lous,
ki mult ert fel e engignous.
« B », dist li prestre, « di od mei! »
« B », dist li lous, « la letre vei. »
« C », dist li prestre, « di avant! »
« C », dist li lous, « a i dunc tant? »
Respunt li prestre : « Or di par tei! »
Li lous li dist : « Jeo ne sai quei. »
« Di que te semble, si espel! »
Respunt li lous : « Aignel, aignel! »
Li prestre dist que verté tuche :
tel en pensé, tel en la buche.

De plusurs le veit hum sovent :
cel dunt il pensent durement
est par lur buche cuneü,
anceis que d'altre seit seü;
la buche mustre le penser,
tut deië ele d'el parler.

LE PRÊTRE ET LE LOUP[1]

Un prêtre voulut un jour apprendre
à un loup à lire l'alphabet.
« A », dit le prêtre. « A », dit le loup,
qui était cruel et rusé.
« B, dit le prêtre, répète avec moi !
— B, dit le loup, je vois la lettre.
— C, dit le prêtre, répète-le !
— C, dit le loup, il y en a donc tant ? »
Le prêtre répond : « A toi maintenant ! »
Le loup lui dit : « Je ne sais quoi dire.
— Dis ce qui te vient à l'esprit, épelle-le ! »
Le loup répond : « Agneau, agneau ! »
Le prêtre dit qu'il touche au vrai :
sa parole répond à sa pensée.

On le voit pour bien des gens :
l'objet de leurs pensées
est découvert par leur bouche
avant tout autre ;
la bouche révèle la pensée,
même si on veut lui faire dire autre chose.

Uns vileins ot femme a espuse,
ki mult esteit cuntrariüse.
Un jur furent ensemble alé
pur els deduire par un pré.
Li vileins a sa femme dit,
qu'unkes mes de ses uiz ne vit
nul pre falchié si uëlment.
El li respunt hastivement :
« Ainz fu od les forces trenchiez. »
Dit li vileins : « Einz fu falchiez. »
« Einz est », fet la femme, « tunduz ».
Dunc s'est li vileins irascuz.
« Tu iés », fet il, « fole pruvee :
ceste herbe fu od falz colpee.
Mes tu iés si engresse e fole,
qu'avant vuels metre ta parole;
la meie vuels faire remeindre,
par engresté me vuels ateindre. »
Li vileins l'a a val getee,
si li a langue colpee.
Puis demande qu'a vis li fu
e qu'ele en aveit entendu,
se li prez fu od falz falchiez
u od forces esteit trenchiez.
La u ele ne pot parler,

L'HOMME ET SON ÉPOUSE QUERELLEUSE[1]

Un paysan avait pour épouse une femme
qui était très querelleuse.
Un jour ils étaient allés ensemble
se promener dans un pré.
Le paysan dit à sa femme
qu'il n'avait jamais vu de ses yeux
un pré fauché d'une façon aussi régulière.
Elle lui réplique promptement :
« L'herbe a plutôt été coupée avec les ciseaux. »
Le paysan rétorque : « Elle a plutôt été fauchée.
— Plutôt tondue », dit la femme.
Alors le paysan se met en colère.
« Tu es, dit-il, une véritable folle :
cette herbe a été taillée avec la faux.
Mais tu es si agressive et folle
que tu veux faire triompher ton point de vue
et me faire renoncer au mien.
C'est par pure agressivité que tu veux me contredire. »
Le paysan la jette à terre
et lui coupe la langue.
Puis il lui demande son avis
et ses conclusions
sur la question de savoir si le pré avait été fauché avec
[une faux
ou si l'herbe avait été coupée avec des ciseaux.
Comme elle ne pouvait parler,

od ses deiz li prist a mustrer
que forces l'aveient trenchié
e que falz ne l'ot pas seié.

Par cest essample vuelt mustrer,
bien le puet hum suvent pruver :
se fols parole une folie
e altre vient, ki sens li die,
ne l'en creit pas, einz s'en aïre;
la u il set qu'il en est pire,
vuelt sa mençunge metre avant :
nuls nel fereit de ceo taisant.

avec ses doigts elle se mit à lui montrer
que c'étaient des ciseaux qui avaient coupé l'herbe
et non une faux qui avait tondu le pré.

Ce récit exemplaire illustre
ce que l'on peut souvent constater :
si un fou parle follement
et qu'un autre vienne lui faire entendre la voix de la [raison,
loin d'être persuadé, il s'en irrite ;
bien qu'il sache qu'il s'enfonce,
il veut faire triompher son erreur :
nul ne saurait l'en faire démordre.

D'un vilein cunte, ki aveit
une femme, qu'il mult cremeit;
kar ele esteit mult felunesse,
de male part e tenceresse.
Eissi avint que par un jur
menot ses humes en labur.
Dunc preierent cil al vilein
qu'il lur dunast cerveise e pein,
si en purreient mielz ovrer.
A sa femme les rueve aler
e li preier qu'el lur dunast;
kar pis sereit, s'il i alast.
Cil unt a la femme preié;
puis li unt dit e cunseillié
que sis sire pas nel voleit.
Dunc respundi qu'el lur durreit;
mes guardassent qu'il n'en eüst
ne n'en manjast ne n'en beüst;
ore alassent falchier les prez :
ele lur portereit asez.
Cil s'en alerent lieement.
El les siwi hastivement;
viande e beivre lur porta;
que haitié fussent, lur preia.
Ensemble asistrent al mangier.
« Pensez », fet ele, « del haitier! »

LA MÉCHANTE FEMME ET SON MARI[1]

Un paysan avait
une femme qu'il craignait beaucoup;
car elle était très perfide,
acariâtre et querelleuse.
Il arriva qu'un jour
où il conduisait ses hommes au travail,
ceux-ci lui demandèrent
de leur donner de la bière et du pain;
ainsi ils travailleraient mieux.
Il leur dit d'aller voir sa femme
et de lui demander de leur en donner;
car ils n'avaient pas intérêt à ce qu'il y allât lui-même.
Ils transmirent leur demande à la femme;
puis ils lui dirent à voix basse
que son mari ne voulait pas.
Elle répondit alors qu'elle leur donnerait ce qu'ils [demandaient;
mais ils devraient veiller à ce qu'il n'en ait pas,
à ce qu'il ne mange ni ne boive;
qu'ils aillent donc faucher les prés,
et elle leur apporterait tout.
Les hommes s'en allèrent tout contents.
Elle eut tôt fait de les suivre,
et de leur apporter à manger et à boire,
en leur recommandant d'être joyeux.
Ils s'assirent ensemble pour manger.
« Veillez, dit-elle, à vous réjouir!

« Si feruns nus », fet sis baruns,
« e granz merciz que nus l'avuns. »
Quant ele vit sun seignur lié,
mult ot le quer triste e irié.
De sun barun se traist ariere;
il la siwi vers la riviere.
Tant cum ele se traist en sus,
e il la siut e plus e plus,
tant que li piez li eschapa :
en l'ewe chiet, si enfundra.
Li serjant saillirent aprés;
a val l'ewe current adés
pur li tenir, qu'el ne passast
e que li floz ne l'en portast.
Li vileins lur a escriё
qu'il ne sunt mie bien alé;
cuntre l'ewe la deient querre :
la la purrunt trover a terre,
la la quergent, si ferunt bien :
tant ert encuntre tute rien,
qu'a val l'ewe n'est pas alee,
cuntre la radur est turnee;
en sa mort ne fist ele mie
ceo que ne volt faire en sa vie.

Issi avient : plusur estrivent
vers lur seignur, tant cum il vivent,
ne vuelent saveir ne sentir,
quels mals lur en puet avenir :
lur riote tienent avant.
Quant il le va aparcevant,
e il le turne a maltalent,
si s'en venge plus asprement.

— C'est ce que nous ferons, dit son mari,
et merci pour tout. »
Quand elle vit son mari content,
elle fut chagrinée et furieuse.
Elle s'éloigna de lui;
il la suivit en direction de la rivière.
Plus elle s'éloignait, plus il la suivait et se rapprochait,
jusqu'au moment où son pied glissa :
elle tomba à l'eau et coula.
Les serviteurs se précipitèrent;
ils descendent aussitôt la rivière en courant
pour la retenir, qu'elle n'aille pas plus loin
et que les flots ne l'emportent pas.
Le paysan leur crie
qu'ils n'ont pas pris la bonne direction;
ils doivent la chercher en amont :
c'est là qu'ils pourront la trouver sur la rive;
c'est là qu'ils feront bien de la chercher :
elle était si contrariante
qu'elle n'a pas suivi le fil de l'eau,
mais est allée à contre-courant;
au moment de sa mort elle n'aurait pas fait
ce qu'elle n'avait pas voulu faire pendant sa vie.

Voilà ce qui arrive : bien des gens
cherchent noise à leur seigneur toute leur vie
sans vouloir savoir ni comprendre
ce qu'il peut leur en coûter;
ils persistent dans leur querelle.
Quand le seigneur s'en aperçoit
et en conçoit de la colère,
il s'en venge d'autant plus cruellement.

Uns chaz seeit desur un fur,
u aguaitié ot tutejur.
Vit le mulet e la suriz,
sis apela par mult bels diz
e dist que lur evesques fu
e que mal cunseil unt eü
que sa beneïçun n'aveient.
E les suriz li respundeient
qu'asez voleient mielz murir
que desuz ses ungles venir.
Les suriz s'en turnent fuiant,
e li chaz les vet enchalçant.
En la parei se sunt fichiees :
mielz i vuelent estre muciees,
si que ne puissent jur veeir,
qu'od lur evesque remaneir;
mult criement sa beneïçun,
kar els le sevent a felun.

Par cest essample nus devise :
nuls ne se deit metre en justise
de celui ki mal li vuelt querre,
mes desturner en altre terre.

LE CHAT MITRÉ[1]

Un chat était assis sur un fourneau :
il avait été aux aguets toute la journée.
Il vit le mulot et la souris.
Il les appela par de douces paroles
en leur disant qu'il était leur évêque
et qu'ils se portaient fort mal
de vivre sans sa bénédiction.
Mais les souris lui répondirent
qu'elles aimaient mieux mourir
que de tomber sous ses griffes.
Les souris se mettent à fuir
et le chat à les pourchasser.
Elles se glissent dans un trou du mur;
elles préfèrent y rester cachées,
même privées de la lumière du jour,
plutôt que de rejoindre leur évêque :
elles craignent fort sa bénédiction,
tant elles connaissent sa félonie[2].

Voici la morale de ce récit exemplaire :
il ne faut pas se mettre au pouvoir
de celui qui vous veut du mal,
mais se réfugier dans une autre terre.

ISOPET DE LYON

Dou Lou et de l'Aignelat

Entre lo Lou et l'Aignelat
Aloient a un ruisselat
Por lour soi trenprer; tote voie
Chescuns tenoit diverse voie :
Au dessus boit de la fontaigne
Li Lous, de pansee mal sainne;
Li Aigneax de simple coraige
Bevoit au desoz dou rivaige.
Grant paour ai, ne seit qu'il face,
Quar Ysegrins fort le menace.
« Mavais Aigneax, dit li traïtes,
A la fontaigne mar venites!
Vos m'avez corrociez sanz dote,
L'aigue m'avez troblee tote. »
L'Aigneax se deffent per raison,
Dit qu'il n'i pensa traïson;
Mais sovant trait per sa nature
L'aigue corrant en soi ordure.
Avuec ce l'aigue est douce et clere,
Ne n'est toble ne n'est amere.
Li Lous crie : « Tu me menaces! »
— « Ne fès, Sire, salves voz graces,
Onques nou pensai nois en songe. »
— « Tai toi, dit li Lous, c'est mançonge.
Je t'ai cy oï menacier
De mon domaige porchacier.
Aussi me fit, et pis essez,

LE LOUP ET L'AGNELET[1]

Le loup et l'agnelet
allèrent tous deux à un ruisselet
étancher leur soif.
Mais leur conduite était différente.
Le loup, plein de mauvaises pensées,
buvait en haut de la source.
L'agneau paisible
buvait dans le bas du courant.
Je crains bien qu'il ne sache ce qu'il fait :
Ysengrin le menace fort[2].
« Misérable agneau, dit le traître,
malheur à toi d'être venu à cette source !
Tu ne sais que m'irriter
en troublant toute mon eau ! »
L'agneau défend son bon droit
et dit qu'il n'a pas pensé à mal ;
mais souvent le courant entraîne
naturellement des débris.
L'eau est pourtant douce et claire,
elle n'est ni trouble ni amère.
Le loup s'écrie : « Tu me menaces !
— Mais non, seigneur, sauf votre respect !
Je n'y pense pas même en songe.
— Tais-toi ! dit le loup, tu mens !
Je viens de t'entendre menacer
de me faire du mal,
tout comme ton père, qui a même fait pire,

Tes peres, .VI. mois ai pessez.
Filz de traitour, or le compere,
Muer por lo pechié de ton pere!
Droiz est que tu lo comparoies,
Quar tu tienz ses mavaises voies. »
Li Aigneas respont doucemant :
« Sire, fait il, certainnemant,
Quar a moi n'avoit non de pere,
— N'estoie encore nez de mere —
Cilz qui vos fist si grant injure :
Pour çou m'en escuse droiture.
Comant doit comparer pechié
Cil qui n'an puet estre entoichié ?
Dou mal ne doit poinne sentir
Cilz qui ne s'i puet consentir.
Ainçois que fusse nez en vie
Ne pois consentir en folie.
Or ne me doiz tuer ne batre;
N'a pais encor .III. mois ou quatre
Que commançai simplemant vivre.
Ignocence a droit me delivre. »
Dit li Lous : « Mout es de paroles,
Tu m'as tot empli de frivoles. »
Li gloz n'i ai plus demorey,
Prent l'aigneal, si l'ai devorey.

Si con li Lous ploins de malice
Occist l'Aigneal simple senz vice,
Autresi a cel examplaire
Soillent es bons li mavais faire.
Il s'estuidient de trover
Achoison por les bons grever.
Per fausetey, per felonie
Ont cilz lous pertout signorie.
Au dessoz est en toute place
Mise vertuz, droiz et simplace.
Li plus fort lo plus foible esquaiche,
Povres hons est mort qui ai vaiche.
Il covient que voincu se rende,
Qui ne trueve qui lo deffende.

il y a six mois!
Fils de traître, tu vas le payer!
Meurs pour le péché de ton père!
Il est juste que tu paies pour lui,
car tu suis ses mauvaises traces! »
L'agneau lui répond doucement :
« Seigneur, sans mentir[3],
ce n'était pas mon père,
celui qui vous fit cette injure :
je n'étais pas encore né!
Le droit me justifie donc de ce crime.
Pourquoi faire payer un péché
à celui qui en est innocent?
On ne doit pas faire expier un crime
à celui qui n'en est pas coupable.
Je n'ai pas pu approuver un forfait
commis avant même ma naissance.
Vous ne devez donc ni me tuer ni me battre.
Il y a à peine trois ou quatre mois
que j'ai commencé ma vie paisible.
Mon innocence m'acquitte selon le droit.
— Tu parles beaucoup! dit le loup,
tu me saoules de tes fariboles! »
Le misérable, sans plus attendre,
prend l'agneau et le dévore.

Tout comme le loup, dans sa perfidie,
tua l'agneau paisible et sans reproche,
les méchants suivent cet exemple
dans leur conduite envers les bons.
Ils s'efforcent de trouver
un prétexte pour leur nuire.
Par leur fausseté, leur cruauté,
ces loups sont les maîtres du monde.
Partout on voit rabaisser
la vertu, le droit, l'innocence.
Le plus fort écrase le plus faible.
Le pauvre homme est mort, s'il possède le moindre bien :
il doit s'avouer vaincu;
personne ne prend sa défense.

Apertemant puis donc conclure :
Ou lous raigne, morte est droiture.
Onques vertuz ne fut segure
Avuec genz qui de Deu n'on cure.

Ma conclusion est claire :
où le loup règne, la justice est morte.
La vertu n'est pas en sûreté
chez des gens qui méprisent Dieu[4].

Dou Chien et de la Burbiz

Li Chiens en jugemant apele
La Burbiz, et li muet querele.
En cel plait est juges li Lous :
Cilz juges est mout perillous.
Li Chiens avoit bons consoillours,
(Por son plait ne querez moillours),
Lo Nieble et lo Voutour ensamble :
Se li uns tost, li autres amble.
Consoil ne avoit ne haïe
La Berbiz, s'estoit esbaïe.
Hautemant parle a ploinne goule
Li Chiens, quant voit la Berbiz soule.
Un pain a la Berbiz chalonge
Li Chiens, per faus et per mançonge,
Et dit qu'ele li ai covant,
Non pais une foiz, mais sovant.
La Burbiz dit de ceste chose
Ne set riens, que li Chiens propose.
Contre replique la querele
Li Chiens, et dit en sa novele :
« Eschoisons est de perdre amis
Non randre ce c'on ai promis. »
Li Lous es consoillours acorde,
Quar tuit tirent a une corde
Et il sont genz senz conscience
Que de rapine font chevance.
Li juges vuet la Berbiz rande

LE CHIEN ET LA BREBIS[1]

Le chien traduit en justice
le brebis et porte plainte contre elle.
Dans ce procès le loup est juge :
un juge très dangereux.
Le chien avait de bons conseillers
(pour son procès n'en cherchez pas de meilleurs),
le milan[2] et le vautour[3] qui font la paire :
ce que l'un ne prend pas, l'autre l'enlève.
La brebis n'avait ni conseil
ni appui, et était stupéfaite.
Le chien, en la voyant seule,
parle haut et fort.
Il lui réclame un pain,
de façon fausse et mensongère,
et dit qu'elle le lui a promis,
non pas une fois, mais à plusieurs reprises.
La brebis dit qu'elle ignore tout
de ce que le chien avance.
Celui-ci réitère sa plainte
et dit dans sa nouvelle plaidoirie :
« On risque de perdre ses amis
en ne rendant pas ce qu'on a promis. »
Le loup est d'accord avec les conseillers,
car tous tirent sur la même corde[4],
et ce sont des gens sans scrupules,
qui vivent du vol.
Le juge veut que la brebis rende

Un pain a Chien por faire amande.
Ensinc condampne la chaitive
Per sentence diffinitive.
Sa toison li covient a vandre,
Qu'atremant lo pain ne puet randre.
Entrant ivert, vant sa chemise
Et muert de froit contre la bise.

Tost se consent a fausetey
Hons de mavaise povretey;
Tost porte uns mavais tesmoignaige
Por un poul de son avantaige.
Por mavaistié sovante foiz
Est mise au dessoz bone foiz.

au chien un pain pour lui faire réparation.
Il condamne donc la malheureuse
par une sentence sans appel.
Elle doit vendre sa toison,
car elle n'a pas d'autre moyen de rendre le pain.
Au commencement de l'hiver, elle vend sa chemise
et meurt de froid quand vient la bise.

Il a tôt fait de se prêter à une action déloyale,
l'homme qui est dans la pauvreté propice au vice.
Il a tôt fait d'apporter un faux témoignage
pour en tirer un mince avantage.
Et le vice souvent
triomphe de la bonne foi[5].

Da Berbiz, da Vaiche, da Chievre, dou Lyon

Li Berbiz, li Vaiche, li Chievre,
Li Lions qu'a toz jors la fievre,
— Quar Deus vost qu'il fust quartenaires
Por ce qu'il soit plus debonaires —
Cilz quatres con loiaus amis
Foi et amour se sont promis.
Lour guain doivent per soiremant
Entre lour pertir ygalmant.
Cilz quatres qui sont ajostey
Au chemin se sont arostey.
Un jor, por querre lour viande,
Il esgardent en une lande;
Virent un mout grant cert saillir,
Chescuns pense de l'essaillir.
Mout avoit de bois trespessez
Li Cers, s'ere chauz et lessez.
Il estoit des chiens eschapey,
Qui tout le jour l'orent glapey;
Mais il chaïst en pire main.
Il li corrent sus mainnemain,
Ensamble l'essaillent tuit quatre,
Travaillent soi de lui abatre.
Tant l'ont navré, tant l'ont malmis,
Qu'a derrier l'ont au desoz mis;
De toute part font lo sanc corre,
Mort l'ont, quar n'est que lo secorre.
Li Lyons ai perti la proie,

LA BREBIS, LA VACHE, LA CHÈVRE ET LE LION[1]

La brebis, la vache, la chèvre,
le lion toujours fiévreux
— car Dieu lui a donné la fièvre quarte
pour l'amadouer un peu[2] —,
tous quatre, en amis loyaux,
se sont juré foi et amour[3]
et se sont promis de partager équitablement
entre eux le produit de leurs chasses.
S'étant tous les quatre associés,
ils se sont mis en route.
Un jour, à la recherche de nourriture,
ils regardent à travers une lande
et voient surgir un très grand cerf.
Chacun se prépare à l'attaquer.
Le cerf avait traversé de nombreux bois,
il avait chaud et était fatigué.
Il avait échappé aux chiens
qui tout le jour avaient aboyé après lui,
mais c'était pour tomber dans de pires mains.
Ils se précipitent sur lui
et l'attaquent tous les quatre ensemble,
acharnés à sa perte.
Ils lui infligent tant de coups et de blessures
qu'à la fin il est vaincu :
son sang jaillit de toutes parts
et il meurt, sans personne pour le secourir.
Le lion partage la proie

Dit : « La premiere part soit moie :
Je qui ai lo non de seignour
Dois avoir la premiere honour.
La seconde avrai per ma force :
Vos ne valez une belorce.
Droiz est, plus ait qui plus travaille :
Por ce la tierce avrai sanz faille.
Et por enemi me tenez,
Se la quarte ne me donez. »
Tout an porte per tel meniere
Li Lyons ce que communs ere.

Cilz examples bien nos ensoigne
Que nuns a plus fort ne se proigne.
Plus fort de lui acompaignier
Ne doit nuns hons qui vuet gaignier.
De soi ne garde fermetey
Richesce contre povretey.
Force ne set garder droiture
Et richesce n'ainme mesure.

et dit : « La première part sera pour moi :
puisque j'ai le nom de seigneur,
je dois avoir cette prérogative[4].
J'aurai la seconde en raison de ma force :
vous, vous comptez pour des prunes.
Il est juste que celui qui en fait plus ait plus,
c'est pourquoi j'aurai la troisième sans conteste.
Et considérez-moi comme votre ennemi
si vous ne me donnez pas la quatrième. »
Ainsi le lion emporte la totalité
de la prise commune.

Ce récit exemplaire nous apprend
à ne pas nous mesurer à un plus fort.
Pour obtenir quelque chose on ne doit pas
s'associer à plus fort que soi.
La richesse ne tient pas ses engagements
envers la pauvreté.
La force ne sait pas observer la justice[5]
et la richesse n'aime pas la mesure[6].

De la Terre qui anfante la Rate

La Terre s'enfla grossemant
Et dona grant gemissemant,
Con famme qui doit anfanter.
La gent s'en prist a gaimanter :
Faire doit, ce samble, mervoille
La Terre, qu'ensinc s'avantroille.
Bien cuide ce soit demostrance
Ou novele senefiance.
Chescuns tremble, fuit et fremit,
Quant voit la Terre qui gemit.
En ris torne ceste dotance;
Quar, quant la Terre ovre sa pance,
Ele enfante une grosse Rate :
Chescuns rit de ceste barate.

Qui en mout perler se travaillent,
Ce sont cilz qui, en fait, moins vaillent.
Por une cause mout petite
Est tost fole gent desconfite.
Tost fait sa litiere et s'estable
Paour en cuer qu'est trop muable.

LA TERRE QUI ACCOUCHE DE LA SOURIS[1]

La terre s'enfla démesurément,
et elle poussait de grands gémissements
comme une femme sur le point d'accoucher.
Les gens commencèrent à se lamenter :
elle allait faire, pensait-on, quelque chose
[d'extraordinaire,
la terre qui gonflait ainsi son ventre[2].
Ils sont convaincus que c'est un signe
ou un présage singulier.
Chacun tremble et s'enfuit, épouvanté,
en voyant la terre qui gémit.
Cette frayeur s'achève dans un éclat de rire,
car, quand la terre ouvre son sein,
elle accouche d'une grosse souris :
chacun rit de la supercherie.

Ceux qui s'efforcent de parler beaucoup
sont ceux qui en réalité en font le moins.
Un motif dérisoire
sème vite la panique chez les insensés.
La peur a tôt fait de s'insinuer
et de s'installer dans les cœurs faibles.

Dou Vulpil et de la Cioigne

Li Vulpil la Cioigne apelle,
En traïson li dist : « Suer bele,
J'ai voluntey, se Deus me voie,
Lonc tens ha, de vos faire joye.
Venez avuec moi en maison,
Si maingerons a grant foison :
La viande est aparoillie. »
La Cioigne ou Vulpil se fie,
Renarz en sa maison l'an moinne,
Por noiant li fait avoir poinne.
Donez li ai viande clere;
Ne li fut douce ne amere.
A la Cioigne tel pasture
Ne afiert selonc sa nature,
Mès chose bien sustanciouse
Et en grant col bien saverouse.
Li Vulpiz en bevant mainjue;
L'autre est de dolour escommue.
La dolour li fait concevoir
Comant doit Renart decevoir.
De Renart part, de fain morant;
Son chemin s'an vai murmurant.
L'andemain trove en mi sa voie
Renart; mout doucemant li proie :
« Vien an, si demarrons grant feste!
La viande est ja toute preste.
Je ne croi c'onques mais gostee

LE RENARD ET LA CIGOGNE[1]

Le goupil[2] appelle la cigogne
et lui dit, le traître : « Chère sœur,
je veux, par Dieu,
depuis longtemps te faire fête.
Viens avec moi dans ma maison,
nous ferons bombance :
le repas est tout préparé. »
La cigogne croit Renart,
qui l'emmène dans sa maison
et la maltraite par pur plaisir.
Il lui donne de la soupe claire.
Elle ne la trouve ni douce ni amère,
car de tels aliments
ne conviennent pas à la cigogne :
il lui faut des aliments substantiels
propres à satisfaire son grand cou.
Le goupil mange en buvant :
l'autre se consume de chagrin.
Le chagrin lui fait découvrir
comment tromper Renart.
Elle le quitte, mourant de faim,
et va son chemin en murmurant.
Mais le lendemain elle le trouve
sur sa route et l'invite aimablement :
« Viens donc, nous ferons la fête !
Le repas est déjà tout prêt.
Je crois qu'on n'a jamais goûté

Fut viande plus savoree. »
Chiés la Cioigne Renarz antre,
Qui bien cuidoit emplir son vantre.
Il ai failli a s'esperance :
De viande voit la samblance,
La sustance ne puet avoir.
Ce fu fait por lui decevoir.
Danz un pot de voirre avoit mise
La viande, per grant fointise,
La Cioigne, por soi vangier.
Voit la Renart, n'an puet maingier;
L'odour sant et voit la colour,
Mès n'en puet avoir la valour.
Li fains li est dou voir doublee,
Mès de riens ne li fust soulee.
Au moins qu'il puet enqui sejorne,
Gïons en sa maison retorne.
Ensinc contre Renart descoche
La Cioigne sa propre floche.
Ontous est, quant deçuz se voit,
Qui son ami decehu avoit.

Traïsons est loial et bone,
Quar trop bien son maistre guierdone.
En leu, en tens, quant nu perçoit,
Trove un autre qui lo deçoit.
Garde ne vuilles autrui faire
Ce que a toi ne porroit plaire.
Ne faire autrui que li desplace,
Se tu ne vuez qu'ainsinc te face.

nourriture plus délicieuse! »
Renart entre chez la cigogne :
il croit se remplir la panse,
mais il est trompé dans son espoir.
Il ne peut que voir le repas
sans y toucher.
Tout était préparé pour l'attraper :
la cigogne avait placé, habilement,
le repas dans un pot de verre,
pour se venger.
Renart le voit sans pouvoir le manger.
Il sent l'odeur, voit la couleur,
mais ne peut en avoir le goût.
Le spectacle redouble sa faim,
que rien ne peut rassasier.
Il demeure le moins possible,
retourne à jeun dans sa maison.
C'est ainsi que la cigogne
retourna contre Renart sa propre flèche.
Il est honteux de se voir trompé
par l'ami qu'il a lui-même trompé.

Trahison est loyale et bonne :
elle récompense bien son maître.
En lieu et temps voulus, sans s'en apercevoir,
celui-ci est trompé à son tour.
Garde-toi de faire à autrui
ce que tu ne voudrais pas qu'on te fasse,
et de mal agir envers autrui
si tu ne veux pas qu'il te rende la pareille[3].

Dou Raicle qui vestit les pannes dou Paon

Li Raicles trove d'aventure
D'un bel Paon la coverture.
Mout ere de mirolaz pointe
Et de diverses colours tointe.
Vestuz s'en est, et bien ornez
Li Raicles. Quant fu atornez,
Ses compaignons de son lignaige
Ne doigne voir, per son outraige.
De verai paon, la nature
Mentoit soz cele effableüre.
Des Paons suet la compaignie;
Cil conoissent tost sa folie.
Entre lour, li uns l'autre guigne,
Chescuns s'an truffe et s'an eschigne :
« Di nous, font il, es tu trovee
Ceste robe, ou se l'as amblee ? »
Il li corrent sus tuit ensamble,
Nu lo laissent, si que fol samble.
Il l'ont batu a lour regart,
Por ce que autre foy se gart.
Il s'an fuit, n'a plus demorey,
Bien voit qu'il est deshonorey.
Des siens ne atent il pitié,
Qu'il avoit ainçois despitié.
Or les fuit, por covrir son onte;
Escondre et foïr pou li monte,
Quar il l'orent mout tost trovey.

LE CHOUCAS REVÊTU DES PLUMES DU PAON[1]

Le choucas trouve par hasard
le plumage d'un paon magnifique, ocellé[2]
et teint de couleurs variées.
Il s'en est revêtu et paré.
Quand il est apprêté,
dans son grand orgueil il ne daigne pas regarder
les compagnons de sa race.
Prétendant dans cet accoutrement
être un véritable paon,
il se mêle à ces oiseaux.
Ceux-ci ont tôt fait de s'apercevoir de sa folie.
Ils se font des clins d'œil entre eux,
chacun le raille et le brocarde :
« Dis-nous, disent-ils, as-tu trouvé
cet habit ou l'as-tu volé ? »
Ils l'assaillent tous ensemble
et le laissent nu comme un fou[3].
Ils l'ont battu tout leur soûl
pour lui donner une leçon.
Il s'enfuit sans demander son reste,
conscient d'être déshonoré.
Il n'attend aucune pitié de ses semblables,
qu'il avait auparavant dédaignés.
Il les fuit donc pour cacher sa honte.
Mais il ne lui sert à rien de se dérober et de fuir,
car ils ont tôt fait de le trouver.

Son orguil li ont bien provey,
De lui se moquent, de lui rient.
« Messires li Paons, ce dient,
Per cortoisie quar nos dites,
De vostre robe, que feïstes?
A menestrier l'avez donee,
Espoir, por vostre renommee. »
Li autre dit : « Mais l'a juhie
Li compains, per sa druerie. »
L'autre dit : « Mais est en la perche;
Se tu ne m'an croi, si l'encerche.
Il en vuet faire paremant
Es bons jours por desguisemant. »
Uns plus saiges prant la parole,
Qui parle de moillour escole :
« Tu fus raicles, or es raclet!
Mout t'ont joé de bon eclet
Cil qui t'ont ta robe tolue;
Fausemant l'avoies vestue.
Tant con plus haut es volu tendre,
De plus haut te covient descendre.
Tant est li choir plus perillous,
Con li monter fut mervoillous.
L'on dit en parole commune
Que çou est li jues de Fortune.
Qui plus haut monte qu'il ne doit,
De plus haut chiet qu'il ne voudroit.
Em bas se tiegne humilemant,
Qui vuet vivre seguremant.
Qui passe sa condicion
Et emprant per presumpcion
Plus que Nature ne li done,
A poinnes en sent la fin bone.
De son propre cop chiet a terre,
Qui folemant vuet honour querre.
Se tu huesses heü la cure
De toi tenir danz ta nature,
Tu ne fusses a ce venuz,
Don tu es or por vil tenuz;

Ils lui ont bien montré son orgueil
en se moquant et en riant de lui :
« Monsieur le paon, disent-ils,
de grâce dites-nous
ce que vous avez fait de votre habit.
Vous l'avez donné à un ménestrel
sans doute, pour qu'il chante vos louanges. »
L'un dit : « Le compagnon l'a plutôt
usé[4] dans sa vie de débauche.
— Mais non, dit l'autre, il est sur le portemanteau[5].
Si tu ne me crois pas, cherche-le.
C'est un costume
dont il veut se déguiser les jours de fête. »
Un plus sage prend la parole,
pour dire plus raisonnablement :
« Tu étais choucas, te voici pâle imitation de choucas.
Ils t'ont joué un bon tour[6],
ceux qui t'ont ôté l'habit
que tu avais indûment revêtu.
Plus tu as voulu t'élever haut,
plus il te faut descendre de haut.
La chute est d'autant plus brutale
que l'ascension a été plus rapide.
On dit dans la langue commune
que ce sont les jeux de Fortune[7].
Qui monte plus haut qu'il ne doit
tombe de plus haut qu'il ne voudrait[8].
Il faut rester en bas humblement
si l'on veut vivre en sécurité.
Qui sort de sa condition
et entreprend présomptueusement
plus que la nature ne lui accorde
le paie cher à la fin.
Il cause sa propre chute,
celui qui aspire follement aux honneurs.
Si tu avais eu soin
de t'en tenir à ta nature,
tu ne serais pas dans l'état
où tu es maintenant, objet de tous les mépris.

Ne fusses chaitis ne sanz robe :
Tes orgoil trestoz te deffuble. »

En autrui bien quiert son profit
Cil cui sa chose ne soffit.
Sovant avient qu'il pert la joie
Des siens, qui tent a autrui proie.
A bon droit pert la soie chose,
Qui tost, ou a todre propose.

Tu ne serais pas misérable et nu.
C'est ton orgueil qui t'ôte toutes tes plumes. »

Celui qui n'est pas satisfait de ce qu'il a
cherche à faire son profit du bien d'autrui.
Il arrive souvent qu'il perde ce dont jouissent
ses semblables, celui qui convoite la propriété
[d'autrui.
Il est juste qu'il perde ce qu'il a,
celui qui a volé ou projette de voler.

De la Renoille qui se vuet comparer a buef

La Rainne, qui est tant lengouse,
Contre lo Buef fut enviouse;
D'orguil fu danz soi toute anflee,
Mout ot meniere despitouse.
Ses fiz li dist : « Quar lesse ester :
Tu ne puez a lui contrester.
Ne te prandre a buef, bele mere,
Il t'ocirrai de mort amere. »
La Rainne fut plus corrocie,
Plus qu'atre foiz a anfler prant.
Ses fiz saigemant la chestie
Et de son fol cuer la reprant.
« Mere, fait il, raisons m'esprant
Que riens ne puez a buef grever.
S'es cornes contre toi se prant,
Petite es, tost te puet crever. »
Cele la tierce foiz enraige
De maltalant et de corrouz;
Tant anfle por son grant outraige
Que li vantres li est toz rouz.

Foibles ne se doit comparer
Au fort, se nu vuet comparer.
Vers lo grant tamproit li petit
De maltalant son apetit.

LA GRENOUILLE QUI VEUT ÊTRE L'ÉGALE DU BŒUF[1]

La grenouille, cette vantarde,
était jalouse du bœuf.
D'orgueil elle se prit à s'enfler
pour manifester son dépit.
Son fils lui dit : « Renonce donc !
Tu ne peux rivaliser avec lui !
Ne t'en prends pas à un bœuf, chère mère,
il te fera mourir cruellement. »
La grenouille, encore plus furieuse,
se met à s'enfler encore plus.
Son fils la réprimande sagement
et lui reproche sa folie.
« Mère, dit-il, la raison me montre
que tu ne peux rien faire contre un bœuf :
s'il te touche de ses cornes,
tu es petite, il aura tôt fait de te tuer. »
La grenouille, pour la troisième fois, enrage
de colère et de fureur.
Elle s'enfle tant dans sa démesure
qu'à la fin son ventre éclate.

Le faible ne doit pas vouloir égaler
le fort, s'il ne veut le payer.
Que le petit tempère
sa colère et son envie à l'égard du grand !

Dou Lion que l'espine navra ou pié

Per les bois li Lions baloie
Et vai querant quelque aventure.
Tandis qu'il pansoit de sa proie,
Ou pié li fist une pointure
Une espine, mout s'an gremoie.
Des piez li ai tost l'aleüre,
Clochant s'an vai permi la voie,
Quar trop lo destroint la quessure.
Il fut chaut au comancemant
Et corrut dessouteemant,
Si que la dolour ne sentit
Tant que li piez li alentit.
Adonc sentit la plaie obscure
Et tointe de bloie colour;
Quar li façoit la porriture
Que dedanz ere, grant dolour.
Fortune qui bien set grever
Et, quant ele vuet, relever,
Ot aparoillié medicine
A Lyon, pour traire l'espine.
En son chemin trueve un Bergier;
Cil cuide qu'il vuille chargier.
Des berbiz une l'an vai tendre,
Mais li Lions ne la vost prandre.
Son pié li mostre et li deprie
Que li aidoit per cortoisie.
Une aguille prist, a la pointe

LE LION BLESSÉ À LA PATTE PAR L'ÉPINE[1]

À travers bois le lion erre
en quête d'aventure.
À l'affût d'une proie,
il ressent soudain à la patte la piqûre
d'une épine, ce qui le contrarie fort.
Il doit ralentir son allure
et poursuivre sa route en boitant,
car la blessure le fait souffrir.
Au début, comme il était échauffé
et courait vite,
il n'avait pas senti la douleur,
jusqu'au moment où sa patte l'avait obligé à ralentir.
Alors il sentit la vilaine plaie,
qui avait pris une couleur bleue :
l'infection qui se trouvait à l'intérieur
lui causait une vive douleur.
Fortune, experte en tourments,
et, quand elle veut, en soulagements,
avait préparé un remède
au lion, pour retirer l'épine.
Sur son chemin il trouve un berger.
Celui-ci croit qu'il veut charger
et lui tend une de ses brebis.
Mais le lion ne veut pas la prendre.
Il lui montre sa patte et le supplie
de lui faire la grâce de l'aider.
Le berger prend une aiguille et avec la pointe

Trait l'espine de sanc entointe.
De sanc porri et d'autre ordure
Tant en trait fuer que bien lo cure.
Samblant li fait que mout li plaise
Li Lions, quar la main li baise;
La main tot entort a sa boiche,
En baisant doucement li toiche.
Li Pastres demore en son part,
Et li Lyons de lui se part.
En son cuer note la samblance
Dou Pastour, per grant deligence.
Grace qu'est bien enracinee
Ne puet estre tost obliee.
Après ce, lonc tens, la jovante
De Rome en chacier mit s'entente;
Lo Lyon prirent per grant gloire
Si come conte li estoire.
A Rome lïé l'amenarent,
En une caive lo posarent.
Lai entre, lions de sa guise
Gardoit l'on por faire justise.
Li Romains es lions livroient
Mout de ces que il condampnoient.
Pou i avoient demorey
Qu'il ne fussent tost devorey.
Li Pastres per son fait repris
Fust après de ce longuemant.
Lai ou li Lyons ere pris,
Fut mis toz nuz per jugemant.
Si tost con vient au pavemant,
Li Lyons reconoit sa face,
Si lo recoillit doucemant
Por ce que nuns mal ne li face :
N'a pas obliee la grace
Que cil li fist tant bonemant.
Por les autres lyons l'embrace,
Qu'il ne li facent nuisemant.
Li lyons per ensoignemant
Que lour avoit doné Nature
Lo laissarent cortoisemant,

retire l'épine imprégnée de sang.
Il extrait de la plaie tant de sang infecté
et de pus qu'il le guérit.
Le lion lui manifeste sa joie
en lui embrassant la main :
avec sa bouche il la couvre
doucement de baisers.
Le berger demeure dans son enclos
et le lion se sépare de lui,
en gravant soigneusement dans sa mémoire
les traits de son bienfaiteur.
Un bienfait ancré dans un cœur
ne peut être oublié de sitôt.
Longtemps après, la jeunesse
de Rome décida d'aller chasser.
Ils capturèrent glorieusement le lion,
comme le raconte le récit[2].
Ils l'amenèrent enchaîné à Rome
et le placèrent dans une cage,
où l'on gardait ensemble[3] des lions
de son espèce pour châtier les coupables.
Les Romains livraient aux lions
un grand nombre de ceux qu'ils condamnaient,
qui ne tardaient pas
à être dévorés.
Longtemps après, le berger fut à son tour
arrêté pour une faute qu'il avait commise[4].
Il fut mis tout nu pour être jugé
là où le lion était prisonnier.
Celui-ci, dès qu'il le voit arriver dans la salle[5],
reconnaît son visage
et l'accueille avec douceur
pour qu'on ne lui fasse aucun mal :
il n'a pas oublié le bienfait que le berger
lui avait accordé avec tant de bienveillance.
Il l'embrasse devant les autres lions
pour qu'ils ne lui causent aucun dommage.
Les lions,
par un instinct naturel,
le laissèrent de bonne grâce

Que ne li ont faite laidure.
L'andemain por doner pasture
Vient es lions cil qui les garde.
De ceste novele aventure
S'esbaïst mout, quant le regarde.
Esbaïe fust la citey,
Quant oient ceste veritey.
Essamblez sont de toute Rome
Li senatour et li proudome;
Lo Pastour comandent fuer traire,
Por conoistre de cel afaire.
Li Pastres la chose recite;
Ele fut mout bien escoutee.
Li senatour lo laissent quite;
Ensinc fu sentence acordee.
La parole es Romains agree;
Dient que li Deu grant merite
Lour ont fait, quant lour ont mostree
La chose qu'avons dessus dite.
Au Lyon randent sa franchise :
Joant s'an vai en son bochaige.
Li Pastres, por son bel servise,
S'en repaire en son abergaige.

Cil examples nos done entendre
Que qui vuet grace recevoir,
En leu et en tens le doit rendre,
Non pais son ami decevoir.
Li communs proverbes te mande
C'unne bonté autre demande.

et ne lui firent pas de mal.
Le lendemain, le gardien des lions
vient leur apporter leur pâture.
À la vue du berger il est stupéfait
de cette aventure singulière.
La ville est stupéfaite
en entendant son témoignage.
Tous les sénateurs et les sages
de Rome sont réunis.
Ils font tirer de prison le berger
pour être informés de l'affaire.
Celui-ci raconte son histoire,
qui fut écoutée avec une grande attention.
Les sénateurs le laissent libre
— c'est la sentence qu'ils rendent.
Les Romains s'en réjouissent,
disant que les dieux leur ont fait
une grande faveur en leur montrant
ce que nous venons de raconter.
Ils rendent au lion sa liberté :
joyeux, il s'en va dans sa forêt.
Le berger, grâce au service qu'il lui avait rendu,
s'en retourne dans son logis.

Ce récit exemplaire nous enseigne
que celui qui veut recevoir un bienfait
doit en lieu et temps le rendre
et ne pas trahir son ami.
Le proverbe commun te rappelle
qu'une bonne action en appelle une autre[6].

Dou Cer qui besmoit ses jambes

Li Cers soffre de soi destrace,
Vers une fontainne s'adresce.
La fontainnë est clere et bele,
D'argent samble estre la gravele.
Quant li Cers boit per grant delit,
En l'aigue sa samblance lit.
Il se regarde et se remire,
Ses cornes lo cuer li font rire.
Longues furent et bien ramees,
Mout li samblent estre honorees.
Con plus regarde en la fontainne,
Plus s'esjohit per gloire vainne.
D'autre part li fait grant destrace
Quant de ses piez voit la magrece :
Ses chambes trop li desplasoient,
Quar noires et maigres estoient.
A grant esbais chiens soreviegnent,
Vers lui tout droit la trace tiegnent.
Quant il les sentit abaier,
Il s'am prist fort a esmaier,
Ses piez mat en ovre por fuire,
Qu'il tenoit devant en laidure.
Des chambes la legeretey,
Cele lo moinne a sauvetey.
Quant il les sent forz et ignales,
Si les tient et bones et bales.
Ses cornes qu'il ot chier tenues,

LE CERF MÉCONTENT DE SES JAMBES[1]

Le cerf, pressé par la soif,
se dirige vers une fontaine.
La fontaine est claire et belle,
le sable semble être d'argent[2].
Quand le cerf boit avec délectation,
il distingue dans l'eau son reflet.
Il se regarde et se contemple,
ses bois remplissent son cœur d'allégresse.
Longs et superbement ramifiés,
ils lui semblent bien dignes d'être prisés.
Plus il regarde dans la fontaine,
plus il se réjouit et s'enorgueillit sottement[3].
D'un autre côté, il éprouve un vif désespoir
en voyant la maigreur de ses pieds :
ses jambes lui déplaisaient fort
car elles étaient noires et maigres.
Avec des aboiements sonores, des chiens surviennent,
suivent sa trace et se dirigent droit vers lui.
En les entendant aboyer,
il est pris d'une grande frayeur.
Pour fuir il recourt à ses pieds,
pour lesquels avant il n'avait que mépris.
La légèreté de ses jambes
est ce qui va le sauver.
En éprouvant leur force et leur agilité,
il comprend qu'elles sont bonnes et belles.
Quant aux bois qu'il avait chéris

Qu'erent si grant et si forchues,
Vosist que fussent esraigies
De sa teste, ou erent fichies.
Car mout a grant henuit li vienent,
Quant per l'espès bois lo retiegnent.
Chose sanz profit por son asme
Sont ses granz cornes, mout s'an blasme.
Des chambes loue la bontey,
Don se tenoit ainz por ontey.
Por son bien corre est eschapez,
Qu'il ne fust pris ne atrapez.

Ce qui aide aïr, et amer
Ce qui nuit, fait mout a blamer.
En mal volontier se delite
Nostre cuers, et lo bien despite.

pour leur taille et leurs ramifications,
il aurait voulu qu'ils fussent arrachés
de sa tête, où ils étaient plantés.
Car ils lui causent le plus grand tourment
en l'entravant dans le bois touffu.
Il ne peut attendre de salut
de ses grands bois, et il se repent vivement.
Il loue les mérites des jambes
dont il était auparavant honteux.
Grâce à sa course, il a évité
d'être rejoint et capturé[4].

Haïr ce qui aide et aimer
ce qui nuit est très blâmable.
Notre cœur volontiers se délecte
d'un mal et méprise un bien[5].

ISOPET DE CHARTRES

De .II. Chiennes, l'une requist l'autre de son lit

Une Chienne s'ala complaindre
A un autre qu'el n'ot ou maindre,
Et ses chëaus avoir devoit.
Que son lit li prest mout li prie.
Celle por pitié li otrie,
Esgaree nen s'en revoit.

Quant elle ot eü ses chëaus,
L'autre Chienne, qui fu loiaus,
Revient et son lit li demande.
Celle se gisoit pareseuse;
Entre ses dens dit, mout honteuse,
Que ce n'iert pas preste viande.

Ele li prie qu'el li doingne
Oncore respit et aloingne
Tant que ses chiens soient creü :
Si s'en iront tretuit ensemble.
Celle qui male ne resemble
Sa place li a recreü.

Tant qu'après pou de tens avint
Que son lit demander revint;
Mès celle ne s'en volt issir
Et l'autre la vout hors bouter;
Ceste ne la daingna douter.
Ainz i maindra a grant loisir.

LES DEUX CHIENNES, DONT L'UNE DEMANDA À L'AUTRE SON LIT[1]

Une chienne alla se plaindre
à une autre de ce qu'elle était sans gîte
pour attendre ses petits.
Elle la supplia de lui prêter son lit.
L'autre par pitié y consentit,
afin qu'elle ne s'en retournât pas dans l'embarras.

Quand elle eut mis bas ses chiots,
l'autre chienne, loyalement,
revint lui demander son lit.
Mais elle, qui y était paresseusement couchée,
dit entre ses dents, tout honteuse,
qu'elle ne devait pas y compter de sitôt[2].

Elle la prie de lui donner
encore un répit et un délai
jusqu'à ce que ses chiens aient grandi;
puis ils s'en iront tous ensemble.
L'autre, qui n'est vraiment pas méchante,
lui a à nouveau cédé sa place.

Jusqu'au jour où, peu de temps après,
elle revint demander son lit.
Mais la chienne refusa d'en sortir,
et, quand la maîtresse des lieux voulut la pousser [dehors,
elle ne daigna pas la craindre,
sûre d'y rester tout à loisir.

Si li a dit : « Nostre est la place,
Se hors nos puez chacier, si chace :
Je ne sui pas contre toi seule;
Mieuz te vendroit estre a Amiens
Se force me fes ne au miens,
Car ja te romprion la gueule. »

La sentence de la fable :

Par ce poez vos bien aprendre
Que au gens qui ne veulent rendre
Ne fet pas bon le sien prester :
Il le reçoivent a grant graces,
Mès au rendre dient menaces,
Si sont plain de lessier mestier.

« La place est à nous, lui dit-elle.
Si tu peux nous en chasser, fais-le.
Mais je ne suis pas seule contre toi,
et il vaudrait mieux pour toi être au diable
que d'user de violence contre moi et les miens,
car nous te briserions le cou. »

Maxime de la fable :

Par là vous pouvez bien apprendre
qu'il ne fait pas bon prêter son bien
aux gens qui ne veulent pas le rendre.
Ils le reçoivent avec de grands remerciements,
mais au moment de le rendre menacent
et se conduisent comme la chienne[3].

Dou Lou et dou Chien

Un jour avint, par aventure,
Qu'un Lou venoit de sa pature,
S'encontre un Chien cras et forni.
Il li a dit : « Di moi, biau frere,
Dont viens-tu ? par l'ame ton pere ;
Qui t'a touz jours si mamborniz ? »

Li Chiens li a rendu reson :
« Je vien, dit-il, de la meison
Mon seigneur qui comble est et riche.
Je menjue tant a plenté
Quc tout sui desentalanté ;
Au soir, en la granche me fiche.

Tout tart par nuit les huis barrons.
Je ne faiz fors chacier larrons,
Que mon seigneur le suen ne perde.
Mout m'ainme mes sire et enneure
Et me mande en tens et en eure,
Se conchiez sui, qu'en me terde. »

« Certes, ç'a dit li lous huré,
Plus que moi ies beneüré
Quant tant as biens sanz travailler !
Mès de ces liens me raconte
Que tu as ou col a grant honte :
Trop m'en sui pris a merveiller. »

LE LOUP ET LE CHIEN[1]

Il se trouva qu'un jour le hasard réunit
un loup qui cherchait sa nourriture
et un chien gras et robuste.
« Dis-moi, mon frère, dit le loup,
d'où viens-tu ? Par l'âme de ton père,
qui te traite si bien ? »

Le chien lui tint ce discours :
« Je viens de la maison
de mon maître, qui est riche et puissant.
On me donne tant à manger
que j'en suis saturé.
Le soir, je dors dans la grange.

Tard dans la nuit, nous fermons les portes.
Je ne fais plus que chasser les voleurs,
afin qu'on ne dérobe rien à mon maître.
Mon maître m'aime fort, il m'honore
et donne régulièrement l'ordre,
si je suis sale, qu'on me nettoie.

— Vraiment, dit le loup hirsute,
tu es plus heureux que moi
d'avoir tous ces biens sans le moindre effort !
Mais parle-moi donc de ces liens
que tu portes honteusement au cou :
j'en suis tout étonné. »

Cil dit : « De jorz sui atachié,
Car j'avroie tost detrenchié
La gent qui leanz vient estrange.
J'aboie souvent, car je doute
Qu'en ne face chose qui couste
A mon seigneur, par mauvès change. »

Li Lou li dit : « Alas, amis,
Tu t'ies en trop mau point ja mis !
Tel chose me semble trop dure !
Quant tu sers ainsi por ton ventre,
Chier gaaignes ce que i entre :
De tel servise n'ai ge cure !

Se cras estoie et saoulé,
Trop me tendroie a boulé
Se je servoie estroit lïé ;
J'aim mieuz un pou megrement vivre
Et avoir volenté delivre,
Ou ja mon cuer ne sera lié. »

La sentence de la fable :

Or entent ça par amitié,
Tu qui de ton ventre as pitié :
Se te veus pestre a grant devise,
S'a vente veus ton ventre offrir,
Il te couvendra trop souffrir
Et estre de trop grant servise.

Le chien répond : « Le jour, je suis attaché,
car j'aurais vite fait de mettre en pièces
les étrangers qui viennent chez nous.
J'aboie souvent, dans ma crainte
qu'un méchant ne fasse par ruse
du mal à mon maître. »

Le loup lui dit : « Hélas ! mon ami,
quelle triste condition que la tienne !
Je ne pourrais pas la supporter.
Quand tu sers ainsi pour ton ventre,
tu paies cher tout ce qui y entre.
Je n'ai cure d'un tel service !

Même si j'étais gras et rassasié,
je me tiendrais pour une dupe
si je devais porter les liens du servage.
J'aime mieux vivre un peu maigre,
mais le cœur libre :
voilà le seul bonheur pour moi ! »

Maxime de la fable :

Écoute un bon conseil,
toi qui ménages ton ventre :
si tu veux te nourrir richement,
si tu veux vendre ton ventre,
il te faudra beaucoup endurer
et ton service sera rude.

ISOPET II DE PARIS

Comment un Chien perdi un quartier de mouton qu'il portoit, en un flun, par sa couvoitise

Un Chien fu qui passoit
Un flueve et si portoit
Un quartier de mouton.
En l'yauve se miroit;
Son ombre li sambloit
Un chien de sa façon.

La char li vout tolir
Que il vit resplendir,
Si a sa geule ouverte :
La seue li chaï.
Bien puet crier : « Haï! »
Dolant fu de sa perte.

Assés de char avoit
Et l'autrui couvoitoit,
Dont il perdi sa proie.
Qui autresi feroit
S'ainsi l'en avenoit,
Chascuns en avroit joie.

Cil qui vuelt a la gent
Tolir a ensïent
Le leur et sans raison,
A trop bon droit perdroit
Le sien que il aroit,
Com le chien le mouton.

COMMENT UN CHIEN, PAR SA CONVOITISE, PERDIT DANS UN FLEUVE UN QUARTIER DE MOUTON QU'IL PORTAIT[1]

Un chien traversait
un fleuve en emportant
un quartier de mouton.
Comme il se regardait dans l'eau,
son ombre lui parut être
un chien semblable à lui.

Il voulut lui prendre la viande
qu'il voyait miroiter,
et ouvrit la gueule :
celle qu'il portait tomba.
Il eut beau pousser des cris,
il ne put que regretter sa perte.

Il avait assez de viande
et convoitait celle d'autrui,
c'est pourquoi il perdit sa proie.
Qui ferait de même,
s'il lui arrivait la même chose,
chacun s'en réjouirait.

Celui qui veut prendre
aux gens délibérément
et sans raison leur bien,
mériterait de perdre
le bien qu'il possède,
comme le chien le mouton[2].

Comment le Criquet demanda au Fourmi de son blé et il li refusa

Le Criquet eut disete,
En yver, et poverte.
Au Fourmi est venu;
En plourant li requist
Que bonté li feïst
D'un poi de blé menu,

Et qu'il moroit de fain;
Ja ne verroit demain,
Se il n'avoit aïe.
« Ahy! Sire Criquet,
Se malement vous vait,
C'est par vostre folie.

Quant je me pourchaçoie
Du blé et guarnissoie,
De quoi servoies tu ? »
Il respont : « Je chantoie,
Et grant joie menoie,
Mais or sui abatu ! »

— « Sire, emprès le chanter
Deüssiés bien baler ! »,
Le Fremi li a dit,
« Ja ne vous aiderai,
Ne bien ne vous ferai
Certes, tant soit petit.

COMMENT LE CRIQUET DEMANDA DU BLÉ A LA FOURMI, QUI LE LUI REFUSA[1]

Le criquet[2], frappé de disette
en hiver, et de pauvreté,
vint trouver la fourmi
en pleurant et lui demanda
de lui faire la bonté
de lui donner un peu de blé.

Car il mourait de faim :
il ne verrait pas demain,
si on ne lui venait pas en aide.
« Ah ! ah ! seigneur criquet,
si vous allez si mal,
c'est par votre folie !

Quand je faisais mes provisions,
quand j'amassais du blé,
que faisiez-vous donc ?
— Je chantais, répond le criquet,
j'étais tout joyeux !
Mais me voici bien bas !

— Seigneur, après avoir chanté,
vous devriez danser ! »
La fourmi lui a dit :
« Pas question que je vous aide,
ni que je vous fasse
le moindre bienfait !

Guaires ne m'ameroit
Cil qui me loueroit
Que le mien vous dounasse,
Et quant j'avroie fain,
Ou anuit ou demain,
Au bois querre l'alasse. »

L'an doit en sa jeunesce
Gaaignier la richesce
Dont l'an vive en avant;
Et cil qui cen ne fait,
Povre et chaitif se vait :
Droit est, par saint Amant!

Il ne serait pas mon ami,
celui qui me conseillerait
de vous donner mon bien,
et quand j'aurais faim,
ce soir ou demain,
de retourner le chercher au bois. »

On doit, quand on est jeune,
gagner la richesse
qui permettra de vivre plus tard[3];
celui qui s'y refuse
devient pauvre et misérable :
et c'est justice, par saint Amand[4] !

Des Lievres qui doubterent que les Raines ne fussent noyees

Les veneeurs chaçoient,
Aus Chiens que il avoient,
Les Lievres par les chans.
Les Lievres si fouïrent
Devant les Chiens qu'il virent,
Tous de poour tramblans.

Un flueve ont avisé,
Si se sont apensé
Que noier s'i iront,
Et si nes avront mie
Les Chiens feus, plains d'envie,
Ne ja n'en mangeront.

Quant près du flueve vindrent,
Les Raines les ouïrent
Qui sus la rive estoient;
En l'yauve sont saillies,
Mais ne sont pas noïes,
Quar bien nouer savoient.

Un des Lievres les vit,
A ses compaignons dist :
« Ne nous occïons mie
Comme ces bestes ci,
Qui mais n'avront merci,
Car perdu ont lor vie.

LES LIÈVRES QUI CROYAIENT QUE LES GRENOUILLES S'ÉTAIENT NOYÉES[1]

Les chasseurs poursuivaient
avec leurs chiens
les lièvres dans les champs.
Les lièvres se mirent à fuir
devant les chiens,
tremblant de peur.

Voyant un fleuve,
ils décidèrent
d'aller s'y noyer :
les chiens cruels et voraces
ne les attraperaient pas
et ne pourraient pas les dévorer.

Ils arrivèrent près du fleuve :
les grenouilles, sur la rive,
les entendirent
et se sauvèrent dans l'eau
— mais sans se noyer,
car elles savaient bien nager.

L'un des lièvres les vit
et dit à ses compagnons :
« Ne nous tuons pas
comme ces bêtes,
qui n'auront plus aucun recours,
car elles ont perdu la vie !

Plus fort de nous cremon
Et c'est droit et raison;
Aussit sommes doutés
De plus foible de nous;
Si ne leur volons nous
Ne mal n'aversités.

Arriere retournon,
Ja un seul n'en verron
De celle gent desvee;
Encor porron avoir,
Ce me dist mon espoir,
Mainte bonne journée.

Emprès le temps pluieux
Et lait et anieux
Vient le bel, ce savés;
Emprès les grans courrous
Et les duels et les plours,
Ravrons joies assés. »

L'an se doit conforter
Et nient desesperer
Pour chose qui aviegne;
Chascuns se doit pener
Du mal entr'oublier,
Et que bien se maintiegne.

Nous craignons plus fort que nous,
et c'est raison et justice;
mais nous sommes aussi redoutés
par plus faible que nous,
même si nous ne lui voulons
aucun mal.

Retournons en arrière!
Nous ne verrons plus un seul
de ces chiens maudits,
et nous aurons encore,
j'en ai la conviction,
de beaux jours devant nous!

Après le temps pluvieux,
sombre et triste,
vient le beau temps, vous le savez;
après les grands chagrins,
les deuils et les pleurs,
nous aurons bien des joies. »

Il faut se consoler
sans jamais désespérer,
quoi qu'il advienne.
Chacun doit s'efforcer
d'oublier le malheur
et de vivre le mieux possible[2].

Le debat du Ventre et des
Membres du corps

Les Membres ramposnerent
Le Ventre et s'atainerent
Que il li ont tant fet;
Ja mais ne le pestront
Ne bien ne li feront;
Ainsi se sont retrait.

« Pour toi avons griefment
Paine et travail forment »,
Ce li ont dit les membres,
« Trois fois au mains le jour
Te pessons a sejour :
Bien est que tu t'en membres.

Nous te servons, nous te portons,
Nous te vestons, nous te frotons
Et te fesons baignier;
Nous te querons char et poisson,
Counins, perdris et venoison,
Et tout pour ton mangier.

Tu deveures trestout,
Car enfruns es et glout
Et ja n'aras assez.
Comme seigneur et maistre
De toi servir et paistre
Trop nous sommes penez.

LE DÉBAT DU VENTRE ET DES MEMBRES DU CORPS[1]

Les membres se mirent en colère
contre le ventre et se reprochèrent
de tant faire pour lui.
Fini de le nourrir
et de le bien traiter :
ils cessent donc leur travail.

« À cause de toi nous ne souffrons
que peines et cruels tourments,
lui disent les membres.
Au moins trois fois par jour
nous te nourrissons largement :
il serait temps de t'en souvenir.

Nous te servons, nous te portons,
nous te vêtons, nous te frottons,
nous te donnons des bains.
Nous allons te chercher viande et poisson,
lapins, perdrix et gibier,
tout cela pour tes repas.

Tu dévores le tout
car tu n'es qu'un gros glouton,
jamais rassasié.
Nous en avons assez
de te servir et de te nourrir
comme si tu étais notre seigneur et maître.

Tu ne fais riens pour nous,
Et nous, nous sommes tous
Pour toi mis a la mort.
Or fai ce que porras,
Ja mais de nous n'avras
Aïde ne confort. »

Le Ventre leur respont
Qu'il ne sevent qu'il font,
Qui si le contralient.
« Ne sui pas vo seigneur,
Ains vous serf nuit et jour
Et pès, quoi que nus dient.

De tout ceu que mangus
Je vous envoi le jus,
A chascun sa partie,
Dont vous estes nourris
Et creüs et fournis
Et soustenus en vie. »

Les Membres ont despit
De ce que il leur dist,
Et sont tout d'un acort
Que ja mais, a nul jour,
A lui n'avront amour,
Et qu'il n'ont mie tort.

Grant piece se cesserent
Qu'au cors n'aministrerent
Que il peüst mangier;
Foibles furent forment,
Car sans soustenement
Ne se peurent aidier.

Aperceüs se sont
Que grant folie font
Et qu'il ont eü tort;
Desormais aideront
Au cors et le pestront
Et seront d'un acort.

Tu ne fais rien pour nous,
et nous, nous nous tuons
tous à la tâche pour toi.
Débrouille-toi donc comme tu pourras :
tu ne recevras plus désormais de nous
ni aide ni secours ! »

Le ventre leur répond
qu'ils ne savent pas ce qu'ils font,
à se révolter ainsi contre lui :
« Je ne suis pas votre seigneur ;
c'est moi qui nuit et jour vous sers
et vous nourris, quoi qu'on en dise.

De tout ce que je mange,
je vous envoie la substance,
à chacun sa part :
c'est ce qui vous nourrit,
vous donne force et vigueur
et vous maintient en vie. »

Les membres méprisent
ses paroles
et décident d'un commun accord
qu'à tout jamais
ils lui retirent leur amitié ;
ils estiment ne pas avoir tort.

Ils cessèrent un bon moment
de donner au corps
le moindre aliment.
Ils se sentirent très faibles,
car sans nourriture
ils n'avaient plus de forces.

Ils comprennent
qu'ils commettent une belle folie
et qu'ils ont tort.
Désormais ils assisteront
le corps et le nourriront
d'un commun accord.

Il est assés de tés
A qui l'an fait bontés
Et pluiseurs et souvent,
Qui ja gré n'en savront
Ne samblant n'en feront,
Jel vous di loiaument.

Quant il ont povreté
Et souffrete et lasté,
Veü ai l'esemplaire,
Il sont obeissant
Et humbles et servant
De quan qu'il peuent faire.

Bien des gens sont semblables.
On multiplie les bienfaits
à leur égard :
jamais ils ne vous en sauront le moindre gré,
ni ne vous montreront la moindre reconnaissance,
je vous le dis sans mentir.

Mais quand ils éprouvent pauvreté,
misère et peine,
j'en ai vu des exemples,
ils deviennent obéissants,
humbles et soumis
autant que faire se peut[2].

Comment la Souris sauve le Lyon

Un Lyon se gesoit
En un bois et dormoit
Dessous un arbroissel,
Et une Soricelle
Si li saut et trepelle
Et maine grant revel.

Le Lyon l'engoula
Mais pas ne l'avala,
Ains l'enclost en sa geule.
La Soris li requist
Que pas ne l'occeïst
Ainsi n'en si poi d'eure,

Et qu'elle li fera,
En un temps qui vendra,
Et servisce et bonté.
Le Lyon si s'en rit,
Qui la prise petit
Et tient en grant vieuté.

« Vas la ou tu vorras,
Plus mal par moi n'aras »,
Ce respont le Lyon;
« Ja ne me greveras
Ne bonté ne feras :
Ne te pris un bouton! »

LE LION SAUVÉ PAR LA SOURIS[1]

Un lion était couché
dans un bois et dormait
au pied d'un arbrisseau,
quand un souriceau
saute sur lui et se met à danser
et manifeste une exubérante gaieté.

Le lion le prend dans sa gueule,
mais sans l'avaler,
en le retenant prisonnier.
La souris le supplie
de ne pas la tuer
ainsi et aussi vite :

Un jour viendra
où elle lui rendra
son service et son bienfait.
Le lion se met à rire,
faisant peu de cas d'elle,
pour qui il n'a que mépris.

« Va où tu voudras,
lui répond-il,
tu es quitte envers moi.
Jamais tu ne me feras
ni mal ni bien,
car tu ne vaux pas un clou ! »

Le Lyon si fu pris
A un laz couleïs,
Ains que passast un mois,
Dont ja mais n'eschapast,
Car, tant plus fort tirast
Et tant fust plus destroit.

Quant ne seut plus que faire,
En haut commence a braire,
Si l'ouï la Soris;
Tantost i est venue,
Au laçon est courue,
Si y a ses dens mis.

Assez tost fu copé,
Ainsi fu eschapé,
Qu'il estoit a la mort.
Par ceu poués savoir
Que grant mestier avoir
Puet bien le foible au fort.

Un mois ne s'était pas écoulé,
que le lion fut pris
dans un lacs,
dont il ne se serait jamais échappé,
car plus il tirait sur le nœud coulant,
plus celui-ci se resserrait.

Quand il ne sut plus quoi faire,
il se mit à pousser de grands cris,
si bien que la souris l'entendit.
Elle a tôt fait de venir,
de courir vers le lacet
et d'y planter ses dents.

La corde fut bien vite tranchée,
et ainsi le lion fut délivré,
alors qu'il allait mourir.
Cette histoire vous apprend
que le faible peut être
grandement utile au fort[2].

Comment le Lou volt decevoir le Chevreau

Une Chievre c'estoit
Qui un faon avoit
Que elle amoit forment;
Aus chans nel lesse aler
Giber ne pasturer,
Pour le froit qu'elle sent;

Ains le lesse en l'estable,
Et le paist et li baille
Ceu dont il a mestier,
Et s'en va paistre aus chans
Tant qu'elle a plains les flans,
Puis s'en revient arrier.

Mont souvent le chastie
Que il ne croie mie
Le Leu, s'il vient a l'uis;
Mais bien fermé le tiengne
Qu'il ne l'en mesaviengne,
Et gart par un pertuis.

Le Leu s'en vient a l'us.
« Or sus, fait il, or sus!
Œuvre l'uis a ta mere!
Je t'aport a mangier
Trop mieus que ne fis hier:
Mieus te fais que ton pere! »

COMMENT LE LOUP VOULUT TROMPER LE CHEVREAU[1]

Il était une fois une chèvre
qui avait un chevreau
qu'elle aimait tendrement.
Elle ne le laissait pas aller aux champs
pour gambader et se nourrir,
par peur du froid.

Elle le laissait dans l'étable
où elle le nourrissait et lui donnait
tout ce qu'il lui fallait.
Elle-même s'en allait aux champs
se remplir le ventre,
puis revenait près de lui.

Bien souvent elle le mit en garde :
il ne fallait pas croire le loup,
s'il venait à la porte,
mais garder la porte fermée
et regarder dehors par une fente,
pour éviter un malheur.

Le loup vient à la porte.
« Allons ! dit-il, allons !
Ouvre la porte à ta mère !
Je t'apporte à manger
encore mieux qu'hier :
je te traite mieux que ton père ! »

Quant le Chevrel l'ouï,
Durement s'esjouï
Pour avoir a mangier,
Quar a vis li estoit
De la fain qu'il avoit
Qu'il deüst enragier.

A l'uis s'en est venu,
Fermé l'a et tenu,
Quar sa mere li dist.
Il vit par un pertus
Le leu qui fu a l'us
Si s'en moqua et rist.

« La dehors vous tendrés,
Ja çaiens n'enterrés,
Foy que je doi mon pere;
Se vous i entrïés,
Vous me mangerïés,
Si com me dist ma mere. »

Et croire et hounourer,
Et servir et amer
De cuer entierement
Doit chascuns pere et mere.
A bon droit le compere
Qui le fait autrement!

Le chevreau, à ces mots,
est tout réjoui
d'avoir à manger :
il a l'impression
de devenir enragé
tellement il a faim.

Il s'en vient à la porte,
la garde bien fermée,
comme sa mère le lui a dit.
Il voit par une fente
le loup devant la porte
et se moque de lui.

« Vous resterez dehors
et vous n'entrerez pas,
par la foi que je dois à mon père !
Si vous y entriez,
vous me mangeriez,
comme me l'a dit ma mère ! »

Chacun doit croire et honorer,
et servir et aimer
de tout son cœur
son père et sa mère.
Celui qui s'y refuse
le paie cher et n'a que ce qu'il mérite[2].

ISOPET I

De la Raine qui conchie la Souris

Une Souris mout se doloit
Pour une yaue que passer devoit,
Quant la Grenoille avant se mist
Qui a la passer lui promist.
A la Souris promet aÿe,
Si la voudroit avoir trahie.
Ne s'en prent garde la Souris.
Pour ce est ce trop grans peris
Quant la bouche au cuer ne s'acorde;
Tels a pensee vis et orde
Qui mout a douce la parole.
Celle qui tient l'autre pour fole,
Par mi le pié la lie bien
A un petit filet au sien;
Or sont les piés liés ensamble,
Mès les cuers divers, ce me samble.
Or noe la Grenoille avant
Et la Souris la va sievant;
Mais souvent se plunge la Rainne,
De la Souris noier se painne;
Au mieux que puet se contretient,
De celle grever ne se tient.
Quant que l'un sache, l'autre tire.
Sus euls vient, qui la chose empire,
Un Escouffle, de fain morant,
Qui tantost les va devourant.

LA GRENOUILLE QUI TROMPE LA SOURIS[1]

Une souris se désolait
de ne pouvoir traverser une rivière.
La grenouille s'avance vers elle
et lui promet de la lui faire traverser.
Elle promet son aide à la souris
mais ne songe qu'à la trahir.
La souris ne se méfie pas.
Il n'y a pas de pire danger
que la bouche qui n'est pas accordée au cœur :
parfois la parole est douce,
et la pensée sombre et sordide.
La grenouille, qui tient l'autre pour folle,
la lie solidement par le pied
à son propre pied avec un petit fil :
les deux pieds se trouvent liés ensemble,
mais les cœurs sont bien différents.
La grenouille alors de nager en avant
et la souris de la suivre.
Mais la grenouille ne cesse de plonger
et cherche à noyer la souris.
Elle fait tout ce qu'elle peut
pour nuire à l'autre :
l'une tire à droite, l'autre à gauche.
Voici fondre sur elles, pour aggraver les choses,
un milan affamé
qui a vite fait de les dévorer toutes les deux.

La moralité :

Perir puisse il en telle guise
Qui de aidier fait par faintise
Semblant, et veut nuiseür estre :
Barat doit conchier son mestre.

En texte trouvons et en glose
Que cils qui fait pour mal la fosse,
Y chiet maintes fois en ses las
Cils qui de maufaire n'est las.
La pierre refiert yceli
Qui ferir li est abeli
Autre, par sa grant tricherie;
Car sur li revient sa boidie.

Moralité :

Puisse-t-il périr de la même manière,
celui qui fait semblant d'aider autrui
et veut lui nuire !
Ruse doit tromper son maître.

Nous trouvons dans le texte et la glose
que celui qui creuse une fosse par méchanceté,
et qui se plaît au mal,
est pris bien souvent à son propre piège[2].
La pierre revient frapper
celui qui la lançait contre un autre
dans sa déloyauté :
sa perfidie retombe sur lui.

Comment la Grue garist le Loup

Li Loups menja trop gloutement,
Si fu malades durement,
Car en la gorge l'i areste
Uns os qui li fist grant moleste.
S'envoia par toute la terre
Phisiciens et mires querre.
De Monpellier estoit venue
Ma dame Hautene la Grue
Qui de phisique avoit licence.
Si fist certainne couvenance
Combien au Loup devoit couster
Se cel os li pouoit oster;
Et li Loups li promet et jure
Li bien paier de celle cure;
Mais de tant fu elle po saige
Qu'elle n'en prist un po de gaige.
Au Loup a fait ouvrir la bouche :
Son bec boute ens tant qu'elle touche
A l'os, si que a li le tire.
Le Loup n'a plus mestier de mire.
Celle voelt avoir sa promesse;
Li Loups li dist : « Fole maistresse,
Gardés de que vous me sivés.
N'est ce par moy que vous vivés?
Ne vous poi je mordre, cheitive,
Et devourer trestoute vive?

COMMENT LA GRUE GUÉRIT LE LOUP[1]

Le loup mangea trop gloutonnement
et se rendit très malade,
car dans sa gorge était coincé[2]
un os qui le faisait souffrir.
Il envoya par toute la terre
chercher médecins et chirurgiens.
De Montpellier s'en est venue[3]
Madame Hautaine la grue,
licenciée en médecine.
Elle convient avec le loup
du prix qu'il lui en coûterait
si elle pouvait retirer l'os.
Et le loup lui promet et jure
de bien la payer pour sa peine.
Mais elle eut bien tort
de ne pas demander un acompte.
Elle fait ouvrir la bouche au loup
et y plonge son bec jusqu'à atteindre
l'os et le retirer.
Le loup n'a plus besoin de médecin.
La grue veut qu'on lui tienne parole.
Le loup lui dit : « Vous êtes folle, madame la doctoresse !
Prenez garde à vos réclamations :
n'est-ce pas grâce à moi que vous vivez ?
Ne pouvais-je pas vous mordre, malheureuse,
et vous dévorer toute vive ?

Esparnay vous par ma franchise,
Et ce pour loier vous souffise! »

La moralité :

Bien faire a mauvés rien ne vaut :
Tost l'oublie et ne li en chaut.

Qui douceur baille a ennemi,
Si le tendra il pour venin.
Le mauvais prent tout en despit,
Pour ce n'avra l'autre respit;
Don que face n'a en memoire,
Ne quiert que vanité et gloire.

Je vous ai épargnée, par bonté :
contentez-vous de ce salaire ! »

Moralité :

Rien ne sert de faire du bien aux méchants :
ils l'oublient vite et peu leur en chaut.

Donnez du miel à votre ennemi :
il le prendra pour du poison.
Le méchant prend tout mal
et ne laisse aucun répit aux autres.
Il ne se souvient d'aucun don,
ne recherche que la vanité et la gloire.

De la Souris de bonne vile et de vilaige

Une povre Souris champetre
Mainne avec soy en son povre estre
Une souris de cité nee :
Si l'ot semonse a la disnee.
Tel viande ot appareillie
Comme elle pot, mès plus fu lie
Que la viande ne demontre;
Car, se po y a, a l'encontre,
Y est la bonne voulenté.
Se de viande n'a plenté,
La bonne chiere et la courtoise
Que celle fait a la bourgeoise
Vaut bien autant, ce m'est a vis;
Car mengier ne puet estre vils
Qui est donnés a belle chiere.
Aise furent en tel maniere
Que n'orent a tout le mengier
Peour ne noise ne dangier.
Et quant de l'aler fu saison,
Celle semont en sa maison
L'autre souris pour festoier,
De ce la vuet forment proier.
Celle bonnement li octroie.
La bourgoise li fait grant joie
Qui a li aaisier mout pense.
Ou en celier ou en despense

LA SOURIS DE VILLE ET LA SOURIS DES CHAMPS[1]

Une pauvre souris des champs
emmène avec elle dans son pauvre logis
une souris originaire de la ville,
qu'elle avait invitée à déjeuner.
Elle avait préparé la nourriture
qu'elle avait pu trouver, mais était plus heureuse de sa [visite
que la table ne l'indiquait :
si celle-ci était peu abondante, en revanche
la bonne volonté ne manquait pas.
Si la nourriture n'est pas plantureuse,
l'accueil chaleureux et courtois
qu'elle réserve à la citadine
vaut bien autant à mon avis.
En effet, un repas ne saurait être méprisable
quand il est offert de bonne grâce.
Elles furent tout à fait contentes,
n'étant à aucun moment de leur repas troublées
par une crainte, un bruit, un danger.
Et quand il fut temps de partir,
la citadine invite chez elle
son hôtesse pour faire bombance.
Elle insiste vivement pour qu'elle vienne,
et l'autre accepte volontiers.
La citadine la reçoit avec grand plaisir,
étant très désireuse de la régaler.
Dans une cave[2] ou une chambre à provisions

Fist la dame mettre la table;
Mout li a fait chiere amiable.
A la table se sont assises,
Mès ne sè ou furent tant prises
De viandes comme il y a.
Celle mout semont et pria
S'otesse qu'elle fust a aise;
A faire chose qui li plaise
Met toute sa cure et sa painne.
Estes vous que dyables amainne
Le clacelier qui les clés porte;
Si commence a ouvrir la porte;
Et celles qui tantost l'oyrent,
L'une ça, l'autre la fouirent.
Si scet la dame son recet,
Mès l'autre ne scet ou el vet;
Aus ongles s'aert a un mur,
Sachiés que n'est pas asseür.
Retourna s'en le clacelier
Bien tost et ferma son celier.
La Souris qui au mur se tint
Des fievres tramble, et l'autre vint
Qui bien avoit esté reposte;
Si prist asseürer son hoste,
Si li a dit : « Amie chiere,
Mengiés et faites bonne chiere!
C'est aussi douls com miel en ree. »
Celle qui point asseüree
N'est encores, dit : « En ce miel
Gist et tapit venin et fiel.
Nuls biens n'est bons ou peeur gist.
Delis que peeur enoblit
N'est pas delis parfaitement.
Pour ce vous di certainement
Plus ain mes feves, douce suer,
Asseur et a pais de mon cuer,
Que de viandes habundance,
Et fusse tourjours en doutance
Et en peeur et en pensee.
Mès vous, a qui tieus chose agree,

où elle avait fait mettre le couvert,
la maîtresse des lieux l'accueille très aimablement.
Elles se sont assises à la table
— mais je ne sais où avaient été prises
toutes les nourritures qui s'y trouvaient.
L'hôtesse invite avec empressement
sa convive à se régaler.
Elle est aux petits soins pour elle, attentive
à lui faire plaisir.
Voici que le diable amène
le sommelier[3] avec ses clefs,
qui commence à ouvrir la porte.
Les souris, dès qu'elles l'entendent,
s'enfuient, l'une d'un côté, l'autre de l'autre.
La maîtresse des lieux connaît sa demeure,
mais son invitée ne sait où aller.
Avec ses ongles elle s'agrippe à un mur
— croyez qu'elle n'est pas rassurée.
Bientôt le sommelier repart
en fermant sa cave.
La souris qui était accrochée au mur
tremble de fièvre. L'autre arrive,
qui était demeurée bien cachée.
Elle entreprend de rassurer sa convive
et lui dit : « Chère amie,
mangez et faites bonne chère !
Ces mets sont aussi doux qu'un gâteau de miel. »
L'autre, qui n'est pas encore
rassurée, répond : « Dans ce miel
est caché un poison amer.
Aucun bien n'a de prix s'il comporte la peur.
Un plaisir entaché de crainte
n'est pas véritablement un plaisir.
Aussi puis-je vous assurer
que je préfère mes fèves, douce sœur,
en sûreté et le cœur en paix,
aux nourritures abondantes
pour lesquelles je devrais toujours craindre,
être inquiète et préoccupée.
Mais vous, à qui tout cela plaît,

Prenés a vous ceste planté;
Pais fait riche ma povreté. »
Plus ne dit, vet s'en a l'osté;
Riens ne prise envers seürté,
Et pour ce que crient haute chose,
Se tient seule et en bas enclose.

La moralité :

Povreté qu'en prent liement
Est grant richessë; ensement,
Di je povreté, grant richesse
Qu'i estuet despendre en tristesse.

Mieux vaut de pain un bon morsel
Que mengier de un gras pourcel,
Estre tristement receüs,
Combien qu'en fust très bien peüs.
Ne vaudroie d'un gras vëau
Et peur heüsse en un preau.
Je ne savroie miel amer
De peeur eusse cuer amer.

prenez cette profusion.
La paix où je me trouve rend riche ma pauvreté. »
Sans autre discours elle retourne chez elle,
n'estimant rien autant que sa tranquillité,
se défiant des grandeurs et pour cette raison
s'en tenant à sa solitude et à son humble condition.

Moralité :

La pauvreté joyeusement assumée
est une grande richesse ; inversement,
j'appelle pauvreté une grande richesse
qui doit être gâchée par l'anxiété.

Mieux vaut un bon morceau de pain
que manger d'un gras cochon
et être reçu dans l'anxiété,
même si l'on est repu.
Je ne voudrais pas d'un veau gras
dans un pré où j'aurais peur.
Je ne saurais goûter du miel
si la peur remplissait mon cœur d'amertume.

Du Renart et du Corbel

Sire Tiercelin, le Corbiau,
Qui cuide estre avenant et biau,
Tenoit en son bech un fromage.
Renart, qui a fait maint dommaige,
Par mi le bois chassant couroit
Com cil qui de grant fain mouroit.
Le fromaige li vit tenir;
Bien scet qu'il n'i puet avenir
Se n'est par art et par engin.
« Ha, dit Renart, biau Tiercelin,
Qui si estes enparentés,
Dommaiges iert que ne chantés
Aussi bien com fist vostre pere.
Se aussi chantissiez, par saint Pere,
Je cuit qu'en tout le bois n'eüst
Oisel qui tant a tous pleüst. »
Le Corbiau, qui pas n'aperçoit
Que Renart l'engingne et deçoit,
Et qui par son chant plaire cuide,
En chanter met si grant estude
Que son fromage li cheï.
Renart ne fu pas esbaï,
Qui son chant mout petit prisa;
Le fromaige tantost pris a,
Si le menja trestout Renart;
Oncques Tiercelin n'i ot part.

LE RENARD ET LE CORBEAU[1]

Sire Tiécelin[2] le corbeau,
qui se croit avenant et beau,
tenait dans son bec un fromage.
Renart, qui a commis bien des méfaits,
s'en allait chassant par le bois,
mourant de faim.
Il le voit tenir son fromage
et sait bien qu'il ne pourra l'avoir
que par la ruse et l'artifice.
« Ah! dit Renart, beau Tiécelin,
vous qui êtes de si haut lignage,
quel dommage que vous ne chantiez
aussi bien que votre père!
Si vous chantiez comme lui, par saint Pierre,
je crois que dans tout le bois
on ne trouverait d'oiseau aussi plaisant! »
Le corbeau, qui ne se rend pas compte
que Renart le trompe par sa ruse,
et qui croit plaire par son chant,
s'applique si bien à chanter
qu'il laisse tomber son fromage.
Renart, peu amateur de chant,
ne se laisse pas décontenancer
et s'empare aussitôt du fromage.
Il le mange tout entier,
Tiécelin n'y touche pas.

Mout en fu dolent le Corbiau,
Et de honte li croist son diau.

La moralité :

Qui vaine gloire quiert et chace,
Sa perte et sa honte pourchace.
Fausse honneur, ce poués entendre,
Maint grand anuy souvent engendre.

Les fols qui quierent vainne gloire
Sieulent assés de honte boire;
Gloire les met hors de leur sen.
Plus saige tien dame Hersen
Qui viut sa coloingne filer;
Pour ce ne la doi aviler.
Qui veut estre trop apparent,
De faintise n'avra garent.

Le chagrin du corbeau
fut décuplé par la honte.

Moralité :

Qui recherche la vaine gloire
poursuit sa perte et sa honte.
Le faux honneur, soyez-en sûrs,
engendre souvent bien des maux.

Les fous qui cherchent la vaine gloire
boivent le calice de la honte ;
la vanité leur fait perdre le sens.
J'estime plus sage dame Hersent[3]
qui veut filer sa quenouille :
elle n'en vaut pas moins pour cela.
Qui veut trop se mettre en avant
n'échappe pas aux trompeurs[4].

Du Lion qui cheï en viellesce

Li Lions, qui force et noblesce
Ot jadis, cheï en viellesce,
Si que li faillent tuit li membre.
Li Sanglers, a cui bien il membre
Que li fist jadis li Lions,
Li fait recompensations,
C'est assavoir plaie pour plaie.
Li Toriaux point ne li soupplaie,
Le hurte des cornes si fort
Que il y met tout son effort.
Neïs l'Asne plain de peresce
De ses piés le fiert et le blesce.
Chacune beste li court seure,
Et li Lions gemist et pleure
Qui voit qu'a souffrir li estuet,
N'autrement vengier ne se puet,
Et dit : « Las ! je qui fort estoie
Et toutes bestes seurmontoie,
Sui maintenant li seurmontés ;
Perdu ai toutes mes bontés.
Ou est me honneur, ou est ma force ?
Ne m'est remés fors que l'escorce.
Cils me nuist, a qui j'é neü ;
S'ai je de maint pitié eü
Qui n'ont ores pitié de moi :
N'est merveilles se je m'esmoi.

LE LION DEVENU VIEUX[1]

Le lion, autrefois puissant et majestueux,
est devenu si vieux
que tous ses membres l'abandonnent.
Le sanglier, qui se souvient bien
de ce que le lion lui fit autrefois,
lui rend la monnaie de sa pièce,
c'est-à-dire plaie pour plaie.
Le taureau, loin de se courber devant lui,
le frappe avec ses cornes
de toutes ses forces.
Même l'âne, si lâche,
le meurtrit de coups de pied.
Assailli par toutes les bêtes,
le lion gémit et pleure
en voyant qu'il lui faut subir ces violences
sans pouvoir autrement se venger.
« Hélas, dit-il, moi qui étais puissant
et dominais toutes les bêtes,
je suis maintenant dominé.
J'ai perdu toutes mes qualités.
Où est ma gloire, où est ma puissance ?
Il ne m'en reste que l'écorce.
Celui à qui j'ai nui me nuit ;
mais j'ai eu pitié de nombreux autres
qui n'ont pas pitié de moi aujourd'hui :
j'ai tout lieu de m'en émouvoir[2]. »

La moralité :

Bien se gart de ceste adventure
Cils qui de faire amis n'a cure,
Et qui en sa prosperité
Ne vuelt du povre avoir pitié,
Et voudroit bien que l'en l'eüst
De li, s'ensi li mescheüst.

L'en sieut mout loer la pecune
Qui amis a son mestre aüne.
Quant l'homs a grant prosperité,
De amis est forment visité;
Mès quant il chiet en povreté,
Deboutés est et degetés.
La fortune qui est riënt
Preuve les amis pour niënt.
La mouche ne quiert que le miel,
Cure nulle n'avra de fiel.
L'amour qui est plus profitable,
Au jour d'ui est plus delitable.
Chascuns vuelt avoir le delit,
La painne a nelui n'abelit.
Le loup ne vuelt que la cherongne,
Et pour li grant joie demoinne,
Et les hommes quierent la proie :
Chascuns dou profit pense et proie.
Peu est de amis pour honesté,
Ne en yver, ne en esté.

Moralité :

Qu'il prenne bien garde à cette aventure,
celui qui ne prend pas soin de se faire des amis,
et qui, au temps de sa prospérité,
ne veut pas avoir pitié du pauvre,
mais voudrait bien que l'on ait pitié
de lui s'il se retrouvait dans la même adversité.

On fait souvent l'éloge de l'argent,
qui attire des amis à celui qui en a.
Quand on connaît une grande prospérité,
on reçoit la visite de nombreux amis,
mais, quand on tombe dans la pauvreté,
on est repoussé et rejeté.
La bonne fortune
ne met nullement les amis à l'épreuve.
La mouche ne poursuit que le miel,
elle n'aura cure du fiel.
L'affection la plus profitable
est de nos jours la plus plaisante.
Chacun recherche son plaisir,
le malheur n'est agréable à personne.
Comme le loup n'aime que la charogne
et lui fait fête,
les hommes poursuivent leur proie,
rapaces tout préoccupés de leur profit.
Il est peu d'amis désintéressés,
en hiver ou en été[3].

De l'Asne et du Chien

Un riche homme un Chiennet avoit
Que trop bien conjoïr savoit
Son seigneur et li faire feste
De langue, de queue et de teste.
Le Chiennet au seigneur plesoit
Si que aucunes fois le besoit;
Ses compains estoit au mengier;
Nuls ne li demenoit dangier,
Qu'i couvient que mesnie craime
Ce que scet que ses sires aime.
Le chiennet est petit et gent,
Dont plus chier l'avoient la gent.
Li Asnes a la pesant teste
Si vit et regarda la feste
Que a son seigneur fait le Chien.
Mesprendre ne cuide de rien,
Si dit que bien jouer savra
Si que autele viande avra
Com le Chien, et grace samblable.
« Je suis, dit il, plus profitable,
Et par mon dos fais plus de preu
Que le Chien ne fait par son jeu.
S'a il par son jeu plus de grace
Que j'é, pour chose que je face,
Qui jour et nuit seans travaille.
Il me plaist a jouer sans faille,
Je joueré, comment qu'il aut. »

L'ÂNE ET LE CHIEN[1]

Un riche avait un petit chien,
qui savait très bien manifester son affection
à son maître et lui faire fête
avec sa langue, sa queue et sa tête.
Le petit chien plaisait au seigneur
au point que celui-ci parfois l'embrassait
et qu'il partageait ses repas.
Nul ne lui imposait ses caprices,
car tous ceux de la maison[2] doivent craindre
ce qu'ils savent être aimé du seigneur.
Le chien était petit et mignon,
et en était d'autant plus chéri de tous.
L'âne à la lourde tête
vit et observa la fête
que le chien faisait à son maître.
Loin de penser mal faire,
il dit qu'il saura bien jouer
pour gagner même nourriture
que le chien et semblable reconnaissance.
« Je suis, dit-il, plus utile
et avec mon dos fais plus de profit
que n'en fait le chien avec sa comédie[3].
Pourtant, celle-ci lui vaut plus de reconnaissance
que tout ce que je peux faire,
en travaillant dans cette maison jour et nuit.
Je veux jouer sans faute,
je jouerai, quoi qu'il arrive. »

Quant son lieu vit, si vient et saut
Messires Bernart l'Archeprestre
Aus piés sus la table son mestre;
Ses piés aus espaules li met,
De bien jouer fort s'entremet,
Et pour ce que plus plaire cuide,
En son chant met si grant estuide,
De son chant sont si grant li son
Toute en retentist la maison.
Son mestre bat de ses deus piés;
Li sires, qui pas n'en fu liés,
Cuida bien estre malbailli,
Si s'escria; adont sailli
Toute la gent de son hosté :
Ce jongleur li ont osté.
De son jeu li prist malement
Car batus fu vilainnement :
De livrison ot il cent cops.

La moralité :

Pour ce vous di que cils est fols
Qui en ce avoir met sa cure
Qui veé li est de Nature.

Cils qui se mesle de la chose
Laquelle a li doit estre close,
Ne qui ne s'en doit entremettre,
Je le tieng pour fol a la lettre.
Celi qui vuelt plus haut monter
Couvient aucune fois donter
Et le faut au plus bas descendre;
Cuide estre roys et devient cendre.
L'en di que qui a asne bee,
Asne avra selonc sa pensee.
Ce n'est chose forte a avoir,
Chascuns ait selonc son savoir.
Mès se chascuns vuelt estre pape,
Roy ou duc, folie l'entrape.
Chascuns en sa vocation
Se tiegne sans presomption.

Quand l'occasion se présente, messire
Bernart l'archiprêtre[4] se précipite et saute
à pieds joints sur la table de son maître.
Il met ses pieds sur ses épaules,
il se dépense pour bien jouer.
Et, s'imaginant plaire davantage,
il s'applique si fort à chanter
et son chant retentit si fort
que toute la maison en résonne.
Il bat son maître avec ses deux pieds.
Le seigneur, loin de s'en réjouir,
croit sa dernière heure venue
et appelle au secours ; aussitôt surgissent
tous les habitants du logis,
qui le débarrassent de cet histrion[5].
Cette comédie lui coûta cher,
car il fut cruellement battu :
il reçut une volée de cent coups de bâton.

Moralité :

C'est pourquoi, je vous le dis, bien fou
celui qui s'efforce d'obtenir
ce qui lui est refusé par la nature.

Celui qui se mêle de ce
à quoi il ne doit pas avoir accès,
et dont il ne doit pas s'occuper,
est selon moi véritablement fou.
Celui qui veut monter plus haut
doit souvent être maîtrisé
et se voit contraint de descendre au plus bas[6] :
il croit être roi et devient cendre.
On dit que qui désire un âne
aura un âne selon ses vœux[7].
Ce n'est pas quelque chose de difficile à avoir :
que chacun ait ce qui convient à ses aptitudes.
Au contraire, si chacun veut être pape,
roi ou duc, il est pris au piège de sa folie.
Que chacun, sans présomption,
s'en tienne à sa vocation.

Des Raines qui voudrent avoir roi

Les Renoilles pour leur desroi
Prierent Dieu pour avoir roy,
Non pas une fois seulement;
Mès dont, Dieu s'en rit durement.
Un tref fit cheoir ou palu
Ou attendoient leur salu.
Cuident que ce soit leur seigneur,
Dedens se plongent de peeur,
Chascune crient estre esgaree;
Et quant la peeur fu passee,
L'une apres l'autre sus revindrent :
Le tref virent, en sus se tindrent.
Mès quant virent et aperceurent
Que de leur roy doubter ne durent,
Que le tref ne s'esmuet de soi,
De prier font le tiers essoi
A Dieu, que il roy leur envoit.
Et Dieu, qui leur folie voit,
Une Serpent leur a gittiee
Qui les assaut gueulle béee
Et par mi les marchès les chasce;
La plus cointe ne scet que face,
Si crient : « Lasses, que ferons?
Aïe Dieu, car nous mourons!
Lasses, nostre roy nous mengüe!
Cy a mal roy qui ses gens tue! »
Adont dit Dieus : « Souffrir devés

LES GRENOUILLES QUI VOULAIENT AVOIR UN ROI[1]

Les grenouilles, dans leur outrecuidance,
prièrent Dieu, à plusieurs reprises,
de leur donner un roi.
Dieu, se moquant d'elles,
fit tomber un tronc d'arbre
dans la mare où elles attendaient leur sauveur.
Elles le prennent pour leur seigneur
et, de peur, plongent dans l'eau,
toutes éperdues.
Quant la peur est passée,
elles reviennent à la surface l'une après l'autre.
Elles voient le tronc, se tiennent à l'écart.
Mais, quand elles ont compris
qu'elles n'ont rien à redouter de leur roi,
et que le tronc ne bouge pas,
elles prient Dieu pour la troisième fois
de leur envoyer un roi.
Et Dieu, voyant leur folie,
leur jette un serpent
qui les attaque, la gueule ouverte,
et les pourchasse dans les marais :
la plus habile est sans défense.
Elles s'écrient : « Hélas ! que faire ?
A l'aide, Dieu, nous mourons !
Hélas ! notre roi nous dévore !
Voilà un mauvais roi, qui tue les siens ! »
Dieu dit alors : « Vous n'avez plus qu'à supporter

Le roy que demandé avés;
L'aise qu'aviés vous vangera.
Cils mauls toriaus les dontera. »

La moralité :

Bien qui dure n'est prisiés rien;
Par le mal cognoist l'en le bien.
Qui assés a, de ce soit liés,
Sire ne se face soubgés.

Et qui ne sot oncques froidure,
Le chaut ne cognoit par mesure.
Le mal fait le bien esprouver,
Car qui se vuet touz jors couver
En richesses et en delis,
Peeur ait que il ensevelis
Ne soit après amerement.
Saige ce dit expressement :
« Qui bien est, gart que ne s'en bouge;
Tiegne soi chascun en son bouge. »

le roi que vous avez demandé :
la peur, qui ne vous lâchera plus,
vous fera payer votre bonheur passé[2]. »

Moralité :

Un bien qui dure n'est pas prisé.
C'est par le mal qu'on connaît le bien.
Quand on a assez, il faut s'en réjouir
et le seigneur ne doit pas se faire sujet.

Celui qui n'a jamais éprouvé le froid
ne connaît pas le prix de la chaleur.
Le mal fait apprécier le bien.
Car qui veut toujours se tenir à l'abri
dans la richesse et le plaisir
doit redouter de connaître ensuite
une fin bien amère.
Le sage le dit sans détour :
« Quand on est bien, il ne faut pas bouger :
que chacun reste chez soi ! »

D'un Muletier et d'une Mule

Un Muletier sa Mule avoit
O quoi son char mener devoit.
La Mulë hastive n'est point;
La Mouche, qui volentiers point,
Li dit : « Ha, pareceuse beste,
Va plus tost, cour et si te heste,
Ou je te poindrai ja encores,
Plus tost assés que ne fis ores,
Ou plus vif et ou plus parfont.
Diables ainsi aler te font. »
Mule dit : « Mouche, tu es fole!
Cuides tu que ta grant parole
M'esbaÿsse ne me espoante?
Ce saches tu, que je ne mante,
Que je ne te crains ne ne doubt.
Celui qui sus moy siet et croupt
Crains plus que toi ne ta menace,
Qui mon frain tient et fiert et chace.
Toi ne pris je pas un estront. »

La moralité :

Mains couars souvent ainsi font
Et menacent les plus hardis
Et par paroles et par dis.
Le faible le fort remanace
Quant il en voit ne lieu ne place.

UN MULETIER ET SA MULE[1]

Un muletier conduisait
sa voiture avec sa mule.
La mule n'est pas pressée.
La mouche, qui aime piquer,
lui dit : « Ah ! paresseuse bête,
va plus vite, cours, dépêche-toi,
ou je te piquerai encore,
bien plus souvent que je ne l'ai déjà fait
et beaucoup plus profondément.
Ce sont les diables qui te font avancer ainsi. »
La mule répond : « Mouche, tu es folle !
Crois-tu que tes rodomontades
m'impressionnent et me fassent peur ?
Sache bien que, sans mentir,
je ne te crains pas du tout.
Je crains plus que toi et tes menaces
celui qui est assis à califourchon sur moi,
qui tient ma bride, me frappe et me fait avancer.
Toi, tu es de la crotte[2]. »

Moralité :

Bien des lâches agissent souvent ainsi
et menacent les plus hardis
dans leurs paroles et leurs discours.
Le faible menace le fort
quand il trouve une occasion propice.

La parole qui est vanteuse
Pour ce ne doit estre doubteuse.
Le fait plus muet que la parole
Car le parler tantost s'envole,
Mès du fait demeure la trace;
Après le dit, querés qui face!

Aussi les fanfaronnades
ne doivent-elles pas nous alarmer.
Les actes ont plus d'effet que les paroles,
car les paroles ont tôt fait de s'envoler,
tandis que les actes laissent des traces.
Après les discours, cherchez quelqu'un qui agisse.

De la bataille des Bestes et Oisiaus

Les Bestes anciennement
Emprindrent un tournoiement
Contre tous les Oisiaus qui sont,
Ne qui pour voler plumes ont.
Grant et fiere fu la bataille,
Longuement dure ains qu'elle faille;
Nuls n'en scet encore la voire,
Liquieux doit avoir la victoire.
Ma Dame la Chauve Souris,
Qui se doubta que li peris
Vers les Oisiaus deüst tourner,
Ne vault a euls plus sejourner;
Ains se tourna de l'autre part
Et dit que des Oisiaus se part,
Pour ce que samble mout bien Beste
De piés et de groin et de teste.
Si vient aidier ses anemis;
Mès li Aigles grant force a mis
En conforter et ralier
Sa gent, et en elles aidier.
Si leur mist si bon cuer ou ventre,
Pour ce que es batailles entre,
Si très fierement se combatent
Que l'orgueil des Bestes abatent.
Tant y maillent et tant y fierent,
Que par force tous les conquerent.
Ne se pueent contretenir

LA BATAILLE DES BÊTES ET DES OISEAUX[1]

Les bêtes autrefois
déclarèrent la guerre[2]
à tous les oiseaux existant
et ayant des plumes pour voler.
La bataille fut grande et farouche.
Elle dura particulièrement longtemps,
sans que personne pût véritablement savoir
qui devait remporter la victoire.
Madame la chauve-souris,
craignant que les choses
ne tournent mal pour les oiseaux,
ne voulut pas rester plus longtemps avec eux
et passa à l'autre parti.
Elle dit qu'elle quitte les oiseaux
parce qu'elle ressemble vraiment à une bête
par ses pattes, son museau et sa tête.
Elle vient donc en aide à ses ennemis.
Mais l'aigle a mis tous ses efforts
à ranimer et rallier
sa troupe et à aider les oiseaux.
Il leur mit tant de cœur au ventre,
en prenant part aux combats,
et ils se battent avec tant d'acharnement
qu'ils abattent l'orgueil des bêtes.
Ils frappent et donnent tant de coups
qu'ils les soumettent complètement.
Les bêtes peuvent bien venir en grand nombre,

Les Bestes, tant saichent venir.
Leurs plesirs en font a leur guise.
La Chauve Souris y fu prise;
De ses plumes la desvetirent,
Et tant fusterent et batirent,
Pour ce que d'euls s'en fu alee,
Que demoura noire et pelee.
La condempna toute la cours
Que ne voulast ja mais de jours.

La moralité :

Fols est qui pour ses anemis
Lait ses voisins ne ses amis;
Et si voit on que uns homs seus
Ne puet pas bien servir a deus.

Cils qui a soi savoir acroche
Regarde de quel pié l'en cloche.
Qui avés les fraudes basties
Ne clochiés pas de deus parties.
L'en sieut dire communement
Qu'am ne puet servir doublement;
Il convient l'un d'euls plus amer,
Riens n'i puet l'autre reclamer.

elles sont incapables de résister.
Les vainqueurs leur imposent leur loi et leurs volontés.
La chauve-souris fut faite prisonnière :
elle fut dépouillée de ses plumes,
et si bien rossée et battue,
pour avoir abandonné les oiseaux,
qu'elle demeura noire et pelée.
Elle fut condamnée par toute la cour
à ne plus jamais voler le jour.

Moralité :

Bien fou qui pour ses ennemis
délaisse parents et amis.
Et l'on voit bien qu'un seul homme
ne peut pas en bien servir deux[3].

Celui qui se pique d'être sage
regarde de quel pied on boite[4].
Vous qui avez monté les supercheries,
ne boitez pas de deux côtés.
On dit souvent communément
qu'on ne peut servir doublement[5].
Il faut aimer l'un davantage,
l'autre ne peut en aucune façon s'en plaindre[6].

Des Souris qui firent concile contre le Chat

Les Souris firent parlement
Ou il ot grant grumeslement,
La ou dut venir Souris mainte.
Du Chat fu faite la complainte :
« Le Chat ne nous cesse rungier;
Dieu le puist en enfer plungier!
Il manjue nos enfançons;
De li nuire nous avançons! »
— « Un conseil vous donré, dit l'une;
A mon dit s'accordoit chascune.
L'en liera une campenelle
A son col, qui si nous revelle;
Ainsi pourrons nous contraitier
Quant il nous voudra agaitier,
Quar nous orrons tantost le son. »
A chascun pleist ceste leççon.
Or s'en retournent faisant feste,
Chascune d'aler estoit preste.
A tant es vou uns viés Souris
Qui estoit tout alangouris;
Elle estoit et vielle et boiteuse.
De demander fu curieuse
Ce qui estoit fait au concile
Ou avoient esté deus mile.
L'en li dit de fil en aguille :
« Vesci Calabre, vesci Puille,
Oncques deliberation

LES SOURIS QUI TINRENT CONSEIL CONTRE LE CHAT[1]

Les souris tinrent une assemblée
où l'on grommela beaucoup.
Elles vinrent nombreuses
se plaindre du chat :
« Le chat ne cesse de nous dévorer.
Que Dieu le précipite en enfer !
Il mange nos petits enfants.
Dépêchons-nous de lui nuire ! »
L'une dit : « Je vais vous donner un conseil
auquel vous vous rangerez toutes.
On attachera à son cou
une clochette qui nous donnera l'alerte ;
ainsi nous pourrons nous défendre
quand il nous tendra une embuscade,
car nous entendrons aussitôt le tintement. »
La proposition convient à tout le monde.
Elles s'en retournent donc joyeuses.
Chacune était prête à partir
lorsque arrive une vieille souris,
qui n'avait presque plus de forces
et qui, outre son âge, boitait.
Elle était curieuse de savoir
ce qui s'était fait à l'assemblée
qui avait réuni deux mille souris.
On lui répondit de fil en aiguille :
« Voici la Calabre, voici les Pouilles,
jamais résolution

N'ot mès si grant discretion. »
La vielle dit : « Qui la livra ?
Et qui au Chat tout droit ira ?
Qui menra ceci a effet ?
Tout ne vaut rien se il n'est fet. »

La moralité :

Riens ne vaudroit faire les drois,
Se n'estoit puissans et adrois
Qui les feist garder et tenir.
D'une montaigne sieut venir
Une souris, quant est enflee.
Qui, en parlant, fait grant ponee,
Et puis après fait pou de fait,
En parler ne scet qu'il se fait.

ne fut plus sage.
— Qui l'a prise ? repartit la vieille.
Et qui ira tout droit chez le chat ?
Qui fera suivre ceci d'effet ?
Une chose ne vaut rien tant qu'elle n'est pas faite. »

Moralité :

Il ne servirait à rien de faire des lois,
si celui qui doit les faire observer et respecter
n'était pas puissant et habile.
Une montagne donne souvent naissance
à une souris, quand elle est enflée[2].
Qui parle avec arrogance,
et ensuite fait peu de chose,
ignore le mal qu'il se fait en parlant.

AVIONNET

De l'Escrevisce qui aprenoit son fils a aler

Une Escreveice de la mer
(Ainsi l'ai je oÿ nommer)
Aloit au mieux qu'elle savoit
De tant de piés comme elle avoit.
Sa mere dit : « Fille, comment
Alés vous si honteusement ?
Vous ne faites que reculer ;
Autrement deüssiés aler,
Car c'est trop laidement alé. »
— « Bien avés or, Mere, parlé »,
Dit la fille ; « or alés avant
Si que je vous aille suiant,
Mès que devant aler vous voie. »
Adont se met la mere a voie,
Mès en li a plus a reprendre
Qu'am celle qu'elle vuet aprendre.
La fille si va laidement,
La mere va plus sotement.

La moralité :

L'en doit avoir joie et mesure
Des biens que l'en a de nature.
Aucuns autre souvent reprent
De ce de quoi il plus mesprent.
Qui aucun juge de aucun crime,
Regart avant sur soi meïsme.

L'ÉCREVISSE QUI APPRENAIT À SON ENFANT À MARCHER[1]

Une écrevisse de mer[2]
(c'est ainsi que je l'ai entendu appeler)
marchait du mieux qu'elle pouvait
avec toutes ses pattes.
Sa mère lui dit : « Ma fille, comment
pouvez-vous marcher aussi mal ?
Vous ne faites que reculer.
Vous devriez marcher autrement,
car votre démarche est trop maladroite.
— C'est bien parlé, ma mère,
répondit la fille. Eh bien ! allez la première,
afin que je suive votre exemple
en vous voyant marcher devant moi. »
Alors la mère se met en route,
mais il y a plus à reprendre chez elle
que chez celle à qui elle donne des leçons.
Si la démarche de la fille est maladroite,
celle de la mère est encore plus ridicule.

Moralité :

On doit être heureux et satisfait
de ce que l'on reçoit de la nature.
L'un reprend souvent l'autre
sur ce qu'il fait plus mal que lui.
Avant d'accuser quelqu'un d'un crime,
examine-toi toi-même.

Tieuls cognoit bien une putie,
Qui d'un tref ne s'aperçoit mie.
Quant le bien ensengne le mestre,
Honte est s'il fest chose senestre.
Impose nuls importable fais
Se aussi bien tu ne le fais.

Tel repère une poussière,
qui ne s'avise pas d'une poutre[3].
Quand le maître enseigne ce qui est bien,
honte sur lui s'il donne le mauvais exemple.
N'assigne pas de tâche insurmontable
si tu ne fais pas aussi bien.

De deus Compaignons que l'Ourse
fist dessambler

Deus hommes ensamble se mistrent
Et par les fois s'entrepromistrent
Qu'am tous cas s'entracorderoient
En tous les lieus ou il vendroient.
Mès il n'orent pas mout ensamble
Alé qu'il vidrent, ce me samble,
Encontre aus deus venir une Ourse.
Li plus legiers se mist en course,
Oncques de foi ne li souvint;
Mès l'autre demourer couvint,
Car sauver ne se puest par courre;
Mès toute voies pour s'escourre
Que la beste ne le manjuce
En un tas de fuilles se muce.
De piés ne de mains ne se muet,
Ains fait samblant a mieus qu'il puet
Qu'il soit mors; estes vous la beste
Qui acourt et sus li arreste.
Aus ongles le va tournoient;
Quant voit qu'i ne se muet noient,
Si cuide qu'il soit mors pieç'a,
Ne le mordi ne ne bleça,
Car elle doubte qu'il ne pue;
Va s'en, que plus ne le remue.
Cils, qui peeur eüe avoit,
Se lieve et ses compains le voit,
Si vient vers li et li enquiert

DEUX COMPAGNONS QUE L'OURSE SÉPARA[1]

Deux hommes s'associèrent
et se jurèrent par serment
d'être unis en toutes circonstances
et en tous lieux où ils iraient.
Mais ils n'eurent pas fait beaucoup de chemin
ensemble qu'ils virent, à ce qu'il me semble,
en face d'eux arriver une ourse.
Le plus rapide se mit à fuir,
sans plus songer à son serment;
mais l'autre dut rester sur place,
ne pouvant se sauver en courant.
Toutefois, pour empêcher
que la bête ne le dévore,
il se cache sous un tas de feuilles.
Il ne remue ni les pieds ni les mains
et fait le mieux qu'il peut semblant
d'être mort. Voici la bête
qui accourt et s'arrête au-dessus de lui.
Elle le tourne et le retourne entre ses griffes.
Quand elle voit qu'il ne remue pas du tout,
elle s'imagine qu'il est déjà mort,
et, craignant qu'il ne sente mauvais,
ne le mord ni ne le blesse.
Elle s'en va et le laisse tranquille.
L'homme, qui avait eu peur,
se relève. Son compagnon l'aperçoit,
vient vers lui et lui demande

Qu'il fesoit et comment li yert :
« Compaings, dit il, qu'avés eü ?
Longuement avés ci geü.
Dites, celle Ourse, que vous fist,
Quelle parole elle vous dit
Ne quel consoil ce pot ore estre ?
Longuement pour noient fust prestre,
Vous a tenu et confessé. »
— « Compaings, dit l'autre, qui laisé
M'avés ainsi desloiaument,
Elle m'a dit que vraiement
Quant onc avec moi vous reçuy,
Je fis que fos et me deçuy;
Si m'a conseillié et loué,
Que je trop mauvès t'ay trouvé,

La moralité :

Autre fois garde je me prengne
Comment n'a qui je m'acompaigne
S'autel peril vuil eschiever,
Ou encor me pourra grever. »

Le prophètes ainsi nous somme :
« Gardes ne te fies en homme,
Neis en ton frere ne te fie :
Freres ne te rachete mie;
Ne baudroit l'estimation
D'argent pour ta redemption. »

ce qu'il faisait et comment il allait.
« Ami, dit-il, que vous est-il arrivé ?
Vous êtes resté longtemps étendu ici.
Dites, cette ourse, que vous a-t-elle fait
et que vous a-t-elle dit ?
Quel secret cela pouvait-il bien être ?
Car longuement, bien qu'elle ne soit nullement prêtre,
elle vous a retenu et confessé.
— Ami, dit l'autre, qui m'avez
abandonné avec tant de déloyauté,
elle m'a dit qu'en vérité
le jour où je vous ai pris comme compagnon,
j'ai agi comme un fou et commis une erreur.
Elle m'a donc vivement conseillé,
puisque j'ai découvert votre insigne lâcheté,

Moralité :

de faire attention la prochaine fois
à bien choisir ma compagnie,
si je ne veux pas courir un semblable danger ;
sinon il pourra à nouveau m'en cuire. »

Le prophète[2] nous avertit ainsi :
« Veille à ne faire confiance à aucun homme,
pas même à ton frère tu ne dois faire confiance.
Un frère ne te rachète pas ;
il ne donnerait pas le prix
fixé pour ta rédemption[3]. »

Du Chevalier chauve

Un Chevalier, qui pou chevous
Avoit devant, comme saint Pols,
A un tournoiement porta
Chevous mors que il emprunta.
Mès un chevalier l'embraça
Qui le hiaume li deslaça,
Et coiffe et chevous jus sachier
Li dut, au hiaume deslacier.
Tuit cil d'environ qui ce virent
Grant ris et grant moquois en firent,
Car il n'avoit cheveus ou chief.
Mais cilz, tout fut il a meschief,
De necessité vertus fit
Et en riant aus autres dit :
« Biau seigneur, la chevoleüre
Qui estoit moie de nature
M'est cheüe et toute faillie.
Se ceste dont s'en est saillie
Et m'a leissié, qui pas n'iert moie,
N'est nuls qui mervoillier s'en doie. »

La moralité :

Nunls qui a soi farder met paine
Ainsi grant honte li avaingne,
Commë au chevalier avint
Quant fu surnommé *Mar y vint.*
A la fois ne se scet garder
Qui s'efforce de li farder.

LE CHEVALIER CHAUVE[1]

Un chevalier, qui avait peu de cheveux
sur le devant de la tête, comme saint Paul[2],
lors d'un tournoi porta
des cheveux morts postiches.
Mais un chevalier, pour l'embrasser,
délaça son heaume
et, en le délaçant, ne put éviter de
retirer en même temps la coiffe et les cheveux[3].
Tous les témoins de sa mésaventure
en rirent et s'en moquèrent abondamment,
car il n'avait pas de cheveux sur la tête.
Mais lui, dans son malheur,
fit de nécessité vertu[4]
et leur dit en riant :
« Nobles seigneurs, la chevelure
qui était naturellement la mienne
est tombée et m'a complètement fait défaut.
Si donc celle-ci, qui n'était pas à moi,
s'est échappée et m'a abandonné,
personne ne doit s'en étonner. »
Moralité :
Si quelqu'un tente de se dissimuler sous un artifice,
qu'il subisse l'outrage
subi par le chevalier
quand il fut surnommé « le Malchanceux[5] ».
On se protège souvent bien mal
en s'efforçant de se dissimuler sous un artifice.

Du biau Chesne qui ne se vouloit flechir contre le vent

Un biaux Chesnes qui plantés yere
En un mont sus une riviere
Si biaus, si fort, si grans estoit
Que nuls vent il ne redoubtoit.
Tant estoit grans arbres et haus,
De tous vens souffroit les assaus;
Onc tant n'oseront empressier
Que de riens se vousist plessier.
Mès tant soufflerent et venterent
Les vens, qu'a terre le porterent,
Onc si bien ne se deffendi;
Aval en l'iaue descendi,
Que oncques ne pot avoir secours.
Aval s'en va, si com le cours
De l'iaue le mainne; mès Rosel
Qui la estoient grant et bel
L'empescherent qu'il ne passat
Sans ce que nuls de euls se cassat.
Au Chesne grant merveille vient
D'un Rosiau coment il se tient
Contre l'iaue, contre le vent
Que il ne s'en va plus grevant;
Mès de ce sa merveille enforce
Par quel guise ne par quel force
Il est ileuques detenus,
Entre les Roselés menus
Qui n'ont ne vertu ne poissance;

LE BEAU CHÊNE QUI NE VOULAIT PAS PLIER CONTRE LE VENT[1]

Un beau chêne, planté
sur une montagne surplombant une rivière,
était si beau, si fort, si grand
qu'il ne redoutait aucun vent.
La taille et la hauteur de cet arbre étaient telles
qu'il subissait les assauts de tous les vents :
jamais il ne put être suffisamment harcelé
qu'il daignât le moins du monde plier.
Mais les vents soufflèrent tant
par rafales qu'ils le jetèrent à terre
et qu'il ne se défendit plus aussi bien.
Il dévala de la montagne et tomba dans l'eau,
sans pouvoir recevoir le moindre secours.
Il descendit avec le courant
qui l'entraînait. Mais des roseaux,
qui étaient à cet endroit grands et beaux,
l'empêchèrent de passer,
sans qu'aucun d'eux cassât.
Le chêne s'étonne fortement
de la façon dont un roseau
résiste à l'eau, résiste au vent,
sans en subir plus de dommage.
Mais son étonnement redouble
devant la manière dont lui-même est contraint
de demeurer là prisonnier
des roseaux si frêles,
dépourvus de force et de vigueur.

De ce a soi meïsme tence.
Li Roisiaus, qui ce oï tout,
Li dit : « Foibles sui, je n'en dout,
Mès ce m'a fait plus grant salu
Que ta force ne t'a valu,
Par quel en tel orguel estoies
Que nes un vent ne redoubtoies ;
Si t'en est si bien avenu
Que tu en yès pour fol tenu.
Mès quant je voi le vent venir
Contre qui ne me puis tenir,
Mieus me vaut le col abeissier
Et moi tout bellement pleissier,
Que a plus fort de moi combatre.
Tu fusses encor a abatre
Se eusses volu soupploier
Et toi contre plus fort ploier.
L'en doit au plus bas de la soif
Passer, qui de bien faire a soif. »

La moralité :

Fos est cils qui contre plus fort
Vuet contraitier ; ains le deport,
Et par souffrir et escouter
Faice samblant de li doubter.

Aussi s'adresse-t-il d'amers reproches.
Le roseau, qui entend tout,
lui dit : « Je suis faible, je n'en disconviens pas,
mais cette faiblesse m'a été plus salutaire
que ne t'a été utile la force
dont tu t'enorgueillissais tant
que tu ne redoutais aucun vent :
elle ne t'a valu
qu'une réputation de fou.
Moi, quand je vois arriver le vent,
auquel je ne peux résister,
je préfère baisser le cou
et me courber docilement
plutôt que lutter contre plus fort que moi.
Tu serais encore debout
si tu avais voulu t'incliner
et plier devant un plus fort. »
On doit, si l'on désire bien faire,
passer là où la haie est la plus basse[2].

Moralité :

Fou qui à un plus fort
veut résister. Il faut au contraire le supporter
et, en prenant son mal en patience,
faire semblant de le craindre[3].

ÉSOPE DE JULIEN MACHO

La .v. fable si est du regnard et du chat

Ilz sont plusieurs gens qui se vantent d'estre saiges et subtilz qui sont grans folz et grans cornars, ainsi que raconte ceste fable d'ung regnard qui jadis encontra le chat, auquel il dist : « Mon compere, Dieu vous doint bon jour. » Et le chat luy respondit : « Mon seigneur, Dieu vous doint bonne vie. » Et, alors, le regnard luy demanda : « Mon compere, que sces tu fayre ? » Et le chat luy dist : « Je sçay ung peu saulter. » Et le regnard luy dist : « Certes, tu n'es pas digne de vivre pour ce que tu ne sces ryen fayre. » Et, pour ce que le chat estoyt indigné des parolles du regnard, le interroga et luy demanda en ceste manyere : « Et toy, compere, que sces tu fayre ? » — « Mille tours, respondyt le regnard, car j'ay playn ung sac de sciences et suys si grant clerc que nul ne me sçauroyt nuyre ne tromper. » Et, ainsi que ilz parloyent ensemble, advint que le chat vit venir ung chevalier qui avecques luy menoit des chiens. Lequel dist au regnard : « Mon compere, certes, je voy venir ung chevalier qui maine deux chiens, lesquelz, comme vous sçavés, sont noz anciens ennemis. » Et, alors, le regnard respondit au chat : « Mon compere, tu en parles comme couart et comme celluy qui a paour. Laisse les venir, ne te chaille. » Et, incontinent que les chiens apperceurent le regnard et le chat, ilz commencerent a courir sur eulx. Et, quant le regnard les vit venir, il dit au chat : « Fuyons nous en. » Auquel le chat respondit :

LE RENARD ET LE CHAT[1]

Bien des gens se vantent d'être sages et habiles, qui ne sont que des fous et des sots, comme le montre cette fable. Un renard jadis rencontra le chat, à qui il dit : « Compère, Dieu vous bénisse ! » Le chat lui répondit : « Messire, Dieu vous protège ! — Compère, que sais-tu faire ? demanda le renard. — Je sais un peu sauter », dit le chat. Le renard lui dit : « Vraiment, tu n'es pas digne de vivre : tu ne sais rien faire ! » Le chat, indigné des paroles du renard, l'interrogea à son tour : « Et toi, compère, que sais-tu faire ? — Mille tours, répondit le renard : j'ai un plein sac de science et suis si grand clerc que nul ne saurait me nuire ni me tromper ! » Alors qu'ils parlaient ensemble, voici que le chat vit venir un chevalier qui menait avec lui des chiens. Il dit au renard : « Compère, en vérité, je vois venir un chevalier qui mène deux chiens, lesquels, tu le sais, sont nos ennemis de toujours ! — Compère, répondit le renard, tu parles comme un couard tremblant de peur ! Laisse-les venir, n'aie crainte ! » Mais, dès que les chiens aperçurent le renard et le chat, ils fondirent sur eux en courant. En les voyant venir, le renard dit au chat : « Fuyons ! » Le chat lui répondit :

« Certes, compere, il n'est point besoing. » Nëautmoins, le regnard ne creut point le chat et commença a fuyr pour soy saulver. Et, adoncques, le chat saulta sur ung arbre et se saulva en disant : « Or verrons nous lequel jouera mieulx pour soy saulver. » Et, quant le chat fut sus l'arbre, il regarda aprés le regnard, que les chiens tenoient, et lui dit : « Ha ! compere regnard, de tes mille sciences que tu sces monstre en une maintenant. Il te seroit bien besoing, car tu es loing de la forest. » Et les chiens qui tenoyent le regnard le tuerent. Et, ainsi, le regnard fut tué et le chat fut saulvé. Et, pour ce, les saiges ne doivent point despriser les simples, car tel cuyde estre bien saige qui est ung fol naturel.

« Compère, ce n'est pas la peine ! » Le renard cependant n'en crut pas un mot et se mit à fuir pour sauver sa peau. Le chat sauta alors sur un arbre, sain et sauf, en disant : « Voyons maintenant lequel saura le mieux sauver sa peau ! » Et, quand il fut dans l'arbre, il regarda le renard, attrapé par les chiens, et lui dit : « Ah ! compère renard, montre maintenant l'une de tes mille ruses ! Tu en aurais bien besoin, car tu es loin de la forêt ! » C'est ainsi que le renard fut tué et le chat sauvé. Et voilà pourquoi les sages ne doivent pas mépriser les gens simples, car tel se prend pour un sage qui n'est qu'un pauvre fou.

La neufviesme fable, laquelle fait mention du loup pescheur et du lion

S'il est ainsi que aulcun ayt esté grevé d'aultruy, il ne doyt point prendre vengence de la langue en donnant parolles injurieuses et la cause si est pour ce que la vengence est infame comme nous raconte ceste fable. Jadis fut ung regnard qui mengeoyt du poisson en une riviere. Advint que le loup passa par la. Et, quant il vit le regnard qui mengeoit par si grant appetit, il commença a dire en ceste maniere : « Mon frere, donne moy du poisson. » Et, adoncques, le regnard luy respondit : « Helas ! mon seigneur, il n'appartient point que tu menges le relief de ma table, mais, pour l'onneur de ta noble personne, je te conseilleray bien. Se tu me veulx croire, fay tant que tu trouves ung panier et je te enseigneray comment l'on prent le poisson, affin que tu en puisse prendre quant tu auras fain. » Et, adoncques, le loup s'en alla en la rue et desroba ung panier, lequel il apporta, et le regnard print ce panier et d'une corde le lia tres fort a la queue du loup. Et, quant il fut bien lyé, le regnard dist au loup : « Chemine par la riviere et je conduyrai le panier et si resboulleray le poisson. » Et le loup fit ainsi. Et, en tant qu'il cheminoit, le regnard emplissoit le panier tout plain de pierres par la grant malice qui estoit en luy. Et, quant le panier fut plain de pierres, le ragnart dist au loup : « Certes, mon seigneur, je ne puys plus recueillir ne tenir le panier tant est plain de poisson. » Et le loup, cuydant que le regnard dist vray, proffera

LE LOUP PÊCHEUR ET LE LION[1]

S'il arrive à un homme d'être maltraité par un autre, il ne doit pas se venger avec sa langue par des paroles injurieuses : la raison en est que la vengeance est honteuse, comme nous le raconte cette fable. Il était une fois un renard qui mangeait du poisson dans la rivière. Un loup vint à passer. Quand il vit le renard qui mangeait de si bon appétit, il se mit à lui dire : « Mon frère, donne-moi du poisson ! » Le renard lui répondit : « Ha ! messire, il ne convient pas que vous mangiez les restes de ma table. Mais pour l'honneur de votre noble personne, je vais vous donner un bon conseil. Faites-moi confiance, trouvez un panier, et je vous expliquerai comment on prend le poisson, afin que vous puissiez en prendre quand vous aurez faim. » Alors le loup s'en alla dans la rue et vola un panier, qu'il apporta. Le renard prit ce panier et, avec une corde, le lia solidement à la queue du loup. Quand il l'eut bien lié, il dit au loup : « Marchez le long de la rivière, je dirigerai le panier et ferai entrer le poisson. » Le loup obéit. Et tandis qu'il marchait, le renard, dans sa grande perfidie, remplissait le panier de pierres. Quand le panier fut plein de pierres, le renard dit au loup : « En vérité, messire, je ne peux plus tenir le panier, tant il est plein de poisson. » Et le loup, croyant que le renard disait vrai, s'écria :

telles parolles en disant ainsi : « Je rens graces a Dieu que, une foy, je te voy monstrer ta haulte et excellente science en l'art de pescherie. » Et, alors, le regnard luy dist tout en ceste maniere : « Mon seigneur, actendés moy icy et je m'en voys querir ayde pour tyrer les poissons du panier. » Et, en disant ces parolles, s'en vint en la rue ou il trouva des hommes, ausquelz il dist : « Mes seigneurs, que faictes vous icy ? Pour quoy estes vous oyseux ? Vela le loup qui menge voz brebis, voz aigneaux et toutes voz bestes et, encore, maintenant, il tire vostre poisson hors de la riviere et le menge. » Et, alors, tous les hommes ensemble, l'ung a tout ung lacz, l'autre a tout une buche et l'aultre a tout des chiens, s'en allerent aprés le loup et tous ensemble le batirent tant que ce fut chose merveilleuse. Et, quant le pouvre loup se sentit si fort oppressé des coupz, il commença a tirer de toute sa force, cuydant entrainer les poissons, mais il tira si fort que il se esracha la queue hors du cul et ainsi eschappa il par bien courre. Or, advint que, ce temps pendant, le lyon, qui estoit roy des bestes, cheut en une grant maladye, pour laquelle cause chascune beste l'alloyt visiter et consoller comme leur seigneur. Et, quant le loup vint, il salua son seigneur en disant en ceste maniere : « Mon seigneur, je vous salue. Vueillés sçavoir que j'ay circuy toute la province en tous endrois pour sercher aulcunes medicines proffitables pour vous recouvrer vostre santé, mais je n'ay trouvé chose nulle qui bonne vous fust fors seulement ung regnard fier et orgueilleux et malicieux, lequel ha en son corps grant medicine. Se il vous daygnast venir veoir, il fauldroyt que vous l'appellisiés en conseil et, quant vous le tiendrés, despouillez luy sa peau et le laissés courre ou il vouldra. Et, celle belle peau qui est tant saine, vous la ferés lyer sur vostre ventre et incontinent vous serés guery. » Et, quant il eut dit ces parolles, il print congié du lyon et s'en alla, mais il ne cuida pas que le regnard l'eust ouÿ. Mais si avoyt, car il estoit en son terrier emprés le logis du lyon ou il accoustoit tout le propos du loup, auquel il mist bien remede et grant provision,

« Je rends grâces à Dieu qui me permet de voir ta science et ton habileté dans l'art de la pêche! » Le renard lui dit alors : « Messire, attendez-moi ici! Je vais chercher de l'aide pour sortir les poissons du panier. » Sur ces mots, il s'en vint dans la rue et trouva des hommes à qui il dit : « Messieurs, que faites-vous ici à ne rien faire? Voilà le loup qui mange vos brebis, vos agneaux et toutes vos bêtes, et qui, en ce moment, tire votre poisson de l'eau et le mange! » Alors les hommes tous ensemble, qui avec des lacets, qui avec un bâton, qui avec des chiens, coururent après le loup et le battirent comme plâtre. Quand le pauvre loup sentit les coups qui pleuvaient sur lui, il se mit à tirer de toutes ses forces, croyant entraîner les poissons. Mais il tira si fort qu'il s'arracha la queue du cul et ne dut son salut qu'à la rapidité de sa course.

Or, il se trouva que, pendant ce temps, le lion, qui était le roi des animaux, fut atteint d'une grave maladie, et que tous les animaux allaient lui rendre visite et réconforter leur seigneur. Quand le loup arriva, il salua son seigneur en lui tenant ce discours : « Sire, je vous salue. Sachez que j'ai parcouru toute la province dans tous les sens pour chercher des remèdes qui pourraient vous rendre la santé, mais je n'ai rien trouvé qui puisse vous êtes bénéfique sinon un renard cruel, orgueilleux et perfide, qui possède en son corps un bon remède. S'il daignait vous rendre visite, prenez-le à part : quand vous le tiendrez, dépouillez-le de sa peau puis laissez-le courir où il voudra. Et cette belle peau, pleine de vertus, vous la ferez nouer sur votre ventre et vous serez aussitôt guéri. » Sur ces paroles, il prit congé du lion et s'en alla. Il ne savait pas que le renard l'avait entendu. Mais c'était le cas, car il était dans son terrier près du logis du lion : il écoutait tous les propos du loup et sut bien s'en défendre et s'en protéger.

car, incontinent aprés que le loup s'en fut parti du lyon, le regnard s'en alla aux champs et, en ung grant chemin, trouva grant foyson de fanges, dedens lesquelles il se bouta et se voultra le dos et la pance. Et, quant a son advis, il fut assés croté et fangé, il s'en vint en ce point a la fosse du lyon, lequel il salua comme il devoyt fayre a son roy et luy dist en ceste maniere : « Sire roy, Dieu vous doint santé. » Et le lyon lui respondit : « Dieu te saulve, doulx amy. Aprouche toy de moy et me viens baiser et, aprés, je te diray aulcun secret, lequel je ne vueil point a ung chascun reveler. » Auquel le regnard vint dire en ceste maniere : « Ha ! chier sire, ne vous desplaise, car je suys trop enfangé et trop croté pour ce que j'ay tant cheminé cerchant medicine pour vous. Pour quoy, chier sire, il n'apartient point que je voise prés de vous, car je pu tout la fange et la puanteur vous pourroit faire mal pour la grant maladye que vous avés. Mais, mon chier sire, se il te plaist, devant que je m'aprouche de ta realle majesté, m'en iray baigner et nectoier et, puys, de rechief, me viendray presenter devant toy. Non obstant ce, avant que je m'en voise, plaise toy sçavor que je viens de toutes terres et pays icy entour et de tous les roiaulmes confins a ceste province pour trouver quelque bonne medicine duisable a vostre maladie. Mais, certes, je n'ay trouvé meilleur conseil que le conseil d'ung Grec ancien a tout une grande barbe, homme de grant science, de grant saigesse et de grande digne louenge, lequel m'a dit que, en ceste province, a ung loup courtault par la queue, lequel a perdu sa queue pour la grande medicine qui est en luy. Pour laquelle chose, il est expediant et grandement necessayre que vous faictes convenir cestuy loup pour vostre santé et, quand il viendra vers vous, que vous l'appellés en conseil, dissimulant que c'est pour son bien. Et, quant il sera pres de vous, estendés dessus luy voz pattes, qui sont tant doulces et tant belles, et, le plus doulcement que faire se peust, desvestés lui sa peau toute entiere, qu'i ne reste seulement que le chapperon de la teste et les piez. Et, puis, le laissés aller son chemin et cercher son mieulx. Et,

Dès que le loup eut quitté le lion, le renard s'en alla aux champs et, sur un grand chemin, trouva force fange, dans laquelle il se roula et se vautra sur le dos et sur le ventre. Quand il fut selon lui assez couvert de crotte et de fange, il s'en vint dans cet état à la fosse du lion. Il lui rendit le salut qu'il devait à son roi et lui dit : « Sire roi, Dieu vous donne la santé ! » Le lion lui répondit : « Dieu te protège, cher ami ! Approche-toi de moi pour m'embrasser, et je te dirai un secret que je ne veux pas dévoiler à tout le monde. — Ah ! cher sire, répondit le renard, ne vous en déplaise, je suis trop couvert de crotte et de fange : c'est que j'ai tant cheminé pour vous trouver un remède ! Il ne convient donc pas, cher sire, que je m'approche de vous, car je pue la fange et cette puanteur pourrait aggraver votre maladie. Mais, cher sire, si vous le voulez bien, avant de m'approcher de votre royale Majesté, j'irai me baigner et me laver, puis je me représenterai devant vous. Cependant, avant que je m'en aille, apprenez que je viens de toutes les terres et de tous les pays alentour et de tous les royaumes voisins de cette province pour trouver un bon remède efficace contre votre maladie. Mais en vérité le meilleur conseil que j'ai trouvé est celui d'un vieux Grec qui porte une grande barbe, un homme de science, un sage bien digne de louange : il m'a dit qu'il y a dans cette province un loup à la queue coupée, qui a perdu sa queue à cause du grand remède qu'il possède en lui. Il faut donc absolument pour votre santé que vous fassiez venir ce loup. Quand il viendra vers vous, prenez-le à part, comme si c'était pour lui faire une faveur. Et quand il sera près de vous, étendez sur lui vos pattes si douces et si belles, et, le plus doucement possible, dévêtez-le de sa peau tout entière de façon qu'il ne lui reste que le chaperon de la tête et les pieds. Puis laissez-le aller son chemin et chercher à réparer les dégâts.

incontinent que vous aurés celle peau toute chaulde, enveloppés vostre ventre dedens et, avant que soit gueire de temps, vous vous trouverés en la plus grant santé de corps que vous fustes oncques. » Et, incontinent aprés, le regnard print congié et se partit, soy entournant en sa terriere. Et, tantost aprés, le loup vint veoir le lyon. Et, incontinent, le lyon l'appella en conseil et, en estendant sa pacte, il luy desvestit toute sa peau fors la teste et les piez. Et, adoncques, le lyon lya son ventre d'icelle peau toute chaulde et le loup s'en fuyt sans sa peau. Et avoyt le pouvre loup assés a faire de se deffendre des mouches qui le poyndoyent et luy mengeoyent toute sa cher. Et, pour ce qu'elles luy estoient si fort aspres, il se print a courre et passa par dessoubz une motte, sur laquelle motte estoyt le regnard. Et, quant le regnard le vit, il commença a cryer aprés le loup en riant et soy mocquant du loup et en luy disant en ceste maniere : « Qui es tu qui passe par la, a tout ton beau chappeau qui est dessus ta teste et a tout de si belles mouffles en tes mains ? Acoute maintenant que je te dyray. Quant tu alloys et venoys par la mayson, tu estoys beneys du Seigneur et, quant tu estoys a la court, tu recevoys de bons motz et aussi de bonnes parolles de tout le monde. Et, pour tant, mon bon compere, mon amy, soit bien soyt mal, laisse tout passer et aye bonne pacience de toute adversité. » Et, pour ce, ceste fable nous demonstre que, se aulcune personne est blessee ou adommaigee de aultruy, il ne se doit point venger de sa langue par faire traïson ne par dire blasfemes secretes ne publiques, car il doit considerer que, quiconques appareille la fosse a son frere, souvent il advient que lui mesmes il tombe en icelle.

Dès que vous aurez cette peau toute chaude, enveloppez-en votre ventre et, en peu de temps, vous serez en meilleure santé que vous ne l'avez jamais été ! » Puis le renard prit congé et retourna dans son terrier. Peu après, le loup vint voir le lion. Aussitôt le lion le prit à part et, étendant la patte, le dévêtit de toute sa peau, sauf sur la tête et les pieds. Alors le lion s'entoura le ventre de la peau toute chaude et le loup s'enfuit sans sa peau. Le pauvre loup avait fort à faire pour se défendre contre les mouches, qui le piquaient et lui mangeaient la chair. Elles le harcelaient tant qu'il se mit à courir et passa sous une motte, sur laquelle se tenait le renard. Quand le renard le vit, il se mit à crier en se moquant de lui : « Qui es-tu, toi qui passes par là avec ce beau chapeau sur la tête et ces belles moufles à tes mains ? Écoute bien ce que je vais te dire. Quand tu vas et viens par la maison, flatte le seigneur ; quand tu es à la cour, flatte tout le monde ; si tu refuses l'un et l'autre, reste à l'écart du monde[2] ! »

Cette fable montre ainsi que, si un homme subit d'autrui une blessure ou un dommage, il ne doit pas se venger par sa langue en trahissant et en proférant des paroles outrageantes, en privé ou en public, car il doit considérer que quiconque creuse une fosse pour son frère risque souvent d'y tomber lui-même[3].

La tierce fable est du regnard et du bouc

Celluy qui est saige doyt regarder la fin premierement que face l'œuvre, ainsi que raconte ceste fable d'ung regnard et d'ung bouc qui jadis descendirent en ung puis pour boire. Et, quant ilz eurent bien beu et qu'ilz furent assasis, pour ce qu'ilz ne sçavoient resaillir du puys, le regnard dit au bouc : « Mon amy, se tu me veulx ayder, nous saillirons bien tantost de ce puis, car, se tu veulx appoier de deux piez de derriere et tu lieve les deux piez de devant contre le mur, je saulteray sur tes espaulles et sur tes cornes et saulteray dehors et, aprés que seray dehors, tu me prendras les mains et je te jecteray dehors. » Et a ceste requeste le bouc s'accorda et respondit : « Je le vueil bien. » Et, alors, se mist et se jecta sur les deux piez de derriere et le regnard, par sa malice, fit tant qu'il saulta dehors. Et, quant il fut dehors, il commença a regarder le bouc au puis et le bouc luy commença a dire : « Ayde moy ainsi que tu m'as promys. » Et le regnard se commença a rire et a se mocquer de luy et luy dist : « Ha! maistre bouc, se tu eusses esté saige, avec ta belle barbe, tu deusses avoyr regardé comment tu en pourroys saillir. » Et, pour ce, cellui qui est saige, se il veult saigement ouvrer, il doit regarder la fin de son œuvre.

LE RENARD ET LE BOUC[1]

Le sage doit, avant d'agir, songer aux conséquences de ses actes, comme le montre cette fable à propos d'un renard et d'un bouc, qui jadis descendirent dans un puits pour boire. Après avoir bien bu et étanché leur soif, ils ne savaient pas comment ressortir du puits. Le renard dit au bouc : « Mon ami, si tu veux bien m'aider, nous aurons vite fait de sortir. Appuie-toi sur tes deux pieds arrière, pose les deux pieds avant contre le mur : je sauterai sur tes épaules et sur tes cornes, puis dehors. Et, dès que je serai dehors, tu me prendras par les mains et je te hisserai à l'extérieur. » Le bouc acquiesça à cette demande et répondit : « Je veux bien ! » Alors il s'appuya sur ses deux pieds arrière et le rusé renard réussit à sortir en sautant. Quand il fut dehors, il se mit à regarder le bouc dans le puits. Le bouc lui dit : « Aide-moi comme tu me l'as promis ! » Mais le renard se mit à rire et à se moquer de lui, et il lui dit : « Ah ! maître bouc, si tu avais été sage, avec ta belle barbe, tu aurais dû te demander comment sortir du puits ! » Voilà pourquoi le sage, s'il veut agir sagement, doit songer aux conséquences de ses actes.

La .xiii. fable fait mencion d'ung charpentier

De tant que Dieu est plus propice et bening aux bons de tant plus il pugnit les maulvais, ainsi que nous pouvons veoir par ceste fable d'ung charpentier qui coupoit du boys sur une riviere pour faire ung temple aux dieux. Et, ainsi que coupoit du bois, sa coignie tomba dedans le fleuve. Et, quant elle fut tombee, il commença a plourer et invoquer l'aide des dieux. Et Mercure par pitié se apparut a luy en luy demandant pour quoy il plouroit et il luy monstra une cognie d'or et luy demanda se c'estoit celle qu'il avoit perdue. Et il dit que non. Et, en aprés, il luy monstra une d'argent. Et il dit semblablement que non. Et, pour ce que Mercure vit qu'il estoit bon, il luy tira sa coignie du fleuve et la lui bailla avecques plusieurs aultres biens. Et le charpentier conta l'istoire a ses compaignons, desquieulx l'ung d'iceulx vint en ce lieu pour copper du boys et sa cognie laissa tomber en la riviere et commença a plourer et a demander l'aide des dieux. Et Mercure se apparut a luy et luy monstra une cognie d'or et luy demanda : « Est ce ceste ycy que tu as perdue ? » Et il luy respondit : « Ouy, beau sire, c'est celle. » Et, Mercure voyant la malice du villain, il ne luy bailla ne celle ne l'autre et le laissa la plourer, car Dieu, qui est bon et juste, remunere les bons en ce monde ou en l'autre et pugnist les maulvais.

LE CHARPENTIER[1]

Autant Dieu est favorable et bienveillant pour les hommes qui sont bons, autant il punit les méchants, comme nous pouvons le voir dans cette fable à propos d'un charpentier qui coupait du bois au bord d'une rivière pour construire un temple aux dieux. Pendant qu'il coupait du bois, sa cognée tomba dans le fleuve. Quand elle fut tombée, il se mit à pleurer et à invoquer les dieux de lui venir en aide. Mercure, mû par la pitié, lui apparut et lui demanda pourquoi il pleurait; il lui montra une cognée d'or et lui demanda si c'était celle qu'il avait perdue. L'homme dit que non. Il lui en montra une d'argent. L'homme répéta que non. Alors Mercure, voyant qu'il était bon, retira sa cognée du fleuve et la lui remit avec beaucoup d'autres biens. Le charpentier raconta l'histoire à ses compagnons. L'un d'eux vint en ce lieu couper du bois, laissa tomber sa cognée dans la rivière et se mit à pleurer et à demander aux dieux de l'aider. Mercure lui apparut, lui montra une cognée d'or et lui demanda : « Est-ce bien celle que tu as perdue? — Oui, cher seigneur, répondit l'autre, c'est bien celle-là! » Mercure, voyant la méchanceté du paysan, ne lui donna ni l'une ni l'autre et le laissa là pleurer, car Dieu, qui est bon et juste, récompense les bons en ce monde ou en l'autre et punit les méchants[2].

La .xvi. fable est du mary et de ses deux femmes

Nulle chose n'est pire a l'omme que la femme, ainsi qu'il appert par ceste fable d'ung homme de moyen eage qui print deux femmes, c'est assavoir une vielle et une jeune, lesquelles deux demouroyent en sa maison. Et, pour ce que la vielle desiroit avoir son amour, elle luy tyroyt les cheveulx noyrs de la teste et de la barbe pour mieulx resembler a elle. Et la jeune, de l'aultre part, luy tyroyt les blans affin qu'il fust plus jeune et plus gaillard. Et, ainsi, le bon homme demoura tout pellé. Et, pour ce, c'est grant follye aux anciens d'eulx remarier, car a eulx est myeulx de non estre mariés que d'avoir trouble et male femme en leurs maisons, car, le temps qu'ilz se doivent repouser, ilz se mectent en paine et labeur.

LE MARI ET SES DEUX FEMMES[1]

Rien n'est pire pour l'homme que la femme[2], comme cela apparaît dans cette fable à propos d'un homme d'âge moyen qui prit deux femmes, une vieille et une jeune, qui habitaient toutes deux sa maison. La vieille, désirant avoir son amour, arrachait les cheveux noirs de sa tête et de sa barbe pour qu'il lui ressemblât davantage. La jeune, de son côté, arrachait les blancs pour qu'il fût plus jeune et plus gaillard. Et ainsi le brave homme se retrouva complètement chauve. C'est pourquoi les vieillards qui se remarient font une grande folie : il vaut mieux pour eux ne pas être mariés que d'introduire le trouble et une mauvaise femme dans leurs maisons, car, au moment où ils doivent se reposer, ils s'encombrent de soucis et de tracas[3].

La .xvii. fable est du laboureur et de ses enfans

Celluy qui labeure continuellement ne peut faillir qu'il n'aye des biens largement, ainsi qu'il appert par ceste fable d'ung bon homme laboureux qui, toute sa vie, avoit labouré et estoit riche. Et, quant il voulut mourir, il dit a ses enfans : « Mes enfans, je m'en vois mourir et mon tresor j'ay laissé en ma vigne. » Et, aprés que le bon homme fut mort, cuydant que le tresor fust en la vigne, ses enfans ne faisoyent tous les jours que la fouyr. Et portoyt plus de fruict que devant, car qui bien travaille et laboure il a tousjours du pain a menger et celluy qui ne laboure point meurt de fain.

LE LABOUREUR ET SES ENFANTS[1]

Celui qui travaille sans relâche ne peut manquer d'amasser de nombreux biens, comme cela apparaît dans cette fable à propos d'un brave laboureur qui avait travaillé[2] toute sa vie et était riche. Quand il fut sur le point de mourir, il dit à ses enfants : « Mes enfants, je vais mourir et j'ai laissé mon trésor dans ma vigne. » Et, lorsque le brave homme fut mort, ses enfants, croyant que le trésor se trouvait dans la vigne, ne cessèrent chaque jour de la retourner. Ainsi elle porta plus de fruits qu'avant, car qui se donne beaucoup de peine et travaille a toujours du pain à manger, tandis que celui qui ne travaille pas meurt de faim.

La .xvii. fable est de Phebus, de l'avaricieux et de l'envieux

Nul ne doit faire dommaige a aultruy pour faire le sien, ainsi qu'il appert par ceste fable de Jupiter qui envoya Phebus en terre pour avoyr la cognoissance de la pensee de deux homes, lesquelz voulurent demander divers dons, dont l'ung estoit envieux et l'autre avaricieux, ausquelz Phebus respondit : « Or demandés ce que vous vouldrés, car ce que vous demanderés, je le vous donneray, et ce que le premier demandera, le second aura le double. » Et, adoncques, l'avaricieulx dist : « Je vueil que mon compaignon demande le premier. » Dont l'envieux fut content. Et, adoncques, il dit a Phebus : « Beau sire dieu, je te prie que je perde l'ung de mes yeulx affin que mon compaignon en perde deux. » Dont Phebus commença a rire et de la se partit et alla dire a Jupiter la malice de l'envieux qui estoit joyeulx du mal d'aultruy et qui estoit content de souffrir paine pour faire dommage a aultruy.

PHÉBUS, L'AVARE ET L'ENVIEUX[1]

Nul ne doit nuire à autrui et ce faisant se nuire à lui-même, comme le montre cette fable. Jupiter envoya Phébus sur terre pour connaître la pensée de deux hommes, dont l'un était envieux et l'autre avare. Ils voulurent demander divers dons et Phébus leur répondit : « Demandez ce que vous voudrez, car ce que vous demanderez, je vous le donnerai, et ce que le premier demandera, le second le recevra en double. » Alors l'avare dit : « Je veux que mon compagnon demande son don en premier. » L'envieux, tout content, dit à Phébus : « Cher seigneur dieu, je te prie de me faire perdre l'un de mes deux yeux, afin que mon compagnon en perde deux ! » Alors Phébus se mit à rire et s'en alla raconter à Jupiter la méchanceté de l'envieux, qui était heureux du malheur d'autrui et acceptait avec joie une peine pour le plaisir de nuire à autrui.

La .vi. fable, laquelle fait mencion du curé qui enterra son chien ou cimitiere, de quoy il fut raporté a l'evesque

L'argent fait tout jusques a redidier ung lieu prophané, come vous pourrés ouÿr par ceste fable d'ung prestre qui jadis estoyt fort riche et avoit ung petit chien, lequel il aymoit moult. Celluy chien, par terme de temps, se laissa morir et, quant il fut mort, le prestre l'enterra en la cimitiere pour la grant amour dont il l'aimoit. Et advint que de ces nouvelles l'evesque en fut adverty, pour laquelle chose il envoya querir le prestre, pensant en luy mesmes : « Je auray icy de l'argent largement ou le prestre sera merveilleuscment fort pugny. » Et, de fayt, rescript au prestre une lectre en laquelle luy mandoit que venist parler a luy seullement. Et, quant le prestre eut leu les lectres, il entendit le cas et presupposa bien qu'il demandoit de l'argent, car il cognoissoit assés le couraige de son evesque, et, incontinent, il print son breviere et cent escus dedans son arche et s'en alla parler a son prelat. Et, quant le prelat le vit, il se print a raisonner du cas et luy demanda ou il avoit aprins la coustume de ensevelir les chiens en la cimetiere des crestiens. Et, adoncques, le prestre, qui estoyt saige, respondit en ceste maniere : « Ha ! mon reverend pere, se vous sçavoiés la souveraine prudence dont le chien estoit, vous ne vous esmerveilleriés point se il a bien desservy la sepulture avecques les hommes. Il estoit remply d'engin humain tant en sa vie comme en l'article de la mort. » Et l'evesque luy demanda : « Comment dont ?

LE CURÉ QUI ENTERRA SON CHIEN AU CIMETIÈRE ET FUT DÉNONCÉ À L'ÉVÊQUE[1]

L'argent fait tout, jusqu'à rendre à nouveau sacré un lieu profané, comme vous pourrez le constater dans cette fable. Autrefois un prêtre, qui était fort riche, avait un petit chien qu'il aimait beaucoup. Ce chien, quand son heure fut venue, se laissa mourir et, après sa mort, le prêtre l'enterra dans le cimetière, à cause du grand amour qu'il lui portait. Il se trouva que l'évêque fut averti de ces événements singuliers. Il envoya donc chercher le prêtre en se disant en lui-même : « Ou j'obtiendrai beaucoup d'argent, ou le prêtre sera puni avec une extraordinaire sévérité. » Et de fait il lui écrivit une lettre dans laquelle il lui demandait de venir lui parler seul à seul. En recevant la missive, le prêtre comprit la situation et, connaissant suffisamment son évêque, se douta bien qu'il demandait de l'argent. Aussitôt il prit son bréviaire et cent écus dans son coffre pour aller s'entretenir avec son supérieur. Quand celui-ci le vit, il se mit à parler de l'affaire et lui demanda où il avait appris la coutume d'ensevelir les chiens dans les cimetières des chrétiens. Alors le prêtre, qui était rusé, répondit : « Ah ! mon Révérend Père, si vous saviez quelle était la sagesse supérieure du chien, vous ne vous étonneriez pas de ce qu'il ait bien mérité une sépulture avec les hommes ! Il montra une intelligence humaine, tant pendant sa vie qu'à l'article de la mort. — Comment donc ? lui demanda l'évêque.

Conte moy de sa vie. » — « Certes, tres reverend pere, vous devés sçavoir que, quant il fut en l'article de la mort, il fit son testament et, saichant vostre tres grant necessité et indigence, il vous laissa cent escus, lesquelz je vous apporte. » Lesquelz il print en son sain et luy bailla. Et, adoncques, l'evesque, pour l'amour de l'argent, donna absolucion au prestre et consentit la sepulture du chien. Et, pour tant, argent fait tout.

Raconte-moi un peu sa vie. — Assurément, très Révérend Père, vous devez savoir que, lorsqu'il fut à l'article de la mort, il fit son testament; et, connaissant votre très grand dénuement et votre extrême pauvreté, il vous laissa cent écus que je vous apporte. » Il les prit dans son sein et les lui donna. Et ainsi l'évêque, pour l'amour de l'argent, donna l'absolution au prêtre et consentit à la sépulture du chien. Voilà comment l'argent fait tout.

La septiesme fable est laquelle fait mencion d'ung coq, d'ung regnard et des chiens

Tout le salaire des mocqueurs, c'est que d'estre mocqué, comme il appert par ceste fabe d'ung coq qui jadis apperceut venir ung regnard tout affamé, lequel pensa qu'il ne venoit point devers lui sinon pour menger quelque geline, pour laquelle cause le coq fist juscher et monter toutes ses gelines dessus ung arbre. Et, quant le regnart commença a approcher de celluy arbre, il commença a crier « Bonnes nouvelles ! Bonnes nouvelles ! » et salua le coq bien fort et autentiquement en luy demandant : « Ha ! compere, que fais tu si hault monté, toy et tes gellines ? As tu point ouÿ les bonnes nouvelles dignes d'estre recensees et moult salutaires pour nous ? » Adoncques, le coq, plain de malice, luy respondit en ceste maniere : « Certes, mon compere, non, mais je te prie que tu nous le dyes. » Adoncques, incontinent, le regnard luy dist : « Certes, mon compere, ce sont les meilleures nouvelles que jamais vous ouÿstes, car vous peuez aller, venir et communiquer avecques toutes bestes sans ce qu'ilz vous fassent point de dommaige ne de mal, mais elles te feront tout amour, plaisir et service. Ainsi est il deliberé et affermé du grant conseil de toutes les bestes. Et si ont fait commandement qu'i ne soyt nulz si hardy qui doyve nuyre a aultruy, tant petite beste que ce soyt. Pour lesquelles novelles je te prie que tu descendes et que nous alons chanter *Te Deum laudamus* de joye. » Et le coq, qui cognoissoit les

LE COQ, LE RENARD ET LES CHIENS[1]

Le seul salaire des moqueurs, c'est d'être moqués, comme le montre cette fable. Jadis un coq vit venir un renard affamé et se dit qu'il ne venait vers lui que pour manger quelque poule. Le coq fit donc monter et percher toutes ses poules dans un arbre. Quand le renard approcha de l'arbre, il se mit à crier : « Bonnes nouvelles, bonnes nouvelles ! » et salua bien bas et solennellement le coq en lui demandant : « Ah ! compère, que faites-vous si haut perchés, tes poules et toi ? N'as-tu pas entendu les bonnes nouvelles, dignes d'être rapportées et source de salut pour nous ? » Le coq, plein de malice, lui répondit : « Certes non, mon compère, mais dis-les nous, je t'en prie ! » Aussitôt le renard de lui dire : « Certes, mon compère, ce sont les meilleures nouvelles que tu aies jamais entendues : tu peux aller, venir et t'adresser à toutes les bêtes, sans qu'elles te fassent le moindre mal ; au contraire, elles ne songeront qu'à t'aimer, te plaire et te servir. Ainsi en a-t-il été décidé et proclamé par le grand conseil de toutes les bêtes. Et l'on a ordonné que nul n'ait la hardiesse de nuire à quiconque, même la plus petite bête. Pour ces nouvelles, je te prie de descendre et de venir chanter avec moi *Te Deum laudamus* pour manifester notre joie ! » Mais le coq, qui connaissait les ruses et fallaces et faultes du regnard, luy respondit en ceste maniere : « Certes, mon frere, mon amy, tu me apportes tres bonnes nouvelles, dont deux cens mille foys je te remercie. » Et, en disant ces parolles, le coq hauça le col en hault et si leva les piez en regardant au loing. Et le regnard incontinent demanda : « Ha ! compere, que regardes tu, que tu estens si fort le col ? » Et, aprés, le coq luy dist : « Certes, mon frere, je voy acccourir tres fort et tres ligierement deux grans chiens qui ont la gorge ouverte, lesquelz je cuide qui nous apportent les nouvelles que tu nous as dictes. » Et, adoncques, le regnard, qui trembloit de paour pour ces deux chiens, dit au coq : « A Dieu, mon compere et mon amy, il est temps que je m'en voyse avant que ses deux chiens viennent plus pres. » Et, en disant ces parolles, commença a cheminer et a courre. Et le coq luy demanda : « Compere, pour quoy fuys tu si tres fort ? Se celle paix est faicte, il ne te fault riens cremir ne doubter. ». « Ha, dea ! compere », ce dist le regnard, « je doubte ces chiens icy que ilz n'ayent point ouÿ le decret de la paix. » Et, ainsi, quant ung trompeur est trompé, il est le salaire qu'i doyt avoyr. Pour quoy ung chescun s'en doit garder.

les pièges du renard, lui répondit : « Certes, mon frère, mon ami, tu m'apportes de bien bonnes nouvelles, dont je te remercie deux cent mille fois ! » Et, en disant ces mots, il dressa la tête et se haussa sur ses pattes en regardant au loin. Le renard aussitôt de demander : « Ah ! compère, que regardes-tu, pour tendre autant le cou ? » Le coq de lui dire : « En vérité, mon frère, je vois accourir à toute allure deux grands chiens qui ont la gueule ouverte : je crois qu'ils nous apportent les nouvelles que tu viens de nous donner. » Mais le renard, tremblant de peur devant les deux chiens, dit au coq : « Adieu, mon compère, mon ami, il est temps que je m'en aille avant que ces deux chiens ne viennent plus près. » Et, sur ces mots, il partit en courant. Le coq lui demanda : « Compère, pourquoi es-tu si pressé de fuir ? Si la paix est faite, tu n'as rien à craindre ! — Eh bien, compère, dit le renard, je crains que ces chiens n'aient pas entendu parler de ce décret de paix ! » C'est ainsi que, quand un trompeur est trompé, il reçoit le salaire qu'il mérite. Et chacun doit se méfier de lui[2].

NOTES

VIE D'ÉSOPE DE JULIEN MACHO

1. Traduction de la *Vie d'Ésope* de Julien Macho, éd. P. Ruelle, *Recueil général des isopets*, t. III, § 3-715. Source : *Vita Esopi fabulatoris clarissimi* de Ranutio d'Arezzo, reproduite par Steinhöwel au début de son *Aesopus*, éd. H. Österley, p. 6-38. — Cf. LF, *La Vie d'Ésope le Phrygien*, en tête des *Fables*. — Ranutio d'Arezzo, qui traduisit cette biographie légendaire d'Ésope du grec en latin entre 1447 et 1455, l'avait trouvée dans le recueil de *Fables* composé au XIVe siècle par le moine byzantin Maxime Planude. C'est une compilation, dont on a conservé des fragments sur papyrus du IIe siècle, mais dont les différentes composantes sont beaucoup plus anciennes. À côté de données grecques que l'on trouve chez Hérodote (l'esclavage chez Xantus et la mort à Delphes), elle adapte pour une large part (les voyages en particulier) une vieille histoire assyrienne, celle du chancelier de Sennachérib Ahicar, dont on a retrouvé une version araméenne remontant au moins au milieu du Ve siècle av. J.-C., et qui fut très populaire dans tout le monde oriental.

2. C'est-à-dire le pitre chargé d'attirer les spectateurs. Le trait est toutefois moins cruel chez Julien Macho que dans sa source latine : *prodigiorum pugne tubicen esse videtur* (« on dirait le trompette d'un combat de monstres »).

3. Du théâtre antique.

4. Notation peu claire dans le texte de Macho, contrairement au texte latin : *pretium suum jam salvum fecit, quippe iumentum cum ipso onere portaret, huiusmodi verbis Esopum deridebant* (« "notre maître n'a pas perdu son argent, car il porterait la bête avec le fardeau", disaient-ils pour se moquer de lui »). — Le recours à la *Vita Esopi* de Ranutio permet d'éclairer les nombreuses obscurités du texte de Macho, qui était un piètre traducteur. Celui-ci en effet, dans la *Vie d'Ésope*, contrairement au reste du recueil, et contrairement à la

pratique médiévale de la traduction-adaptation (souvent libre), suit de près son modèle latin, peut-être parce qu'il tenait cette *vita* pour un récit véridique...

5. Dans le texte latin (comme dans la source grecque de celui-ci), le marchand arrive à vendre tous ses esclaves sur le marché d'Éphèse, sauf trois : *grammaticus, psaltes atque Esopus* — c'est-à-dire, comme ne semble pas l'avoir compris Macho, « un grammairien, un musicien et Ésope ».

6. Ancien français : *Il ne rit point, mais a froyt aux dens et tremble.* On peut aussi comprendre, conformément au latin *Non ridet, sed alget* : « Il ne rit pas, il claque des dents. » Mais, dans les autres occurrences de l'expression chez Macho, *avoir froit aux dens* signifie « avoir faim ».

7. *Allés, babouyn!* Macho n'a pas compris l'interjection exprimant l'étonnement : *Bombax!* (« Diantre ! »)

8. Macho a traduit de façon erronée le latin *Cuias es tu?* par « Qui es-tu ? » ce qui rend la réponse d'Ésope incompréhensible.

9. *Ou a la chambre ou en la sale* : les termes de l'ancien français *chambre*, qui désigne n'importe quelle pièce de l'habitation, et entre autres une pièce où l'on couche, et *sale*, qui désigne la pièce principale de la demeure seigneuriale, où les nobles recevaient, prenaient leurs repas, mais aussi dormaient, correspondent respectivement aux termes latins *atrium* — grande salle d'entrée — et *cenaculum* — salle à manger, étage supérieur (où se trouvait cette salle), chambre placée à cet étage —, également susceptibles d'abriter le *cubiculum* de la mère d'Ésope.

10. *En toy en est, car nul ne peut contre force.* / Latin : *Id est in te, quippe nemo te cogit* (« Comme tu veux, personne ne te force »).

11. *Curieusement luy demanderent* : le pronom *luy* — qui n'a pas de correspondant latin et ne se trouve que dans un incunable sur les six qui ont conservé l'*Ésope* de Macho — obscurcit le sens du passage, car il paraît difficile de le rapporter à Xantus.

12. *Laquelle chose, s'il le vouloit nyer, je afferme et dis que je suis franc* : *il* doit représenter le vendeur. / Latin : *Quod si uterque denegat, ego assero me liberum fore* (« Si l'un et l'autre le nient, je me déclare libre »). La traduction de tout ce passage est chez Macho particulièrement laborieuse et confuse.

13. Dans le texte latin, la plaisanterie d'Ésope dispense Xantus de payer la taxe sur la vente : *Hoc cavillo telonarii surridentes telonium Xanto largiti sunt* (« Les percepteurs se mirent à rire et dispensèrent Xantus de l'impôt »).

14. *Pour ce que tu es seigneur.* Macho traduit mal le texte latin : *Quia cum dominus sis* (« Parce que, bien que tu sois un maître »). L'ensemble de la réponse se trouve gauchie : *nihil vereris cum nature requiem non tribuis sed ambulando demingis, quod si forte ad obeunda servitia missus forem et venter purgari expeteret, opus mihi foret, id facere volando* (« si donc j'étais en train de m'acquitter de mes tâches et que j'aie besoin de purger mon ventre, il me faudrait le faire en courant »).

15. *Servante* chez Macho correspond au latin *serva* et signifie

« esclave ». Mais la traduction « servante » (/celle de « serviteur » pour *serviteur* dans tout le passage) est la seule qui permette d'indiquer le genre du mot.

16. *Es tu le beau paon? Ou est ta belle queue?* / Latin : *Heus! lemur! cedo! Ubi est cauda?* (« Hé! Lémure [*i.e.* Démon]! Montre! Où est ta queue? »)

17. Cette réponse n'a rien à voir avec le texte latin : *Coniunx mea, sis ad modum animo quieto, nam in servum hunc salibus usa es satis* (« Ma femme, calme-toi, car tu as assez jeté ton venin contre cet esclave »).

18. Rajouté dans la traduction pour expliciter le seul sens qu'il nous paraît possible de donner à la leçon de l'incunable édité par P. Ruelle : *Adoncques dit Ésope : « Je te prie que tu l'aymes. »* Ésope rattraperait avec humour sa bévue précédente. Mais Macho n'a pas compris que la phrase latine était interrogative : *Queso, tu amas uxorum* [*sic*] ? (« Voyons, tu aimes ta femme? ») D'où un texte — dans ce paragraphe et le suivant — difficilement compréhensible, qui a été corrigé ou omis dans les autres incunables.

19. Nous avons substitué à la ponctuation de P. Ruelle (*Cestuy philosophe Xantus est pris d'une femme et se convertit a sa dame!*) celle du texte latin édité par Österley (*Xanthus hic philosophus ab uxore tenetur! Et conversus inquit ad heram* :) qui nous paraît seule offrir un sens.

20. P. Ruelle a noté (p. 273) l'absurdité de certaines des épithètes de Macho, appliquées à un esclave. Cf. texte latin : *puerum etate juvenem, forma speciosum, scitum, comptum et haud insulsum* (« jeune, beau, raffiné, élégant et non dépourvu d'esprit »).

21. Planude cite quatre vers d'un fragment d'Euripide = 1059 de A. Nauck, *Tragicorum Græcorum Fragmenta, Supplementum adjecit* B. Snell, Hildesheim, Ams, 1964.

22. Nous traduisons ainsi le latin *lentem*, qui, dans la demande de Xantus, peut désigner la plante ou « un plat de » cette plante, et est immédiatement interprété par Ésope en *lentis granum* : « graine de lentille ». Macho n'a pas rendu cette opposition, ce qui rend son texte incompréhensible.

23. Sous-entendu : « et es donc incapable de sentir une odeur pire que la tienne ». / Texte latin : *Sanusne es?* (« Es-tu dans ton bon sens? »)

24. Sur lequel les Grecs et les Romains prenaient leurs repas couchés.

25. Cf. texte latin : *quando mortui sua quisque corpora in resurrectione requirent* (« au moment de la Résurrection, quand chaque mort réclamera son corps »).

26. *N'avés vous rien aporté des nopces a ma dame?* La traduction que nous proposons de *nopces* nous semble seule offrir un sens plausible. Le texte latin, différent, n'est d'aucune aide : *rogat, siquid nuptiis appositum domis venale foret* (« il demande s'il y avait à l'intérieur quelque chose à vendre pour des noces »).

27. *Et Esope aporta des aultres langues appareillees en autre maniere, c'est assavoir avecques des aulx et des poires* : Macho a mal traduit *pipere*, « poivre », dans *cum aleo et pipere conditas*.

28. *Maistre, ces langues sont bien appareillees, car l'une langue aguisera l'autre.* Le sens du texte latin est plus clair : *Veh magister, lingua apposite apposita est, quoniam lingua acuitur lingua!* (« une langue a été servie après celle qui l'avait déjà été, parce qu'une langue aiguise l'autre »)

29. *Viennent en pourriture* : seul l'incunable édité par P. Ruelle donne cette leçon; tous les autres donnent, conformément au texte latin, *viennent a povreté*.

30. Cf. Le Roux de Lincy, t. II, p. 25 : *A folle demande il ne faut point de responce.*

31. Ces lettres sont la translittération des lettres grecques α β δ ο ε θ χ, c'est-à-dire ἀποβὰς βήματα τέτταρα, ὄρυξας, εὑρήσεις θησαυρὸν χρυσοῦ : « Gravis quatre marches, creuse, tu trouveras un trésor en or. » Cf. P. Ruelle, p. 276 : « L'imprimeur de Steinhöwel a laissé en blanc l'espace où devaient figurer les caractères grecs. En ne tenant nul compte de ce blanc, Macho [...] fausse le sens du passage. »

32. « Monte quatre marches, creuse, tu trouveras l'or. »

33. Les mêmes lettres donnent en effet l'anagramme du nouveau texte que lit Ésope à son maître : ἄποδος βασιλεῖ Διονυσίῳ ὃν ηὗρες θησαυρὸν χρυσοῦ (« Remets au roi Dionisius l'or que tu as trouvé »).

34. « Partagez en partant le trésor que vous avez trouvé. »

35. Macho a traduit à contresens le texte latin *in sinum servi cujusdam* par « en la fousse d'un homme qui estoit en liberté ».

36. On trouve cette fable dans les *Isopets : II de Paris* (5), *de Chartres* (3), *de Lyon* (53), *I* (49) et *III* (43), et dans l'*Ésope* de Macho (§ 1211) — ainsi que plus tard chez La Fontaine, III, 13, *Les Loups et les Brebis*.

37. Le texte latin donne *aucupi*, « oiselcur ».

38. Nectanébo est une figure historique : c'est le dernier des pharaons (359-341), après le règne duquel l'Égypte devint une satrapie perse. Mais le Moyen Âge connaît surtout, d'après le Pseudo-Callisthène, la figure légendaire, celle de l'enchanteur qui se fit passer auprès de la reine Olympias pour le dieu Ammon et engendra Alexandre le Grand; voir Pseudo-Callisthène, *Le Roman d'Alexandre*, Paris, GF-Flammarion, 1994, p. 40-42.

39. Cette anecdote rappelle le voyage aérien d'Alexandre, qui apparaît dans la biographie légendaire d'Alexandre rédigée en grec au IIIe siècle par le Pseudo-Callisthène, puis, au Moyen Âge, dans les romans d'Alexandre. Selon cette légende, Alexandre aurait fait construire une nacelle qu'il aurait liée par des cordes aux pattes de plusieurs griffons et se serait installé dans la loge avec de la viande fichée sur une lance; élevant ou descendant la lance, il pouvait ainsi commander le vol des griffons; voir Pseudo-Callisthène, *Le Roman d'Alexandre*, Paris, Belles Lettres, 1992, p. 87.

40. Macho omet dans sa traduction (*je suis icy envoyé pour parler avecques toy) a deo* (« par mon dieu »), qu'il faut rétablir pour éclairer la réponse d'Ésope.

41. Voir cette fable, *infra*.

42. Macho mentionne ici les Samiens à la place des Delphiens.

FABLES DE MARIE DE FRANCE

La Femme qui fit pendre son mari mort

1. Marie de France, 25. Source : *Romulus de Nilant*, II, 13. Cf. *Rom. ord.*, III, 9 et Phèdre, appendice de Perotti, 13. Autres isopets : I1 (mss a,b,c), 65 ; IL, 49 ; Ma, § 1172. Cf. *Roman des sept sages*, éd. M.B. Speer, Lexington, 1989 (*Vidua*). — Cf. LF, XII, 26, *La Matrone d'Éphèse.*

2. Sur la fable de la Matrone d'Éphèse, qui doit son nom au récit du *Satiricon* de Pétrone (111-112) voir L. Herrmann, « *La Matrone d'Éphèse* chez Pétrone et Phèdre », *Bulletin de l'Association Guillaume Budé*, 1927, p. 20-57 ; P. Ure, « *The Widow of Ephesus.* Some reflections on an international comic theme », *Durham University Journal*, 18, 1956, p. 1-9 ; D. Beyerle, « Marie de France and *Die Witwe von Ephesus* », *Romanistisches Jahrbuch*, 22, 1971, p. 84-100 ; F. Rastier, « La Morale de l'histoire. Notes sur *La Matrone d'Éphèse* », *Latomus*, 30, 1971, p. 1025-1056 ; H.R. Runte, « Alfred's Book, Marie de France and *The Matron of Ephesus* », *Romance Philology*, 36, 1983, p. 556-564.

La Femme et son Amant

1. Marie de France, 44. Source inconnue. Cf. *Dér. compl. Rom. anglo-lat.*, 36 et les « contes à triangle [...] à mari contenté » des fabliaux, que préfigurent les fables 44 et 45 de Marie ; cf. P. Nykrog, *Les Fabliaux*, Genève, Droz, 2e éd. 1973, p. 61.

2. *Exemple* correspond ici au latin *exemplum*, qui désigne un récit destiné à illustrer une vérité morale.

Encore La Femme et son Amant

1. Marie de France, 45. Source inconnue. Cf. *Dér. compl. Rom. anglo-lat.*, 37 et note 1 de la fable précédente.

2. Sous-entendu « en réalité ». Dans ce conte affleure la croyance populaire qu'une apparition fantastique annonce la mort de celui qui en a été l'objet. Un être de l'Autre Monde serait apparu à l'héroïne pour l'entraîner dans le royaume des morts. La fable parodie peut-être des lais féeriques comme celui d'*Orphée* ; voir J. Frappier, « Orphée et Proserpine », *Mélanges P. Le Gentil*, Paris, 1973, p. 277-294. Le même motif resurgit dans le roman d'*Amadas et Ydoine*, éd. J.-R. Reinhard, Paris, Champion, 1926.

3. Cf. Morawski 740 : « Femme scet ung art avant le deable. »

L'Ermite

1. Marie de France, 53. Source inconnue. Cf. *Dér. compl. Rom. anglo-lat.*, 43 ; AT 1416 (*The Mouse in the silver jug*) ; Tubach 3427 (*Mouse in dish*).

Le Paysan et le Lutin

1. Marie de France, 57. Source inconnue. Cf. *Dér. compl. Rom. anglo-lat.*, 47 ; AT 750 A (*The Wishes*) ; Tubach 5326 (*Wishes granted and wasted*) ; *Les Quatre Souhaits saint Martin*, dans *Nouveau*

Recueil complet des fabliaux, éd. Noomen-Van den Boogaard, Assen, t. IV, 1988, n° 31; et J. Bédier, *Les Fabliaux*, Paris, Champion, 6ᵉ éd. 1964, p. 212-228. — Cf. LF, VII, 5, *Les Souhaits*.

Le Renard et le reflet de la lune

1. Marie de France, 58. Source inconnue. Cf. *Dér. compl. Rom. anglo-lat.*, 47; AT 34 B (*Wolf drinks water to get cheese*); Nicole Bozon, 46 et 128.

Le Coq et le Renard

1. Marie de France, 60. Source inconnue. Cf. *Dér. compl. Rom. anglo-lat.*, 50 et AT 6 (*Animal Captor persuaded to talk and release victim from his mouth*). Autre isopet : MA, 1497. Cf. Nivard, *Ysengrimus*, IV, trad. E. Charbonnier, Paris, Belles Lettres, 1991, p. 172-174, et *Le Roman de Renart*, éd. et trad. J. Dufournet et A. Méline, Paris, GF-Flammarion, 1985, t. I, branche II, v. 291-459, qui développe considérablement le récit. Le dialogue final entre Renart, qui maudit sa bouche qui aurait dû rester fermée, et Chantecler, qui maudit ses yeux qui auraient dû rester ouverts, est très proche de celui de la fable : « La boce, fait il, soit honie,/ Qui s'entremet de noise fere/ A l'ore qu'ele se doit tere ! / — si soit, fet li cos, con je voil : / La male gote li cret l'oil / Qui s'entremet de someller / A l'ore que il doit veillier ! » (« Maudite soit la bouche qui s'avise de faire du bruit alors qu'il lui convient de se taire ! — que ma volonté soit faite, dit le coq : que la male goutte crève l'œil à qui s'abandonne au sommeil au moment où il doit être vigilant ! »)

2. Voir E.P. Dargan, « Cock and Fox : a critical study of the history and sources of the medieval fable », *Modern Philology*, IV, 1906-1907, p. 38-65.

Le Mulot

1. Marie de France, 73. Source inconnue. Cf. *Dér. compl. Rom. anglo-lat.*, 115; AT 2031 (*Stronger and strongest*) et Nicole Bozon, 75.

2. Cf. *Le Choucas revêtu des plumes du Paon*, notes 7 et 8, et *L'Âne et le Chien*, note 6.

Le Prêtre et le Loup

1. Marie de France, 81. Source inconnue. Cf. *Dér. compl. Rom. anglo-lat.*, 124 et Tubach 5338 (*Wolf as monk*).

L'Homme et son Épouse querelleuse

1. Marie de France, 94. Source inconnue. Cf. *Dér. compl. Rom. anglo-lat.*, 73; Tubach 5284 (*Wife quarrelsome, I*) et *Le Pré tondu*, dans *Recueil général et complet des fabliaux des* XIIIᵉ *et* XIVᵉ *siècles*, éd. A. de Montaiglon et G. Raynaud, Paris, 1872-1890, 6 vol., t. IV, n° 104 : sur cet *exemplum*, variante du *Pouilleux*, et la constitution, du Moyen Âge au XVIIIᵉ siècle, d'un petit cycle de la « Femme obstinée », voir J. Bédier, *op. cit.*, p. 45-48 et 467-468.

La Méchante Femme et son Mari

1. Marie de France, 95. Source inconnue. Cf. *Dér. compl. Rom. anglo-lat.*, 74 et Tubach 5285 (*Wife quarrelsome, II*). — Cf. LF, III, 16, *La Femme noyée*.

Le Chat mitré

1. Marie de France, 101. Source inconnue. Cf. *Dér. compl. Rom. anglo-lat.*, 132 ; AT 113 B (*The Cat as sham holy man*) ; Tubach 888 (*Cat becomes monk*) ; Nicole Bozon, 50.

2. Le terme de *félonie* a ici son sens féodal, c'est-à-dire celui d'une rupture du contrat qui lie le suzerain et le vassal.

ISOPET DE LYON

Le Loup et l'Agnelet

1. *Isopet de Lyon*, 2. Source : *Romulus de Nevelet*, 2. Cf. *Rom. ord.*, I, 2 et Phèdre, I, 1. Autres isopets : MF, 2 ; IP2, 10 ; I1, 2 ; IP3, 20 ; Ma, 751. JV, 1 ; MH, p. 68. Cf. aussi Nicole Bozon, 49. — Cf. LF, I, 10, *Le Loup et l'Agneau*.

2. Le fabuliste donne au loup le nom d'Ysengrin, d'après *Le Roman de Renart*.

3. P. Ruelle (« Notes... », p. 66) corrige *certainnemant* du texte de J. Bastin en *certain ne mant*.

4. Sur la moralisation progressive de cette fable, qui ne connaît d'abord comme valeur positive que la force, puis la justice et la vertu, voir M. Nøjgaard, « La Moralisation de la fable : d'Ésope à *Romulus* », *art. cité*.

Le Chien et la Brebis

1. *Isopet de Lyon*, 4. Source : *Romulus de Nevelet*, 4. Cf. *Rom. ord.*, I, 4 et Phèdre, I, 17. Mais les fables médiévales ont peu de chose à voir avec le récit sommaire et la morale optimiste (« D'ordinaire les menteurs sont punis de leurs méfaits » : quelques jours après le jugement, la brebis découvre le loup tombé au fond d'une fosse) de Phèdre, dont la fable I, 17 présente par ailleurs des liens évidents avec la fable I, 16, dans laquelle un cerf veut « emprunter » à une brebis un boisseau de froment, avec pour caution le loup ; la version du *Romulus* pourrait dériver d'une combinaison perdue des deux, dans laquelle le chien se serait substitué au cerf : cf. H. Schwarzbaum, *The Mishle Shu'alim (Fox Fables) of Rabbi Berechiah Ha-Nakdan*, Kiron, 1979, p. 48. Autres isopets : MF, 4 ; IP2, 14 ; IC, 11 ; I1, 4 ; Ma, 769. Cf. aussi Nicole Bozon, 55, où c'est la brebis qui vient accuser le loup de lui avoir pris son agneau.

2. *Nieble* est un terme générique désignant n'importe quel oiseau de proie, mais peut aussi désigner spécifiquement le milan (cf. Tobler Lommatzsch) : c'est évidemment le cas ici, tant en raison de son association à *voutour* qu'en raison du terme *milvus* de la source

latine et des traductions *escoufle* ou *milan* des autres fables françaises.

3. La source latine mentionnait trois témoins : *pro cane stat Milvus, stat Vulpes, stat Lupus* (v. 3). Et l'*Isopet I* a normalement traduit :

> Le chien amainne pour sa part
> L'Escoufle, le Loup et le Renart (v. 7-8).

L'auteur de l'*Isopet de Lyon* a-t-il lu un peu vite *vultur* au lieu de *vulpes* ? C'est peu probable, d'autant que tous les autres isopets qui mentionnent trois témoins (Marie de France n'en donne que deux) mentionnent deux rapaces, le milan et l'épervier. La substitution au renard, un peu déplacé dans le procès d'une brebis, d'un deuxième prédateur se nourrissant exclusivement de charognes va dans le même sens que la promotion du loup au rang de juge, qui ne se trouve également que dans l'*Isopet de Lyon* : elle dispense l'auteur de l'explication — du choix et des motivations des témoins — que seule Marie de France donne de manière explicite :

> Savez pur quei chescun le fist ?
> Qu'il en atendeient partie,
> si la berbiz perdist la vie (v. 16-18).

4. Expression proverbiale.

5. La morale de la fable demeure un peu obscure en raison de ses ellipses. La dénonciation des faux témoignages, présente dans presque toutes les versions, tombe un peu à plat dans celle-ci, où ils n'ont pas été décrits. Cf. par exemple Julien Macho :

> Et, quant vint a ouÿr les tesmoingz, le loup dist au juge : « Mon seigneur, je scay bien que le chien luy a presté ung pain. » Et le milan incontinent dit en ceste maniere : « Elle l'a receu en ma presence. » Et l'espervier dit ainsi a la brebis : « Vien ça. Pour quoy as tu nyé ce que tu as receu et prins ? »

La pauvreté mère de tous les vices n'a pas non plus été clairement évoquée. Marie de France est là encore la plus explicite et la seule à décrire, après la mort de la brebis, la curée :

> Li chiens i vient, sa leine en porte,
> e li escufles d'autre part,
> e puis li lus, trop est li tart
> que la chars fust entre eus destreite,
> kar de vïande eurent suffreite (v. 28-32).

Dans la morale de Marie cependant, les pauvres ne sont pas présentés comme de faux témoins en puissance, mais au contraire comme les principales victimes de ceux-ci.

La Brebis, la Vache, la Chèvre et le Lion

1. *Isopet de Lyon*, 6. Source : *Romulus de Nevelet*, 6. Cf. *Rom. ord.*, I, 6 et Phèdre, I, 5. Autres isopets : MF, 11 ; IP2, 9 ; IC, 8 ; I1, 6 ; IP3, 2 ; Ma, 785 ; JV, 4 ; MH, p. 69. Cf. aussi Nicole Bozon, 131,

et l'utilisation qui est faite de la fable dans *Le Roman de Renart*, branche XVI (éd. et trad. J. Dufournet et A. Méline), v. 849-1378. — Cf. LF, I, 6, *La Génisse, la Chèvre et la Brebis en société avec le Lion*. — Sur les nombreuses versions médiévales de l'apologue, qui se répartissent en deux « familles » : celle, phédrienne, des isopets, où le lion procède lui-même au partage en le justifiant dans un discours, et une autre plus proche d'Ésope (éd. D. Loayza, 149) — mais dont elle ne peut être directement issue —, remise à la mode par *Le Roman de Renart* et reprise dans les *exempla*, où un animal qui a mal partagé est puni par le lion, qui demande à un autre d'opérer à sa place, voir F. de La Bretèque, « Un conte à personnages animaux du Moyen Âge : le partage des proies (Étude des formes et des thèmes) », *Revue des Langues Romanes*, t. 81, 1975, p. 485-507. Voir aussi, sur ce conte, J. Dufournet, « Littérature oralisante et subversion : la branche XVIII du *Roman de Renart* ou le partage des proies », *Cahiers de Civilisation Médiévale*, 22, 1979, p. 321-335.

2. Sur ce curieux motif, dont on ignore l'origine, mais qui apparaît sporadiquement dans des textes indépendants les uns des autres, et auquel *Le Roman de Renart* a donné son plein développement narratif dans la branche « Renart médecin » (X, v. 1161 *sq.*), voir F. de La Bretèque, *Le Motif du lion dans l'art et la littérature du Moyen Âge* : recherche sur la mentalité et la civilisation, thèse de 3e cycle encore inédite, Paris III, 1986, p. 468-472.

3. Nous avons conservé dans la traduction ces deux termes clés du vocabulaire féodal (la *foi* désignant le serment de fidélité prêté par le vassal à son suzerain au cours de la cérémonie de l'hommage et l'*amour* exprimant l'affection qui à partir de là les lie ou qui lie les compagnons d'armes; cf. p. ex. *Chanson de Roland*, v. 86 : « Serai ses hom par amur et par feid »), qui annoncent d'emblée l'ancrage — dans tous les isopets — de l'apologue dans la réalité sociale contemporaine.

4. Encore un mot clé du vocabulaire féodal; cf. G.S. Burgess, *Contribution à l'étude du vocabulaire précourtois*, Genève, Droz, 1970, p. 68-90. *Honour* conserve en ancien français l'ambiguïté qui caractérisait déjà les emplois abstraits/concrets de son étymon latin et désigne autant la considération inhérente à la fonction de seigneur que les signes tangibles de cette considération que sont la propriété foncière et les divers privilèges qui lui sont attachés.

5. Cf. Morawski 758 et 759 : « Force n'est droit. »

6. Glissant d'un simple avertissement aux imprudents qui s'associent aux puissants à la dénonciation de l'injustice des riches, l'auteur de l'*Isopet de Lyon* fait la synthèse des deux types de morales qui ont été tirées de la fable au Moyen Âge. Seule Nicole Bozon oriente la satire sociale dans un sens précis, dénonçant les captateurs de testaments.

La Terre qui accouche de la souris

1. *Isopet de Lyon*, 26. Source : *Romulus de Nevelet*, 23. Cf. *Rom. ord.*, II, 5 et Phèdre, IV, 24. Autres isopets : IP2, 34; IC, 32; I1, 23; IP3, 17; JV, 11; MH, p. 72. — Cf. LF, V, 10, *La Montagne qui*

accouche. — L'*Isopet de Lyon*, comme l'*Isopet I* et l'*Isopet III* qui dérivent également du *Romulus de Nevelet*, a conservé le titre de la fable latine (*De terra pariente murem*) et décrit à la suite de celle-ci la *terre* en mal d'enfant. Les autres versions (comme plus tard La Fontaine) parlent plus précisément d'une *montaigne* (l'auteur de l'*Isopet II de Paris* précisant même, dans un souci de rationalisation, qu'il s'agit d'un volcan) qui accouche d'une souris. L'expression était proverbiale depuis longtemps (au moins depuis Horace, qui avait écrit dans l'*Épître aux Pisons* : *Parturient montes, nascetur ridiculus mus*), et l'auteur des additions du *Romulus de Nevelet* n'a pas manqué de l'ajouter, suivi par l'*Isopet I* : « Les montaignes a grant planté / Une souris ont enfanté » (v. 19-20). L'auteur de l'*Isopet III* a pour sa part cru utile de lever l'ambiguïté : « Jadiz, en une champaigne et plat pays, la terre enfla et fist une montaigne » (p. 399).

2. Nous comprenons *s'avantroille* comme Tobler-Lommatzsch (I, 720 : *den Bauch recken*) et non comme P. Ruelle qui, à la suite de Foerster et du *FEW*, propose de traduire « travaille son vent » (« Notes... », p. 60).

Le Renard et la Cigogne

1. *Isopet de Lyon*, 34. Source : *Romulus de Nevelet*, 33. Cf. *Rom. ord.*, II, 14 et Phèdre, I, 26. Autres isopets : I1, 33 ; IP3, 27 ; Ma, 1013. — CF. LF, I, 18, *Le Renard et la Cigogne.*

2. Dès le XIIIe siècle, *renart* (du nom du héros du *Roman de Renart*) est employé comme nom commun et se substitue à *goupil* (qui se maintient jusqu'au XVIIe siècle). Le fabuliste joue ici de l'alternance du nom commun *vulpil* et du nom propre *Renart*. Cf. *Le Renard et le Corbeau.*

3. Cf. Morawski 724 : « Fai a autrui ce que tu vourroies c'on te feït. »

Le Choucas revêtu des plumes du Paon

1. *Isopet de Lyon*, 36. Source : *Romulus de Nevelet*, 34. Cf. *Rom. ord.*, II, 16 et Phèdre, I, 3. Autres isopets : MF, 67 ; IP2, 12 ; I1, 34 ; IP3, 28 ; Ma, 1026 ; JV, 13 ; MH, p. 72. — Cf. LF, IV, 9, *Le Geai paré des plumes du Paon.* — Le *graculus* de Phèdre était devenu, dans certains manuscrits du *Romulus de Nevelet* (parmi lesquels celui qu'a édité J. Bastin), *corvus* : aussi l'*Isopet I* et l'*Isopet III* parlent-ils d'un *corbiau*, comme Marie de France et Jean de Vignay du reste. Nous avons imité la précision de l'auteur de l'*Isopet de Lyon*, qui a rendu *graculum* par *raicle*, en traduisant ce terme par « choucas », qui est le sens exact de *graculus* et de son équivalent grec : cf. B. Hasselrot, « En lisant l'*Isopet de Lyon*, deux notules ». *Études de langue et littérature du Moyen Âge offertes à F. Lecoy*, Paris, Champion, 1973, p. 193-196. Mais on doit signaler que La Fontaine a été précédé dans le faux sens (qui dénature un peu la fable, car le geai a un joli plumage) par les premiers fabulistes français : l'*Isopet II de Paris* traduit *graculus* chez Alexandre Neckam par *gay*, que l'on trouve également chez Julien Macho et dans *La Mer des histoires*. Il faut dire que, pour la dénomination des corvidés,

l'imprécision régnait en latin et a régné par la suite dans les traductions françaises. — Pour un historique des différentes versions de l'apologue (essentiellement celle de Phèdre, passée dans le *Romulus*, et une autre version ésopique, également bien représentée au Moyen Âge dans des fables latines, où le geai, pour participer à un concours de beauté entre les créatures ailées, emprunte les plumes de tous les autres oiseaux qu'il trouve et, une fois démasqué, est dépouillé de celles-ci par leurs propriétaires), voir H.D. Austin, « The Origins and Greek versions of the strange-feathers Fable », *Studies in honor of A. Marshall Elliott*, Baltimore, The John Hopkins University Press, 1912, vol. I, p. 305-327.

2. L'hapax *mirolaz* (= *mirolez* : cf. J. Bastin, t. II, p. XXI; dialectalement *miroulet*, « prunelle » : *FEW*, VI, 2, 150 b; cf. *mirer, miroir*) désigne vraisemblablement (Tobler-Lommatzsch) les yeux — ou ocelles — du plumage du paon.

3. Sur la nudité comme signe extérieur de folie, voir Ph. Ménard, « Les Fous dans la société médiévale : le témoignage de la littérature au XIIe et au XIIIe siècle », *Romania*, 1977, t. XCVIII, p. 436.

4. Si l'on voit, avec P. Ruelle (« Notes... », p. 372), dans *juhir* une variante de *joïr* et si on lui donne le sens, attesté dans les dialectes de l'Est et du Sud-Est (l'*Isopet de Lyon* étant par ailleurs teinté du dialecte de la Franche-Comté), de « consumer, user un vêtement »; cf. *FEW*, IV, 76 a.

5. Avec un jeu de mots, car si la *perche* peut désigner le portemanteau (Tobler-Lommatzsch : *Kleiderstange*), elle désigne beaucoup plus souvent le perchoir (*Vogelstange*).

6. Si l'on voit, en suivant là encore P. Ruelle (« Notes... », p. 81), dans *eclet* une forme de *hoquelet*, pour *hoquerel*, au sens de « jeu où l'on trompe »; cf. *hoqueleor*, « tricheur ».

7. Le thème de la roue de Fortune, qui renverse le cours des destinées, est omniprésent dans la littérature et dans l'iconographie médiévales. En dépit de ses yeux bandés, Fortune n'a rien d'une puissance aveugle. Comme l'antique Némésis, elle châtie la démesure et ramène tout à un équilibre, un ordre des choses qui s'accorde bien à la morale conservatrice de la fable.

8. Cf. Morawski 2090 : « Qui plus haut monte qu'il ne doit De plus haut chiet qu'il ne voldroit » (cf. 2089 : « Qui plus haut monte de plus haut chiet »). Ce proverbe, également cité dans l'*Isopet I*, 34, v. 29-30, et dans l'*Isopet III*, p. 408, résume la moralité de l'apologue, de Phèdre à ses continuateurs médiévaux (cf. par ex. *La Mer des histoires*, p. 72 : « Doncques appert que on se doibt contenter de son estat »). L'application au plagiat littéraire, que rendra célèbre La Fontaine, se trouvait déjà chez Horace, *Épîtres*, I, 3, v. 15-20.

La Grenouille qui veut être l'égale du Bœuf

1. *Isopet de Lyon*, 41. Source : *Romulus de Nevelet*, 39. Cf. *Rom. ord.*, II, 21 et Phèdre I, 24. Autres isopets : I1, 39; IP3, 33; Ma, 1066; JV, 16; MH, p. 74. — Cf. LF, I, 3, *La Grenouille qui se veut faire aussi grosse que le bœuf.*

Le Lion blessé à la patte par l'épine

1. *Isopet de Lyon*, 42. Source : *Romulus de Nevelet*, 40. Cf. *Rom. ord.*, III, 1. Cette fable ne figure pas parmi les fables conservées de Phèdre, mais se trouve dans l'*Ésope d'Adémar*, 35, et dans l'*Ésope de Wissembourg*, III, 1. Autres isopets : IP2, 19 ; IC, 17 ; I1, 40 ; IP3, 34 ; Ma, 1096.

2. L'auteur de l'*Isopet de Lyon*, jugeant probablement le cadre romain insuffisamment explicite, souligne la tradition littéraire antique à laquelle se rattache la fable : les récits dits du *Lion d'Androclès* (d'après celui d'Aulu-Gelle, *Nuits attiques*, V, 14, mais on trouve des histoires semblables chez Pline et chez Sénèque). L'apologue peut aussi être rapproché des traditions celtiques dont on trouve vraisemblablement l'écho — mêlé à la tradition antique — dans *Le Chevalier au lion* de Chrétien de Troyes. Sur les différentes versions du conte au Moyen Âge, voir l'étude historique — transformations, filiations — d'A. C. Brodeur, « The grateful Lion », *Publications of the Modern Language Association of America (PMLA)*, vol. XXXIX, 1934, p. 485-524, et l'étude proppienne de F. de La Bretèque, « L'Épine enlevée de la patte du lion. Récit médiéval et conte populaire (Essai d'analyse morphologique) », *Revue des Langues Romanes*, t. LXXXIV, 1980, p. 53-72.

3. Ni la ponctuation choisie par J. Bastin (qui fait de *lai entre* une locution adverbiale sur le modèle de *la jus, la sus, la outre*, mais cette locution n'est nulle part attestée et la préposition *entre* n'a, à la différence de *jus, sus, outre*, aucun emploi adverbial), ni la correction proposée par P. Ruelle (« Notes... », p. 82-83) : « Lai, entre lions de sa guise gardoit l'on » (mais normalement *entre*, « ensemble », n'est pas suivi d'un régime seul, non coordonné à un autre par *et*, et les deux régimes ne sont pas des COD), ne donnent du vers 47 une leçon satisfaisante.

4. L'explication (*per son fait*) est pour le moins obscure, comme du reste dans toutes les versions médiévales de l'apologue (cf. *Rom. ord.*, « Pastor, crimine oppressus, datur ad bestias »). Dans *Les Nuits attiques*, le motif de l'arrestation était clair puisque l'esclave Androclès s'était évadé de chez son maître. Il est intéressant de noter que dans les fables, plus proches de la logique du conte que le récit à prétention réaliste d'Aulu-Gelle, « le méfait commis par l'agresseur n'a pas besoin d'être motivé » (F. de La Bretèque, *art. cité*, p. 58).

5. Ou : « sur le dallage » (de la *caive*). Glosant une indication, beaucoup plus vague, du texte latin : *Clauditur in mediis et datur esca feris*, l'auteur de l'*Isopet de Lyon* imagine pour le berger un supplice plus proche de celui de Daniel (Daniel, 6) que de la réalité romaine, puisque c'était toujours dans l'arène que des hommes étaient livrés aux bêtes — qui étaient pour l'occasion hissées des substructions de l'amphithéâtre où se trouvaient les cages.

6. Cf. Morawski 298 : « Bonté autre requiert. »

Le Cerf mécontent de ses jambes

1. *Isopet de Lyon*, 48. Source : *Romulus de Nevelet*, 44. Cf. *Rom. ord.*, III, 7 et Phèdre, I, 12. Autres isopets : MF, 24; IP2, 32; IC, 30; I1, 44; IP3, 38; Ma, 1159; JV, 14; MH, p. 73. — Cf. LF, VI, 9, *Le Cerf se voyant dans l'eau.*

2. La notation se trouvait dans la source latine, mais les autres adaptations françaises de cette source (I1, 44, et IP3, 38) ne l'ont pas gardée. D'une manière générale, la fable de l'*Isopet de Lyon* se distingue des autres versions françaises par un plus grand souci de caractérisation du décor et de la psychologie du personnage.

3. Tout le début de la fable évoque la fontaine où Narcisse, chasseur et non chassé, est allé étancher sa soif et se perdre dans la contemplation de son propre reflet; cf. le *Roman de la rose* de Guillaume de Lorris, v. 1467-1501 (éd. D. Poirion, Paris, GF-Flammarion, 1974).

4. L'originalité de la fable de l'*Isopet de Lyon* réside dans son « happy end » : dans la source latine comme dans les autres versions françaises (et plus tard chez La Fontaine, VI, 9), le cerf est pris par les chasseurs.

5. L'exhortation à discerner l'utile de l'inutile et la vertu du vice se double, dans la morale de la version de l'*Isopet III de Paris* et plus tard chez La Fontaine, d'une mise en garde contre la belle apparence (qui n'est pas le beau puisque n'est véritablement beau que ce qui est bon), qui ne se trouve ici qu'esquissée au vers 26.

ISOPET DE CHARTRES

Les deux Chiennes dont l'une demanda à l'autre son lit

1. *Isopet de Chartres*, 25. Source : *Novus Æsopus* d'Alexandre Neckam, 28. Cf. *Rom. ord.*, I, 9 et Phèdre, I, 19. Autres isopets : MF, 8; IP2, 27; I1, 9; IL, 9; IP3, 5; Ma, 808. — Cf. LF, II, 7, *La Lice et sa Compagne.*

2. Littéralement : « que la nourriture n'était pas prête »; *FEW*, XIV, 575 b, cité par P. Ruelle, glose ainsi l'expression : « c'est quelque chose qu'on désire, mais qu'on ne peut espérer obtenir de sitôt ».

3. *Lessier* est un hapax, dans lequel P. Ruelle, « Notes... », p. 373-374, propose de voir un dérivé de *lesse*, autre graphie de *lice* (« chienne »). — La morale de notre fable se retrouve chez La Fontaine. L'*Isopet I*, l'*Isopet de Lyon* et l'*Isopet III*, à la suite de leur source latine, et à un moindre degré Julien Macho insistent sur les méfaits des paroles douces et mensongères :

Le dous chant deçoit l'oiseillon;
L'enfançonnet, le papeillon.
Quant plus doucement la serainne
Chante, a li les nageurs amainne :
Aucune fois les faut morir

Quant l'en ne les puet secourir (I1, v. 27-32).

Le Loup et le Chien

1. *Isopet de Chartres*, 36. Source : *Novus Æsopus* d'Alexandre Neckam, 39. Cf. *Rom. ord.* III, 15 et Phèdre, III, 7. Autres isopets : MF, 26; IP2, 37; I1, 51; IL, 55; Ma, 1231; JV, 21; MH, p. 76-77. — Cf. LF, I, 5, *Le Loup et le Chien.*

ISOPET II DE PARIS

Comment un Chien, par sa convoitise, perdit dans un fleuve un quartier de mouton qu'il portait

1. *Isopet II de Paris*, 11. Source : *Novus Æsopus* d'Alexandre Neckam, 13. Cf. *Rom. ord.*, I, 5, et Phèdre, I, 4. Autres isopets : MF, 5; IC, 9; I1, 5; IL, 5; IP3, 1; Ma, 780; JV, 3; MH, p. 69. — Cf. LF, VI, 17, *Le Chien qui lâche sa proie pour l'ombre.*

2. Les fables tirées du *Romulus de Nevelet* et celle de Julien Macho ajoutent à la dénonciation de la cupidité, tirée de Phèdre, l'idée, qui sera retenue par La Fontaine, et par l'expression « lâcher la proie pour l'ombre », que « pour la chose vaine, l'en ne doyt point laisser la chose certaine » (Ma, 784).

Comment le Criquet demanda du blé à la Fourmi, qui le lui refusa

1. *Isopet II de Paris*, 28. Source : *Novus Æsopus* d'Alexandre Neckam, 29. Cf. *Rom. ord.*, IV, 19. Cette fable ne figure pas parmi les fables conservées de Phèdre, mais on la trouve dans l'*Ésope d'Adémar*, 56. Autres isopets : MF, 39; IC, 26; Ma, 1438; JV, 29; MH, p. 79. Cf. *Le Chastoiement d'un père à son fils*, éd. (avec la *Disciplina clericalis*) A. Hilka et W. Söderhjelm, Helsingfors, 1911, p. 170, et la ballade 158 d'Eustache Deschamps, *Œuvres complètes*, éd. Queux de Saint-Hilaire et Raynaud, Paris, SATF, 1878-1904, 11 vol., t. I. — Cf. LF, I, 1, *La Cigale et la Fourmi.*

2. « La fable latine a, évidemment, *cicada*, "cigale". Mais la cigale, insecte du Midi, est inconnue dans la France d'oïl au Moyen Âge » : P. Ruelle, « Notes... », p. 73.

3. Cf. Livre des Proverbes, VI, 6-11, *Le Paresseux et la Fourmi* : « Va voir la fourmi, paresseux! / Observe ses mœurs et deviens sage : / elle qui n'a ni magistrat / ni surveillant ni chef, / durant l'été elle assure sa provende / et amasse, au temps de la moisson, sa nourriture. / Jusques à quand, paresseux, resteras-tu couché? » *Ibid.*, X, 5 : « Amasser en été est d'un homme avisé, / dormir à la moisson est d'un homme éhonté. »

4. La moralité, dans tous les isopets, justifie la conduite de la prévoyante fourmi et condamne la fantasque cigale. L'absence d'une moralité dans la fable de La Fontaine souligne la cruauté de la fourmi. Sur l'histoire de la fable, voir « Avez-vous lu *La Cigale et la Fourmi*? (Lecture collective) », *Europe*, 515, 1972, p. 132-145.

Les Lièvres qui croyaient que les Grenouilles s'étaient noyées

1. *Isopet II de Paris*, 33. Source : *Novus Æsopus* d'Alexandre Neckam, 34. Cf. *Rom. ord.*, II, 9. Cette fable ne figure pas parmi les fables conservées de Phèdre, mais on la trouve dans l'*Ésope d'Adé-*

mar, 4, et dans l'*Ésope de Wissembourg*, I, 3. Autres isopets : MF, 22; IC, 31; IL, 29; I1, 28; IP3, 22; Ma, 979; JV, 12; MH, p. 72. — Cf. LF, II, 14, *Le Lièvre et les Grenouilles.*

2. La moralité varie d'une version à l'autre de la fable. Chez Marie de France, les lièvres renoncent à chercher un pays sans hommes et sans chiens : « Jamais vous ne trouverez de pays où il n'y ait rien à craindre. » Ici, elle est optimiste (comme dans l'*Isopet de Chartres*) et exploite le proverbe : « Après la pluie, le beau temps. » Dans les *Isopets I, III* et *de Lyon*, les lièvres prennent conscience de l'inanité de leur peur devant celle des grenouilles : la peur ne doit pas faire perdre l'espoir.

Le Débat du Ventre et des Membres du corps

1. *Isopet II de Paris*, 36. Source : *Novus Æsopus* d'Alexandre Neckam, 37. Cf. *Rom. ord.*, III, 16. Cette fable ne figure pas parmi les fables conservées de Phèdre, mais se trouve dans l'*Ésope de Wissembourg*, IV, 11. Autres isopets : MF, 27; IC, 34; I1, 52; IL, 56; Ma, 1243; JV, 22; MH, p. 77. — Tite-Live (*Histoire romaine*, II, 32) rapporte que Menenius Agrippa utilisa la fable pour convaincre la plèbe de renoncer à la sécession. L'apologue resurgit chez Plutarque (*Vie de Coriolan*, 8) et dans le *Coriolan* de Shakespeare, ainsi que dans le *Tiers Livre* de Rabelais (3 et 4) — Cf. LF, III, 2, *Les Membres et l'Estomac.*

2. Sur les diverses versions et utilisations de cette fable, voir L. Harf-Lancner, *art. cité.*

Le Lion sauvé par la Souris

1. *Isopet II de Paris*, 38. Source : *Novus Æsopus* d'Alexandre Neckam, 41. Cf. *Rom. ord.*, I, 17. Cette fable ne figure pas parmi les fables conservées de Phèdre mais se trouve dans l'*Ésope d'Adémar*, 18, et dans l'*Ésope de Wissembourg*, II, 11. Autres isopets : MF, 16; IC, 37; I1, 18; IL, 19; IP3, 14; Ma, 877; JV, 9; MH, p. 71. Cf. aussi Nicole Bozon, 129. — Cf. LF, II, 11, *Le Lion et le Rat.*

2. La moralité de la fable au Moyen Âge est toujours celle qui ouvre *Le Lion et le Rat* :

> Il faut, autant qu'on peut, obliger tout le monde :
> On a toujours besoin d'un plus petit que soi,

associée à l'idée que « Bonté ne puet estre perdue » (*Isopet I*, 18, v. 49). Nulle part on ne trouve la deuxième morale de La Fontaine :

> Patience et longueur de temps
> Font plus que force ni que rage.

Comment le Loup voulut tromper le Chevreau

1. *Isopet II de Paris*, 40. Source : *Novus Æsopus* d'Alexandre Neckam, 42. Cf. *Rom. ord.*, II, 10. Cette fable ne figure pas parmi les fables conservées de Phèdre, mais on la trouve dans l'*Ésope d'Adémar*, 61, et dans l'*Ésope de Wissembourg*, I, 5. Autres isopets : MF,

89; IC, 39; I1, 29; IL, 30; IP3, 23; Ma, 987. — Cf. LF, IV, 15, *Le Loup, la Chèvre et le Chevreau.*

2. Voir, sur cette fable, M. Soriano, « Histoire littéraire et folklore », *Revue d'Histoire littéraire de la France*, 70, 1970, p. 836-860.

ISOPET I

La Grenouille qui trompe la Souris

1. *Isopet I*, 3. Source : *Romulus de Nevelet*, 3. Cf. *Rom. ord.*, I, 3. La fable de Phèdre n'a pas été conservée, mais on la trouve dans l'*Ésope d'Adémar*, 4, et dans l'*Ésope de Wissembourg*, I, 3. Autres isopets : MF, 3; IP2, 6; IC, 5; IL, 3; Ma, 761 et *Vie d'Ésope*, 26e hist.; JV, 2; MH, p. 68. — Cf. LF, IV, 11, *La Grenouille et le Rat.*

2. Sentence biblique : « Qui creuse une fosse y tombe » (Livre des Proverbes, XXVI, 27; Ecclésiaste, X, 8; Psaumes, VII, 16). Cf. la moralité du *Loup pêcheur et le Lion*, de Julien Macho, qui donne par ailleurs dans son *Ésope* deux versions de la fable de la Grenouille et de la Souris (cf. n. 1).

Comment la Grue guérit le Loup

1. *Isopet I*, 8. Source : *Romulus de Nevelet*, 8. Cf. *Rom. ord.*, I, 8 et Phèdre, I, 8. Autres isopets : MF, 7; IP2, 1; IC, 1; IL, 8; IP3, 4; Ma, 800; JV, 5; MH, p. 69. Cf. aussi Nicole Bozon, 72. — Cf. LF, III, 9, *Le Loup et la Cigogne.*

2. P. Ruelle (« Notes... », p. 214) corrige *l'i* en *li*.

3. Montpellier était le siège, avec Salerne, de l'une des plus célèbres écoles de médecine de l'Occident médiéval.

La Souris de ville et la Souris des champs

1. *Isopet I*, 12. Source : *Romulus de Nevelet*, 12. Cf. *Rom. ord.*, I, 12. Cette fable ne figure pas parmi les fables conservées de Phèdre, mais se trouve également dans l'*Ésope d'Adémar*, 13, et dans l'*Ésope de Wissembourg*, II, 1. Avant Phèdre, Horace avait donné une version de l'apologue dans ses *Satires* (II, 6, v. 79-117, éd. F. Villeneuve, Paris, Les Belles Lettres, 1932), qui est (sans doute indirectement) la source de La Fontaine. Autres isopets : MF, 9; IL, 12; IP3, 8; Ma, 826. — Cf. LF, I, 9, *Le Rat de ville et le Rat des champs.* — Pour une bibliographie de ce conte célèbre du folklore international (AT 112, *Country Mouse visits Town House*), voir H. Schwarzbaum, *The Mishle Shu'alim...*, p. 63-64, n. 2. — Notre traduction du titre s'appuie sur le fait que, en dépit de la transposition de celui du *Romulus de Nevelet (De Mure rustico et urbano)* dans la langue du XIVe siècle, l'opposition de la *bonne vile* et du *vilaige* ne fait pas référence à la présence ou non de fortifications ni à un statut juridique spécifique, mais recouvre bien l'opposition antique *urbs/rus*. Notons toutefois que l'emploi du terme *bonne vile* annonce d'emblée l'opposition corrélative dans la fable de la richesse et de la pauvreté; cf. G. Mauduech, « La *Bonne Ville*, origines et sens de

l'expression », *Annales Économies, Sociétés, Civilisations*, 1972, p. 1444-1448, en particulier p. 1447 : « Nous distinguons donc une double corrélation : bonne ville — ville forte et bonne ville — ville riche. »

2. Nous traduisons ainsi *celier* (sens bien attesté dans *TL*) pour le distinguer de *despense*. Le *Romulus de Nevelet* employait un seul terme, *penus* (« garde-manger, chambre à provisions »), traduit dans l'*Isopet de Lyon* par *ceillier* et dans l'*Isopet III* par *despence*. Marie de France propose la même alternative que l'*Isopet de Paris* et Julien Macho emploie le mot *cave*.

3. *Clacelier* est un mot vague, désignant le gardien des clefs d'un lieu — d'une maison dans son ensemble ou en partie, mais aussi par exemple d'une prison —, et donc différents types de « portier » : majordome, sommelier, geôlier... (Cf. *FEW*, II, 1, p. 759 b) Comme pour le mot *celier*, nous avons précisé notre traduction à l'aide de celle de Julien Macho qui, comme Marie de France du reste, emploie le terme *bouteiller*. Le texte latin ne précisait pas la fonction du trouble-fête; l'*Isopet de Lyon* parle simplement du *hussier* et l'*Isopet III* du *despancier* — le gardien de la *despence*.

Le Renard et le Corbeau

1. *Isopet I*, 15. Source : *Romulus de Nevelet*, 15. Cf. *Rom. ord.*, I, 14 et Phèdre, I, 13. Autres isopets : MF, 13; IP2, 26; IC, 24; IL, 15; IP3, 11; Ma, 849; JV, 6; MH, p. 69-70. Cf. *Roman de Renart*, branche II, v. 843-1024, et Eustache Deschamps, ballade 177. — Cf. LF, I, 2, *Le Corbeau et le Renard*.

2. Tiécelin est le nom du corbeau dans *Le Roman de Renart*, Renart celui du héros de ce même roman. Cf. *Le Renard et la Cigogne*.

3. Hersent la louve est l'épouse du loup Ysengrin dans *Le Roman de Renart*.

4. Sur l'histoire de la fable, voir H. Bihler, « Zur Gestalt mittelalterlicher lateinischer, französischer und spanischer Fassung der Fabel vom Fuchs und Raben », *Mélanges H. Rheinfelder*, Munich, 1963, p. 21-48; A.M. Finoli, « La Volpe e il Corvo nei rifacimenti medievali di Fedro in Maria di Francia e nel *Roman de Renart* », *Annali della Facolta di Lettere e Filosofia dell'Universita degli Studi di Milano*, XXIII, 1970, p. 317-328; L. Marin, « Le Récit originaire », *Papers on French XVIIth century Literature*, II, 1979, p. 13-28; J. Subrenat, « Du Renart et du Corbel », *Mélanges R. Duchêne*, Aix-en-Provence, 1992, p. 65-71.

Le Lion devenu vieux

1. *Isopet I*, 16. Source : *Romulus de Nevelet*, 16. Cf. *Rom. ord.*, I, 15 et Phèdre, I, 21. Autres isopets : MF, 14; IL, 16; IP3, 12; Ma, 856; JV, 7; MH, p. 70. — Cf. LF, III, 14, *Le Lion devenu vieux*.

2. Les isopets, à la suite du *Romulus*, ne reprennent pas la « double mort » du lion imaginée par Phèdre, dont La Fontaine a si bien su tirer parti.

3. On observe dans l'apologue plusieurs glissements : d'une

méditation sur le pouvoir dans le récit à une méditation sur la richesse dans la morale, et de la nécessité de se faire des amis à la difficulté d'en avoir vraiment — l'addition sur la vénalité de l'amitié hypothéquant sérieusement le remède initialement proposé aux revers de fortune.

L'Âne et le Chien

1. *Isopet I*, 17. Source : *Romulus de Nevelet*, 17. Cf. *Rom. ord.*, I, 16. Cette fable ne figure pas parmi les fables conservées de Phèdre, mais se trouve dans l'*Ésope d'Adémar*, 17, et dans l'*Ésope de Wissembourg*, II, 10. Autres isopets : MF, 15; IP2, 4; IC, 4; IL, 17; IP3, 13; Ma, 867; JV, 8; MH, p. 70-71. — Cf. LF, IV, 5, *L'Âne et le petit Chien*.

2. *Mesnie* désigne l'ensemble de ceux qui vivent sous le même toit, la « famille » féodale, qui comprend non seulement les proches, mais aussi les parents éloignés ou collatéraux et les différents serviteurs. L'analyse du comportement de la *mesnie* ne se trouvait pas dans la source. Marie de France a une notation analogue, bien que moins explicite, dans ses vers 5-8.

3. La fable joue sur la polysémie du mot *jeu*, qui, en ancien français, désigne non seulement l'activité ludique, et à partir de là, dans certains cas, le bon tour, mais aussi, à partir du dernier quart du XIIIe siècle, une composition dramatique.

4. Dans la branche XVII du *Roman de Renart*, c'est l'âne Bernard qui est demandé par Renart mourant pour entendre sa confession, puis qui est chargé par le roi de présider aux vigiles en l'honneur du goupil, de célébrer la messe et de le mettre en terre.

5. Le *jongleur* médiéval est, comme son nom l'indique (*joculator* vient de *jocus*), l'homme de tous les jeux : musicien et acteur, c'était aussi souvent un faiseur de tours, un prestidigitateur, et le terme fait ici référence, autant qu'à la comédie, à l'imposture de l'âne.

6. Cf. *Le Choucas revêtu des plumes du Paon*, notes 7 et 8. Voir aussi *Le Mulot*, note 2.

7. Cf. Morawski 1777 : « Qui a arne tent a arne vient », et Le Roux de Lincy, t. I, p. 143 : « Qui à asne tient à asne vient »; « Ki asne bée asne vient ».

Les Grenouilles qui voulaient avoir un roi

1. *Isopet I*, 19. Source : *Romulus de Nevelet*, 19. Cf. *Rom. ord.*, II, 1 et Phèdre, I, 2. Autres isopets : MF, 18; IL, 22; IP3, 15; Ma, 931. — Cf. LF, III, 4, *Les Grenouilles qui demandent un roi*.

2. Le manuscrit édité par J. Bastin donne pour le vers 30 un texte corrompu (*Cils mauls toriaus les dontera*), que l'éditrice (p. XXX) propose de corriger à l'aide des manuscrits a, b, c, qui traduisent le texte latin : *Paour qui tousjours vous durra*. Pour P. Ruelle (« Notes... », p. 509), ce taureau qui remplace le serpent du texte

latin (*hydrus*) est sans doute inspiré des taureaux de Basan, qui ont la gueule ouverte *sicut leo rapiens et rugiens* (Psaumes, XXI, 14).

Un Muletier et sa Mule

1. *Isopet I*, 35. Source : *Romulus de Nevelet*, 35. Cf. *Rom. ord.*, II, 17 et Phèdre, III, 6. Autres isopets : IL, 37 ; IP3, 29 ; Ma, 1034. — Cf. LF, VII, 8, *Le Coche et la Mouche.*

2. L'*Isopet I* donne la version commune de la fable au Moyen Âge. On trouve une variante intéressante dans l'*Isopet de Lyon* (37), où la mule, après s'être moquée de la mouche et l'avoir assurée de son mépris, poursuit ainsi :

> Folle, ce n'est pas sous ton poids que je suis courbée,
> et tu ne constitues nullement pour moi un fardeau.
> Je porte Celui devant qui le firmament
> et tous les éléments sont courbés
> (j'évoque le joug de sa puissance)
> en signe de soumission.
> C'est Lui qui m'a faite par Sa volonté
> et qui me garde en vie par Sa bonté.
> Il est assis sur moi et mon dos sent l'aiguillon
> de Sa toute-puissance, sans que j'en sois meurtrie.
> Le frein de paresse qu'Il m'a mis
> m'a enlevé le courage de courir.
> En courant j'avance lentement,
> ainsi m'a faite le Dieu de vérité.
> Il a fait ma nature nonchalante
> et je la garderai aussi longtemps que je vivrai.
> Tu ne peux donc rien contre moi,
> sale mouche de malheur. (Trad. des v. 21-38.)

Ce curieux développement provient d'une interprétation erronée du texte du *Romulus* :

> *Nec te pertimeo, sed eum quem sustinet* axis,
> *Qui mea frena tenet, qui mea terga ferit* (v. 7-8),

dans lequel *axis*, qui avait son sens banal de « char », a été pris par l'auteur de l'*Isopet de Lyon* dans son acception poétique de « voûte céleste, ciel » — volontairement ? L'absence d'équivoque du vers 8, dont le traducteur fait un usage métaphorique appuyé, permet de poser la question.

La Bataille des Bêtes et des Oiseaux

1. *Isopet I*, 45. Source : *Romulus de Nevelet*, 45. Cf. *Rom. ord.*, III, 4. Cette fable ne figure pas parmi les fables conservées de Phèdre, mais on la trouve aussi dans l'*Ésope d'Adémar*, 38. Autres isopets : MF, 23 ; IP2, 2 ; IC, 2 ; IL, 45 ; IP3, 39 ; Ma, 1129 ; JV, 18 ; MH, p. 74-75. — Cf. LF, II, 5, *La Chauve-Souris et les deux Belettes.*

2. La source latine et les autres isopets (qui ne parlent que de *guerre* et de *bataille*) confirment qu'il s'agit d'un véritable combat et non de sa version ludique au Moyen Âge. La description de la

bataille donne d'ailleurs lieu, dans toute la fable, à une parodie discrète de l'épopée.

3. Cf. Morawski 1523 : « On ne peut servir a deux maistres. »

4. Expression proverbiale; cf. *Roman de la rose*, v. 9340 (éd. D. Poirion) : « Bien voi de quel pié vos clochiés », et *Roman de Renart*, branche V, v. 172-173 : « Par saint Denis, enquerre voil/ De quel pie, fet il, vos clochez » — que G. Tilander (*Lexique du Roman de Renart*, Göteborg, Elander, 1925, p. 35) glose ainsi : « ce qui vous manque, ce que vous avez, ce que vous voulez faire de mal ».

5. Avec un jeu de mots sur l'adverbe, signifiant à la fois « deux personnes en même temps » et « avec duplicité ».

6. La duplicité de la chauve-souris sera très différemment appréciée par La Fontaine dans *La Chauve-Souris et les deux Belettes*, qui est une autre version de la fable tirée d'Ésope (251), dans laquelle la chauve-souris, successivement prisonnière d'une belette hostile aux souris, puis d'une belette hostile aux oiseaux, se sauve en jurant successivement qu'elle est oiseau puis souris :

> Plusieurs se sont trouvés qui d'écharpe changeants
> Aux dangers, ainsi qu'elle, ont souvent fait la figue.
> Le sage dit, selon les gens :
> Vive le roi, vive la ligue.

Il est significatif que les auteurs médiévaux de fables n'aient jamais donné cette version et sa morale opportuniste, mais toujours celle où la chauve-souris, trahissant les oiseaux pour les bêtes dans un combat où celles-ci semblent devoir l'emporter, fait unanimement figure de repoussoir : qu'elle incarne assez généralement la fourberie et le double jeu — qui ne peut qu'attirer une double inimitié — ou, plus précisément (chez Marie de France en particulier, mais cf. aussi *Isopet de Lyon* et Julien Macho), la félonie et la violation de la foi jurée à son seigneur — fondement de la société féodale.

Les Souris qui tinrent conseil contre le Chat

1. *Isopet I*, 62. Source : *Romulus de Nevelet*, 62, dans les mss BPL. Cette fable est l'une des sept fables ajoutées par l'auteur des additions de la compilation de l'*Isopet-Avionnet*, qui n'ont été traduites que dans l'*Isopet I*. Mais, parmi les nombreuses versions de l'apologue au XIVe siècle, où il semble avoir été très populaire, on peut citer celle de Nicole Bozon, 121, et la ballade 58 d'Eustache Deschamps, *Qui pendra la sonnette au chat* (*Œuvres*, t. I). Deschamps fait également allusion à cet apologue dans la ballade 1085 (t. V). — Cf. LF, II, 2, *Conseil tenu par les Rats*. — Pour un historique complet de cette fable, dont on a conservé une version syriaque de la fin du VIe siècle mais dont la plus ancienne version connue en Occident semble être celle contenue dans le recueil d'Eudes de Chériton (éd. Hervieux, t. IV, p. 225-226), composé vers 1220, voir P.F. Baum, « The Fable of belling the cat », *Modern Language Notes*, 34, 1919, p. 462-470.

2. Cf. *La Terre qui accouche de la souris*, p. 147 et n. 1.

AVIONNET

L'Écrevisse qui apprenait à son Enfant à marcher

1. *Avionnet*, 2. Source : Avianus, 2. Cf. Babrius, 109. Autres isopets : IC, 14 et Ma, 2105. — Cf. LF, XII, 10, *L'Écrevisse et sa Fille*. — Le titre donne très précisément « son fils », traduction fidèle d'Avianus : *De Cancro suum docente filium*, que le récit ne nous permet pas de garder. L'ambiguïté de l'*escrevisce* de la fable (cf. note suivante) est sans doute à l'origine des deux versions que l'on trouve en français : l'une mettant en scène, comme dans la source latine, une mère et son fils (le « petit Escreveiceron/ Qui s'en aloit a reculons » de l'*Isopet de Chartres*), l'autre retraçant le dialogue, probablement jugé plus pittoresque par l'auteur de l'*Avionnet*, par Julien Macho et plus tard par La Fontaine, d'une mère et de sa fille.

2. C'est-à-dire un crabe. Julien Macho parle simplement d'*une escrevice. Cancer*, chez Avianus, pouvait désigner aussi bien le crabe que l'écrevisse. Nous avons gardé le terme de l'*Avionnet* à cause de la nature des deux protagonistes (cf. n. 1) et de la fable de La Fontaine.

3. Cf. Matthieu, VII, 3, et Luc, VI, 41 : « Qu'as-tu à regarder la paille qui est dans l'œil de ton frère ? Et la poutre qui est dans ton œil, tu ne la remarques pas ? » L'auteur des additions de l'*Isopet-Avionnet* (cf. introd.) a cru devoir gloser la morale un peu sommaire de la fable (cf. par ex. Julien Macho : « celluy qui veult endoctriner aultruy doit monstrer bon exemple ») avec la parabole évangélique.

Deux Compagnons que l'Ourse sépara

1. *Avionnet*, 4. Source : Avianus, 9. Cette fable ne figure ni dans les fables conservées ni dans les paraphrases de Babrius. On la trouve dans l'*Augustana* : Ésope, 65. Autre isopet : Ma, 2144. — Cf. LF, V, 20, *L'Ours et les deux Compagnons*.

2. Jérémie ? Cf. Jér., IX, 13.

3. La fable de l'*Avionnet* et celle de Julien Macho, qui suivent de près leur modèle latin, sont très différentes de celle que racontera La Fontaine. L'introduction du marché passé par avance pour vendre la peau de l'ours, qui modifie l'économie et la moralité de la fable, ne semble pas attestée avant Commynes, *Mémoires*, livre IV, chap. III (éd. J. Calmette, t. II, Paris, Champion, 1925, p. 20-22) : c'est par cet apologue que l'empereur d'Allemagne Frédéric III aurait répondu aux ambassadeurs de Louis XI venus lui proposer, pour l'empêcher de conclure une paix séparée, toutes les terres impériales de l'État bourguignon, alors que le Téméraire était encore vivant et puissant.

Le Chevalier chauve

1. *Avionnet*, 5. Source : Avianus, 5. La fable de Babrius n'a pas été conservée sous sa forme métrique, mais dans une paraphrase en prose (375, éd. Perry).

2. La calvitie de saint Paul est une des nombreuses disgrâces physiques mentionnées par l'apôtre lui-même dans ses Épîtres — et la seule qu'ait retenue l'art chrétien : cf. L. Réaud, *Iconographie de l'art chrétien*, t. III, *Iconographie des saints*, vol. III, Paris, PUF, 1959, p. 1038.

3. Dans la fable d'Avianus, c'est le vent qui décoiffe le chevalier. L'anecdote prouve que les femmes ne sont pas les seules à avoir eu recours au Moyen Âge, et particulièrement au XIVe siècle où a été composé l'*Avionnet*, aux faux cheveux, malgré les remontrances de l'Église, qui s'est élevée contre cet usage dès l'époque romaine, et malgré les satires des poètes : cf. la ballade 1209 (voir aussi 1210) d'Eustache Deschamps, *Rendez l'emprunt des estranges cheveux* (*Œuvres*, t. VI).

4. Expression proverbiale : cf. Le Roux de Lincy, t. II, p. 299.

5. Littéralement : « venu là pour son malheur » ; le caractère formulaire de l'adverbe *mar* dans la déploration, et plus généralement dans l'expression du regret au Moyen Âge (cf. B. Cerquiglini, *La Parole médiévale*, Paris, Éditions de Minuit, 1981, p. 128 *sq.*) trouve une forme d'aboutissement dans la création de ce surnom.

Le beau Chêne qui ne voulait pas plier contre le vent

1. *Avionnet*, 9. Source : Avianus, 9. Cf. Babrius, 36. Autre isopet : Ma, 1454. — Cf. LF, I, 22, *Le Chêne et le Roseau*.

2. Cf. Morawski 185 : « Au plus bas passe on la soif. »

3. Le débat de deux arbres illustrant la fragilité des grands et la résistance des humbles remonte au *Débat du Laurier et de l'Olivier* de Callimaque (éd. E. Cahen, Paris, Belles Lettres, 1940, p. 162-168) — et, beaucoup plus loin dans le temps, aux débats littéraires qui opposaient chez les Sumériens deux rivaux qui pouvaient être des arbres, mais aussi des plantes, des animaux, des saisons, des membres du corps... (Cf. B.E. Perry, « Fable », *Studium Generale*, XII, 1959, p. 25-27.) En Grèce, c'était devenu un exercice proposé aux enfants dans les écoles de rhétorique. On retrouve ce type de débat dans une autre fable de l'*Avionnet* (11) et de Julien Macho (2195), *Le Sapin et le Buisson*, où il apparaît qu'il vaut mieux être petit et laid que grand et beau, car on n'attire pas l'attention ni l'envie du vent et des hommes qui abattent les arbres. La fable du Chêne et du Roseau va plus loin en proposant un modèle de comportement fondé sur l'obéissance et l'humilité — véritables chez Julien Macho (1454) qui renvoie à la Bible (« Nul ne doit estre orgueilleux contre son seigneur mais se doyt humilier a luy [...] car les orgueilleux seront humiliés et les humbles seront exaulsés »), feintes et seulement devant un plus fort dans la morale plus prosaïque, et plus conforme à celle d'Avianus, de l'*Avionnet*.

ÉSOPE DE JULIEN MACHO

Le Renard et le Chat

1. Julien Macho, § 1524. Source : 5e des *Fabulæ extravagantes* contenues dans l'*Æsopus* de Steinhöwel, éd. Österley, p. 199-200. Cf. *Dér. compl. Rom. anglo-lat.*, 129. Autre isopet : MF, 98. — Cf. LF, IX, 14, *Le Chat et le Renard*.

Le Loup pêcheur et le Lion

1. Julien Macho, § 1613. Source : 9ᵉ des *Fabulæ extravagantes* contenues dans *l'Æsopus* de Steinhöwel, p. 208-209. Cette double fable réunit deux contes de l'épopée animale : AT 2 (la pêche à la queue) et AT 50 (le loup écorché) : tous deux se trouvent dans l'*Ysengrimus* de Nivard (c. 1150) ; le second est une vieille fable ésopique (Ésope, 258) qui se trouvait déjà dans l'*Ecbasis captivi* (xɪᵉ s.) et dans une fable de Paul Diacre (vɪɪɪᵉ s.). — La pêche à la queue : *Ysengrimus*, I, v. 529-fin et II, v. 1-158 ; *Roman de Renart*, branche III, v. 377-510. Renart convainc Ysengrin de pêcher dans un étang en attachant un seau à sa queue. L'eau gèle ; Ysengrin, prisonnier de la glace, a la queue tranchée d'un coup d'épée. Cf. aussi Nicole Bozon, 46. — Le loup écorché : *Ysengrimus*, III ; *Renart*, branche X, v. 1529-1566. Cette fable se trouve dans l'isopet de Marie de France, 68. Cf. *Dér. compl. Rom. anglo-lat.*, 59. Les deux fables se trouvent, à la suite l'une de l'autre, dans les *Romulus* mixtes *de Munich* (35) et de *Berne* (23). — Le lien entre les deux récits est la volonté de vengeance du loup, qui suggère au lion d'écorcher le renard et se trouve pris à son propre piège. Le récit correspond ainsi à la définition de la fable composée selon M. Nøjgaard, qui « juxtapose deux fables dont la première contient un renvoi à l'action finale commune ».

2. Le texte de Macho, incohérent, repose sur une mauvaise compréhension du texte latin, dans lequel le renard explique au loup comment se conduire avec les puissants : *Quando pergis per domum benedic de domino et quando pergis ad curtam benedic de omnibus et, si nec bene nec male, de omnibus mitte stare.* Notre traduction s'appuie sur le texte latin.

3. Sentence biblique : « Qui creuse une fosse y tombe. » (Proverbes, XXVI, 27 ; Ecclésiaste, X, 8 ; Psaumes, VII, 16.) Cf. *La Grenouille qui trompe la Souris*, v. 32.

Le Renard et le Bouc

1. Julien Macho, § 1940. Source : 3ᵉ fable traduite du grec par Ranutio d'Arezzo contenue dans l'*Æsopus* de Steinhöwel, p. 245. Cf. Ésope, 9. — Cf. LF, III, 5, *Le Renard et le Bouc.*

Le Charpentier

1. Julien Macho, § 2020. Source : 13ᵉ fable de Ranutio d'Arezzo contenue dans l'*Æsopus* de Steinhöwel, p. 254. Cf. Ésope, 173. — Cf. LF, V, 1, *Le Bûcheron et Mercure.*

2. Ce récit est un conte merveilleux : AT 729 (*The Axe falls in the stream*).

Le Mari et ses deux Femmes

1. Julien Macho, § 2047. Source : 16ᵉ fable de Ranutio d'Arezzo contenue dans l'*Æsopus* de Steinhöwel, p. 257-258. Cf. Ésope, 31. Voir aussi Tubach 2401 (*Hair plucked by mistress*), et l'*exemplum* du

fol provoire raconté par Gautier de Coinci dans un des *Miracles de Nostre Dame*, II, 29, p. 572-642 (éd. F. Koenig, Genève, Droz, t. IV, 1970, p. 362-363) : sur cette histoire, voir J. Morawski, « Le Fabliau du *Prestre pelé* », *Romania*, 55, 1929, p. 542-548. — Cf. LF, I, 17, *L'Homme entre deux âges et ses deux Maîtresses.*

2. Macho a conservé l'ouverture misogyne de la fable de Ranutio : *Nulla melior salus senibus existit, quam feminis carere, et maxime iunioribus, nisi penitus obrui se velint* (« Il n'est rien de plus salutaire aux vieillards que de ne pas avoir de femme — et c'est encore plus vrai pour les jeunes gens, s'ils ne veulent pas être complètement perdus »), mais il a censuré la notation qui suivait : *Tempus erat veris quo viventium vires generative magis moventur* (« C'était au printemps, au moment où l'instinct de reproduction des êtres vivants est le plus sollicité »).

3. A la fin de la fable latine, Heinrich Steinhöwel se mettait curieusement en scène : *Hainrice, cave, nam senex es, non semi sed pancanus* (« Henri, attention, car tu es un vieillard, non pas grisonnant, mais entièrement blanc ! »).

Le Laboureur et ses Enfants

1. Julien Macho, § 2055. Source : 17e fable de Ranutio d'Arezzo contenue dans l'*Æsopus* de Steinhöwel, p. 258-259. — Cf. LF, V, 9, *Le Laboureur et ses Enfants.* — *Laboureur* traduit bien en ancien français le mot *agricultor* utilisé par Ranutio. En français moderne, nous avons préféré à la traduction « cultivateur » — qui aurait été plus exacte — le terme et le titre rendus célèbres par La Fontaine.

2. On peut hésiter sur la traduction à donner, dans toute la fable, au verbe *labourer*, qui au Moyen Âge et jusqu'au XVIIe siècle garde son sens originel (cf. lat. *laborare*) de « travailler », en même temps qu'il s'est spécialisé dans un type de travail particulier, le travail agricole, et même dans une forme particulière de celui-ci. On peut donc également comprendre que seule la forme *labeure* (influencée par *labeur*) de la maxime initiale fait référence au travail en général et que partout ailleurs *labourer* désigne le travail spécifique — mais clairement métaphorique — du héros de la fable.

Phébus, l'Avare et l'Envieux

1. Julien Macho, § 2208. Source : 17e fable d'Avianus contenue dans l'*Æsopus* de Steinhöwel, p. 280-281. On ne possède pas de fable babrienne, ni même ésopique, correspondante. Le thème peut toutefois évoquer celui de l'apologue 68 d'Ésope (éd. D. Loayza), *Les deux Ennemis*. Autres isopets : *Avionnet*, 13 ; dans le *Mishle Shu'alim* (67), les trois rôles sont remplis par deux singes et un lion. — Cf. Tubach 560 (*Beggars, envious and greedy*), et AT 1331 (*The Covetous and the Envious*).

Le Curé qui enterra son chien au cimetière et fut dénoncé à l'évêque

1. Julien Macho, § 2707. Source : *Facétie* 6 du Pogge contenue dans l'*Æsopus* de Steinhöwel, p. 349. Cf. le fabliau de Rutebeuf *Le Testament de l'âne* (*Œuvres complètes*, éd. J. Bastin, Paris, Picard, t. II, 1960, p. 298-304).

Le Coq, le Renard et les chiens

1. Julien Macho, § 2720. Source : *Facétie* 7 du Pogge contenue dans l'*Æsopus* de Steinhöwel, p. 350. Autre isopet : MF, 61. Cf. *Ysengrimus*, V, v. 1-316; *Roman de Renart*, branche II, v. 469-599 (Renart et la mésange) ; Nicole Bozon, 61. — Cf. La Fontaine, II, 15, *Le Coq et le Renard.*

2. Sur l'histoire de la fable, voir H. Carrington Lancaster, « The Sources and medieval versions of the peace-fable », *Publications of the Modern Language Association of America*, 22, 1907, p. 33-55.

TABLE ALPHABÉTIQUE DES FABLES

LISTE DES FABLES DE LA FONTAINE DONT L'ANTHOLOGIE DONNE UNE VERSION MÉDIÉVALE

BIBLIOGRAPHIE

TEXTES

Æsopica. A Series of Texts relating to Æsop or ascribed to Him or closely connected with the Literary Tradition that bears his Name, éd. B.E. Perry, Urbana, The University of Illinois Press, 1952.

AVIANUS, *Fables*, éd. F. Gaide, Paris, Les Belles Lettres, 1980.

BABRIUS, *Fables*, éd. et trad. B.E. Perry : *Babrius and Phædrus*, Cambridge (Mass.), Harvard U.P. (Loeb), 1965.

ÉSOPE, *Fables*, éd. et trad. D. Loayza, Paris, GF-Flammarion, 1995.

EUSTACHE DESCHAMPS, *Œuvres complètes*, éd. marquis Queux de Saint-Hilaire, puis G. Raynaud, Paris, SATF, 1878-1904, 11 vol.

Fabliaux : cf. *Recueil général* et *Nouveau Recueil*.

Favolisti latini medievali e umanistici, Gênes, Université (Faculté des lettres, D.AR.FI.CL.ET.) :

— t. I, 1984 : huit études sur la fable médio-latine réunies par F. Bertini ;

— t. II, 1987 : *Novus Æsopus* d'Alexandre Neckam, éd., trad. et comm. G. Garbugino ;

— t. III, 1988 : *Ésope* d'Adémar de Chabannes, éd., trad. et comm. F. Bertini et P. Gatti.

— t. IV, 1993 : *Fabulae Æsopicae* de Ranutio d'Arezzo, éd., trad. et comm. de M.P. Pillola.

— t. V, 1994 : *Novus Avianus* de l'*Astensis poeta*, éd., trad. et comm. de L. Zurli et A. Bisanti.

— t. VI, 1994 : *Aesopi Fabulae* d'Ermolao Barbaro il vecchio, éd., trad. et comm. C. Cocco.

GUILLAUME TARDIF, *Apologues* (et *Facetiae morales* de LAURENT VALLA), éd. P. Ruelle, Paris, Champion, 1986.

L. HERVIEUX, *Les Fabulistes latins depuis le siècle d'Auguste jusqu'à la fin du Moyen Âge*, Paris, Firmin Didot, 2e éd. rev., 1893-1899, 5 vol.

Isopets : cf. *Recueil général des isopets*; et *Lyoner Yzopet*, éd. W. Foerster, Heilbronn (Altfranzösische Bibliothek), 1882.

JEAN DE VIGNAY, « The *Ysopet* of Jehan de Vignay » éd. G.E. Snavely, *Mélanges A.M. Elliott*, Baltimore, 1911, t. I, p. 347-374.

JULIEN MACHO, *Ésope* : cf. *Recueil général des isopets.*

LA FONTAINE, *Œuvres complètes*, éd. J.-P. Collinet, Paris, Gallimard (Bibl. de la Pléiade), 1991 ; *Fables*, éd. A.-M. Bassy et P.-Y. Le Pestipon, Paris, GF-Flammarion, 1995.

MARIE DE FRANCE, *Die Fabeln*, éd. K. Warnke, Halle, Niemeyer (Bibl. Normannica), 1898 ; *Fables*, éd. et trad. Ch. Brucker, Louvain, Peeters, 1991 ; *The Fables*, trad. M.L. Martin, Birmingham (Alabama), Summa Publications, 1984.

La Mer des histoires : « Vingt [en réalité vingt-neuf] Fables d'Ésope, traduction française du XVe siècle », éd. H. Vaganay, *Mélanges É. Picot*, Paris, D. Morgand, 1913, t. I, p. 67-82.

NICOLE BOZON, *Contes moralisés*, éd. L.T. Smith et P. Meyer, Paris, SATF, 1889.

NIVARD, *Ysengrimus*, trad. E. Charbonnier : *Le Roman d'Ysengrin*, Paris, Les Belles Lettres (Roue à Livres), 1991.

Nouveau Recueil complet des fabliaux, éd. W. Noomen et N. Van den Boogaard, Assen, 1982, 6 vol. parus en 1995.

PHÈDRE, *Fables*, éd. et trad. A. Brenot, Paris, Les Belles Lettres, 1923, et surtout éd. et trad. B.E. Perry : *Babrius and Phœdrus*, cité *supra.*

Recueil général et complet des fabliaux des XIIIe et XIVe siècles, éd. A. de Montaiglon et G. Raynaud, Paris, 1872-1890, 6 vol.

Recueil général des isopets, Paris, SATF, 4 vol. :

— t. I : *Novus Æsopus* d'Alexandre Neckam, *Isopet II de Paris, Isopet de Chartres*, éd. J. Bastin, 1929;

— t. II : *Romulus de Nevelet*, dix-huit *Fables* d'Avianus, *Isopet de Lyon, Isopet I-Avionnet, Isopet III de Paris*, éd. J. Bastin, 1930;

— t. III : *Ésope* de Julien Macho, éd. P. Ruelle, 1982.

— t. IV : *Les Fables du* Speculum historiale *de Vincent de Beauvais et leurs traductions françaises du XIVe et du XVe siècle*, éd. P. Ruelle, à paraître.

Le Roman de Renart, éd. et trad. J. Dufournet et A. Méline, Paris, GF-Flammarion, 1985, 2 vol.

Romulus : cf. L. Hervieux et G. Thiele.

H. STEINHÖWEL, *Äsop*, éd. H. Österley, Tübingen, Litterarischer Verein in Stuttgart, 1873.

G. THIELE, *Der lateinische Äsop des Romulus und die Prosa-Fassungen des Phädrus*. Kritischer Text mit Kommentar und einleitenden Untersuchungen, Heidelberg, 1910.

L. TIEULIÉ, « Traduction de l'*Isopet II de Paris* », mémoire de maîtrise soutenu à Paris III en 1996.

AUTOUR DE LA FABLE ANTIQUE ET MÉDIÉVALE

1) Études générales

A. AARNE et S. THOMPSON, *The Types of the Folktale*, Helsinki, Suomalainen Tiedeakatemia Academia Scientiarum Fennica (Folklore Fellows Communications, 184), 1961.

J. BÉDIER, *Les Fabliaux*, Paris, Champion, 6e éd. 1964 (1re éd. 1893).

D. BOUTET, *Les Fabliaux*, Paris, PUF, 1985.

C. BREMOND, J. LE GOFF, J.-C. SCHMITT, *L'Exemplum*, Turnhout, Brepols (Typologie des sources du Moyen Âge occidental, 40), 1982.

P. CARNES, *Fablescholarship : an annotated Bibliography*, New York, Garland, 1985.

P. CIFARELLI, *Catalogue thématique des fables ésopiques françaises du XVIe siècle*, Paris-Genève, Champion-Slatkine, 1986.

P. DELARUE et M.-L. TENÈZE, *Le Conte populaire français*, Paris, Maisonneuve et Larose, 1957, 1964 et 1976, 3 vol.

G. DICKE et Kl. GRUBMÜLLER, *Die Fabeln des Mittelalters und der frühen Neuzeit, ein Katalog der deutschen Versionen und ihrer lateinischen Entsprechungen*, Munich, W. Fink, 1987.

La Fable (30es Entretiens sur l'Antiquité classique), Genève, Fondation Hardt, 1983.

Kl. GRUBMÜLLER, *Meister Esopus, Untersuchungen zu Geschichte und Funktion der Fable im Mittelalter*, Munich, Artemis, 1977; « Geschichte der Fabel in Antike und Mittelalter », dans *Fabula docet. Illustrierte Fabelbücher aus sechs Jahrunderten*, Wolfenbüttel, Waisenhaus-Buchdruckerei und Verlag Braunschweig, 1983, p. 20-33; « Fabel, Exempel, Allegorese. Über Sinnbildungsverfahren und Vorwendungszusammenhänge », dans *Exempel und Exempelsammlungen*, W. Haug und B. Wachinger, Tübingen, M. Niermeyer, 1991, p. 58-76.

B. Herlet, *Beiträge zur Geschichte der œsopischen Fabel im Mittelalter*, Bamberg, 1892; « Studien über die sogenannten Yzopets (*Lyoner Yzopet, Yzopet I* und *Yzopet II*) », *Romanische Forschungen*, 4, 1891, p. 219-309.

H.R. Jauss, *Untersuchungen zur mittelalterlichen Tierdichtung*, Tübingen, Niemeyer, 1959.

O. Jodogne, *Le Fabliau*, Turnhout, Brepols (Typologie des sources du Moyen Âge occidental, 13), 1975.

A.J.V. Le Roux de Lincy, *Le Livre des proverbes français*, Paris, 2e éd. 1859 (Statkine reprints 1969), 2 vol.

E. Mall, « Zur Geschichte der mittelalterlichen Fabelliteratur und insbesondere des *Esopus* der Marie de France », Beiheft zur *Zeitschrift für romanische Philologie*, 9 (2), 1885, p. 161-203.

Ph. Ménard, *Les Fabliaux*, Paris, PUF, 1983.

G. Mombello, *Le Raccolte francesi di favole esopiane, dal 1480 alla fine del secolo* XVI, Paris-Genève, Champion-Slatkine, 1981.

J. Morawski, *Proverbes français antérieurs au XVe siècle*, Paris, Champion (CFMA), 1925.

M. Nøjgaard, *La Fable antique*, Copenhague, A. Busck, 1964-1967, 2 vol.; « La Moralisation de la fable : d'Ésope à *Romulus* », dans *La Fable, op. cit.*, p. 225-242.

P. Nykrog, *Les Fabliaux*, Genève, Droz, 2e éd. 1973.

B.E. Perry, « Fable », *Studium Generale*, XII, 1959, p. 17-37.

F. Rodriguez Adrados, *Historia de la fábula greco-latina*, Madrid, Universidad Complutense, 1979-1987, 4 vol.

H. Schwarzbaum, *The Mishle Shu'alim (Fox Fables) of Rabbi Berechiah Ha-Nakdan. A Study in comparative Folklore and Fable Lore*, Kiron, Inst. for Jew. and Arab Folklore Res., 1979.

M. Ellwood Smith, « A Classification for Fables, based on the Collection of Marie de France », *Modern Philology*, 15, 1917-1918, p. 477-489; « The Fable and kindred forms », *Journal of English and Germanic Philology*, XIV, 1909, p. 519-529.

A. Strubel, « Exemple, fable, parabole : le récit bref

figuré au Moyen Âge », *Le Moyen Âge*, 94, 1988, p. 341-361.

S. Thompson, *Motif Index of Folk Literature*, Bloomington, Indiana University, 1932-1936, 6 vol.

L. Sudre, *Les Sources du Roman de Renart*, Paris, Bouillon, 1892 (rééd. 1974).

F.C. Tubach, *Index exemplorum. A Handbook of medieval religious tales*, Helsinki, Suomalainen Tiedeakatemia Academia Scientiarum Fennica (Folklore Fellows Communications, 204), 1969.

2) *Études particulières*

G. Ashby-Beach, « Les Fables de Marie de France : essai de grammaire narrative », dans *Cahiers d'études médiévales : Épopée, fable, fabliau*, Paris, PUF, 1984, p. 13-28.

J. Batany, « Détermination et typologie : l'article et les animaux de la fable (de Marie de France à La Fontaine) », *Mélanges Gérard Antoine*, Nancy, PU, 1984, p. 41-49 ; « Une *Source* médiévale qui coule dans La Fontaine : l'*Ésope* de Julien Macho », *Reinardus*, 6, 1993, p. 3-14.

A. Bisanti, « Dalla Favola mediolatina al *fabliau* anticofrancese », *Quaderni medievali*, 31-32, 1991, p. 59-105.

Ch. Brucker, « La Conception du récit dans la fable ésopique en langue vulgaire : de Marie de France à Steinhöwel », Actes du colloque *Le Récit bref au Moyen Âge*, Amiens, Université de Picardie, 1979, p. 387-428 ; « Société et morale dans la fable ésopique du XIIe et du XIVe siècle », *Mélanges Jean Dufournet*, Paris, Champion, 1993, t. I, p. 281-292.

G.L.S. Burgess, *Marie de France, An analytic Bibliography*, Londres, Grant and Cutler, 1977 ; Supplément I, 1986.

K. Busby, « Courtly Literature and the Old French Isopets », *Reinardus*, 6, 1993, p. 31-45.

L. Harf-Lancner, « L'Individu dans l'État : la fable des Membres et de l'Estomac dans la littérature du Moyen Âge », dans *L'Individualisme : permanence et métamorphoses*, Paris, PUF, 1988, p. 51-71.

K.K. Jambeck, « The Fables of Marie de France : a Mirror of Princes », dans *In Quest of Marie de France*, Lewiston (NY), The Edwin Mellen Press, 1992, p. 59-106.

J. Mann, « La Favolistica latina », dans *Aspetti della lettera-*

tura latina nel secolo XIII, C. Leonardi et G. Orlandi éd., Pérouse-Florence, Regione dell'Umbria-La Nuova Italia, 1986, p. 193-219.

G. MOMBELLO, « Traductions françaises des fables du *Speculum historiale* (XIVe-XVe siècle) », *Reinardus*, 8, 1995, p. 49-61.

G. PARUSSA, « Les Fables d'Eustache Deschamps ou la tradition didactique réinterprétée par un poète de cour », *Reinardus*, 7, 1995, p. 81-101.

P. RUELLE, « Notes sur le lexique des *Isopets* », *Romania*, 101, 1980, p. 51-92, 366-384 et 491-513.

G.E.SNAVELY, *The Æsopic Fables in the* Mireoir Historial *of Jean de Vignay*, Baltimore, J. H. Furst (Univ. Studies of the John Hopkins Univ.), 1908.

K. WARNKE, « Die Quellen des *Esopes* der Marie de France », *Mélanges H. Suchier*, Halle, Niemeyer, 1900, p. 161-284.

F.R. WHITESELL, « Fables in Medieval *Exempla* », *Journal of English and Germanic Philology*, 46, 1947, p. 348-366.

TABLE

PUBLICATIONS NOUVELLES

ANSELME DE CANTORBERY
Proslogion (717).

ARISTOTE
De l'âme (711).

ASTURIAS
Une certaine mulâtresse (676).

BALZAC
Un début dans la vie (613). Le Colonel Chabert (734). La Recherche de l'absolu (755). Le Cousin Pons (779). La Rabouilleuse (821). César Birotteau (854).

BARBEY D'AUREVILLY
Un prêtre marié (740).

BICHAT
Recherches physiologiques sur la vie et la mort (808).

CALDERON
La Vie est un songe (693).

CHRÉTIEN DE TROYES
Le Chevalier au lion (569). Lancelot ou le chevalier à la charrette (556).

CONDORCET
Cinq mémoires sur l'instruction publique (783).

CONFUCIUS
Entretiens (799).

CONRAD
Typhon (796).

CREBILLON
La Nuit et le moment (736).Le Sopha (846).

DA PONTE
Don Juan (939). Les Noces de Figaro (941). Cosi fan tutte (942).

DANTE
L'Enfer (725). Le Purgatoire (724). Le Paradis (726).

DARWIN
L'Origine des espèces (685).

DOSTOÏEVSKI
L'Eternel Mari (610). Notes d'un souterrain (683). Le Joueur (866).

DUMAS
Les Bords du Rhin (592). La Reine Margot (798). La Dame de Monsoreau (850 et 851).

ESOPE
Fables (721).

FITZGERALD
Absolution. Premier mai. Retour à Babylone (695).

GENEVOIX
Rémi des Rauches (745).

GRADUS PHILOSOPHIQUE (773).

HAWTHORNE
Le Manteau de Lady Eléonore et autres contes (681). La maison aux sept pignons (585).

HUGO
Les Contemplations (843)

HUME
Les Passions. Traité sur la nature humaine, livre II - Dissertation sur les passions (557). La Morale. Traité de la nature humaine, livre III (702). L'Entendement. Traité de la nature humaine, livre I et appendice (701).

IBSEN
Une maison de poupée (792). Peer Gynt (805).

JEAN DE LA CROIX
Poésies (719).

JOYCE
Gens de Dublin (709).

KAFKA
Dans la colonie pénitentiaire et autres nouvelles (564). Un Jeûneur (730).

KANT
Vers la paix perpétuelle. Que signifie s'orienter dans la pensée. Qu'est-ce que les Lumières ? (573). Anthropologie (665). Métaphysique des mœurs (715 et 716). Théorie et pratique (689).

KIPLING
Le Premier Livre de la jungle (747). Le Second Livre de la jungle (748).

LA FONTAINE
Fables (781).

LAMARCK
Philosophie zoologique (707).

LEIBNIZ
Système de la nature et de la communication des substances (774).

LOCKE
Lettre sur la tolérance et autres textes (686).

LOPE DE VEGA
Fuente Ovejuna (698).

MALEBRANCHE
Traité de morale (837).

MARIVAUX
Les Acteurs de bonne foi. La Dispute. L'Epreuve (166). La Fausse Suivante. L'Ecole des mères. La Mère confidente (612).

MAUPASSANT
Notre cœur (650). Boule de suif (584). Pierre et Jean (627). Bel-Ami (737). Une vie (738).

MUSSET
Confession d'un enfant du siècle (769).

NERVAL
Les Chimères - Les Filles du feu (782).

NIETZSCHE
Le Livre du philosophe (660). Ecce homo – Nietzsche contre Wagner (572). L'Antéchrist (753).

PASTEUR
Ecrits scientifiques et médicaux (825).

PIRANDELLO
Ce soir on improvise - Chacun son idée - Six personnages en quête d'auteur (744). Feu Mattia Pascal (735).

PLATON
Ménon (491). Phédon (489). Timée-Critias (618). Sophiste (687). Théétète (493). Parménide (688). Platon par lui-même (785).

PLAUTE
Théâtre (600).

PLUTARQUE
Vies parallèles, I (820).

QUESNAY
Physiocratie (655).

RABELAIS
Gargantua (751). Pantagruel (752). Tiers Livre (767). Quart Livre (766).

RILKE
Lettres à un jeune poète (787).

RICARDO
Des principes de l'économie politique et de l'impôt (663).

ROUSSEAU
Essai sur l'origine des langues et autres textes sur la musique (682).

SHAKESPEARE
Henry V (658). La Tempête (668). Beaucoup de bruit pour rien (670). Roméo et Juliette (669). La Mégère apprivoisée (743). Macbeth (771). La Nuit des rois (756). Hamlet (762).

STEVENSON
L'Ile au Trésor (593). Voyage avec un âne dans les Cévennes (601). Le Creux de la vague (679). Le Cas étrange du Dr Jekyll et M. Hyde (625).

STRINDBERG
Tschandala (575). Au bord de la vaste mer (677).

TCHEKHOV
La Steppe (714). Oncle Vania - Trois sœurs (807).

TÉRENCE
Théâtre (609).

THOMAS D'AQUIN
Contre Averroès (713).

TITE-LIVE
La Seconde Guerre Punique I (746). La Seconde Guerre Punique II (940).

TOLSTOÏ
Maître et serviteur (606).

TWAIN
Huckleberry Finn (700).

VICO
De l'antique sagesse de l'Italie (742).

VILLIERS DE L'ISLE-ADAM
L'Eve future (704).

VILLON
Poésies (741).

VOLTAIRE
Candide, Zadig, Micromégas (811).

WAGNER
La Walkyrie (816). L'Or du Rhin (817). Le Crépuscule des dieux (823). Siegfried (824).

WHARTON
Vieux New-York (614). Fièvre romaine (818).

WILDE
Salomé (649).

Vous trouverez chez votre libraire le catalogue complet des livres de poche GF-Flammarion et Champs-Flammarion.

GF — TEXTE INTÉGRAL — GF

06/10/124854-X-2006 – Impr. MAURY Eurolivres, 45300 Manchecourt.
N° d'édition LO1EHPNFG0831B002. – Octobre 1996. – Printed in France.